FANTASY FRONTIER SPIRIT

Letenia Saga

Letenia Saga 2

ak.jin 판타지 장편 소설

초판 1쇄 찍은 날 § 2004년 2월 19일
초판 1쇄 펴낸 날 § 2004년 2월 29일

지은이 § ak.jin
펴낸이 § 서경석

편집장 § 문혜영
편집 책임 § 권민정
편집 § 이종민 · 신혜미
마케팅 § 정필 · 강양원 · 이선구 · 김규진 · 홍현경

펴낸곳 § 도서출판 청어람
등록번호 § 제1081-1-89호
등록일자 § 1999. 5. 31
어람번호 § 제1-0472호

주소 § 경기도 부천시 원미구 심곡1동 350-1 남성B/D 3F (우) 420-011
전화 § 032-656-4452 팩스 § 032-656-4453
http://www.chungeoram.com
E-mail § eoram99@chollian.net

ⓒ ak.jin, 2004

ISBN 89-5831-006-5 04810
ISBN 89-5831-004-9 (SET)

FANTASY FRONTIER SPIRIT

ak.jin 판타지 장편 소설

2

Outbreak

Letenia Saga

레트니아 사가

도서출판
청어람

CONTENTS

The Sigma, Second

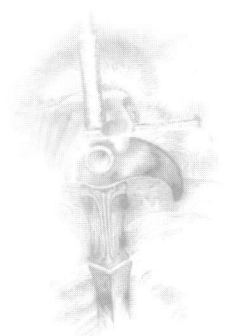

The Sigma, Second

"아까도 말했지만 내가 쓴 마법은 시그마, 이 말이 의미하는 그대로 '합체술'이야. 여러 계열의 마법력을 복합적으로 섞어 사용하는 거지. 내가 아까 사용한 마법은 화염계의 마법력과 바람계의 마법력을 섞어서 사용한 '파이어 스톰'이라는 마법이다. 이만하면 바보가 아닌 이상은 이해가 되겠지?"

카렌의 숙소가 있던 여관의 특실에서 로엔이 무표정한 얼굴로 자신이 아까 사용한 마법을 설명했고, 카렌은 알겠다는 듯 연신 고개를 끄덕이며 로엔의 말을 주의 깊게 듣고 있었다.

"그러니까 마법력을 복합적으로 섞을 뿐 새로운 연산식이나 뭐 기타 복잡한 방법은 들어가지 않는다 이거지?"

"그래. 역시 마법 아카데미의 위탁 교육생답군. 이 이론을 잘 이용하면 마법의 종류는 거의 끝이 없도록 늘어나. 여기까지가 내가 알아낸 거야."

"나머지는 내 역할이라는 건가."

카렌이 로엔이 말해 준 것을 다시 한 번 머리 속으로 되뇌며 그렇게 중얼거렸고, 로엔은 건틀렛을 벗어 침대 머리맡에 놓고는 침대에 누웠다.

"마법력을 다 소모해서 그런지 오늘은 좀 피곤하군. 난 먼저 자겠어."

잠시 후, 로엔이 낮게 코를 고는 소리가 카렌의 귀에 들려왔으나, 그게 들리지도 않는 듯 깊이 생각에 잠겨 있다가 무의식적으로 중얼거렸다.

"시그마라… 그렇군, 그 말대로야. 마법력의 합……."

로엔은 오래간만에 푹 자서 그런지 상쾌한 기분으로 잠에서 깨어났다. 침대에 앉아서 힘껏 기지개를 켜며 로엔이 무심코 방 가운데 있는 탁자를 바라보았을 때, 이미 해가 중천에 떠 있음에도 촛불이 켜져 있고 그 옆에서 카렌이 종이에 무언가를 열심히 적어가며 중얼거리는 광경을 볼 수 있었다.

"그러니까 이론적으로는… 흐음, 그렇단 말이지."

설마 밤새 저러고 있었다는 건가? 로엔은 카렌의 집중력에 잠시 아찔함을 느끼면서 카렌에게 말을 걸었다.

"카렌, 설마 밤을 새면서 그걸 하고 있었던 건 아니겠지?"

"그럼 이론적으로는 가능하니 이제 실험적… 으, 응?"

로엔이 말을 걸자, 카렌은 화들짝 놀라면서 눈을 둥그렇게 뜨고 로엔을 바라보다가, 가슴을 쓸어 내리며 한숨을 내쉬었다.

"휴, 깜짝 놀랐네. 그런데 지금 시간이?"

"너도 참 어지간하다. 내가 말해 준 게 그렇게 재미있었냐?"

로엔이 반쯤은 진심을 담아서 말을 했고, 카렌은 뒷머리를 긁적이면서 아하하 하고 웃더니 로엔의 질문에 대답을 했다.

"아하하, 그게 말이지. 내가 원래 무언가에 집중을 하면 헤어 나오지를 못해서."

"밥이나 먹으러 가자."

로엔은 속으로 혀를 내두르며 머리맡에 두었던 건틀렛을 들고 침대에서 벌떡 일어났고, 카렌은 눈이 약간 침침해졌는지 펜을 놓고는 눈을 비비며 따라 일어났다.

1층의 식당은 아침이라 그런지 한산했다. 가운데의 탁자에 자리 잡고 간단한 요기거리를 시킨 둘은 그걸 먹으면서 이야기를 나누기 시작했다.

"로엔, 그런데 어제 널 습격한 녀석들 말야. 짐작 가는 데라도 있어?"

"아니, 없는데? 아, 미안미안."

로엔이 약간 바짝 구워져 바삭한 느낌까지 나는 햄을 씹다가 대답한 바람에 카렌은 자신의 얼굴을 향해 날아온 햄 조각을 떼어내며 다시 물었다.

"잘 생각해 봐. 혹시 네게 그 말도 안 되는 거액의 의뢰를 맡기려 했던 그 이름 모를 귀족이 아닐까?"

로엔은 음 하는 소리를 내며 잠시 생각에 잠겼다가 곧 카렌에게 말했다.

"분명 세이레인 쪽은 이런 치사한 방법은 쓸 리가 없어. 간단하게 신관 전사단에서 몇 명 뽑아서 수행을 명분 삼아 날 찾아다니게 하면 되니까. 나이트 길드 쪽은 아버지의 실력에 비추어볼 때 이렇게 허접

한 실력이 아닐 것 같으니까 역시 제외. 그러면 역시 그쪽인가? 하지만 그렇게 생각하기에는 좀 무리가 있는걸."

"으응, 어째서?"

아무 생각 없는 카렌의 물음에 로엔은 한심하다는 표정을 지으며 말했다.

"야야야, 이럴 때 그 잘 돌아가는 머리 좀 굴려봐. 조금만 생각해 보면 나오잖아. 나한테 의뢰를 맡기려는 인간이 날 죽이려 들겠어? 어제는 분명히 날 죽이려고 했단 말씀이야."

"하지만 이렇게 생각할 수도 있잖아. 네가 넘어오지를 않으니까 다른 사람에게 맡기려고 하는데, 그런 큰 건을 네가 반대쪽에 다 불어버릴 가능성도 있으니까 널 죽여서 입을 막으려고 했던 거라고 말야."

"확실히 그것도 가능성이 있는 이야기로군. 하지만 난 의뢰주에 관한 내용이나 의뢰의 자세한 내용에 관해서는 하나도 몰라. 의뢰를 할 때도 말단의 대리인을 내세울 정도로 그쪽이 워낙 보안에 대해서는 철저했거든."

로엔이 확신하듯 말하자 카렌은 포크를 물고 생각에 잠기면서 물었다.

"우웅, 그럼 과연 누가 그런 일을 했으려나?"

그렇게 카렌이 한참 고민에 잠겨 있자, 약간 궁금한 점이 있던 로엔이 분위기 전환도 할 겸 고민에 빠져 있는 카렌에게 물었다.

"참, 카렌. 너 어제 밤까지 샜는데, 어때, 시그마는 약간 진척되는 것 같아?"

"응? 아, 그거."

카렌은 로엔을 잠시 의아한 표정으로 바라보다가 로엔의 말이 이해가 되었는지 말을 늘어놓기 시작했다.

"어느 정도는. 일단 마법력을 섞는 원리에 대해서는 확실히 알겠어. 하지만 실제로 써보지 않으면 어떤 마법이 되는지는 확실하게 모르겠어."

"그래? 음, 그거 다 좋은데 혹시 마법력의 소모를 줄일 수 있는 방법 같은 거 없어?"

로엔의 말에 카렌은 잠시 입술에 포크를 대며 생각에 잠겼다가 대답했다.

"아쉽게도 내가 아는 한도 내에서는 없어. 마법력을 속성으로 쌓을 수 있는 방법은 알고 있지만 말야."

카렌의 말 앞부분에서 실망의 기색을 내보이던 로엔의 눈이 둥그렇게 떠졌다.

"그거! 지, 진짜야? 진짜 마법력을 속성으로 쌓을 수 있는 방법이 있어?"

"응. 그러니까……."

카렌은 자기가 지금 사용하고 있는 센티멘탈 에너지를 이용해 마법력을 속성으로 쌓는 방법에 대해 로엔에게 주절주절 설명해 나갔고, 로엔은 얼굴에 튄 카렌의 침을 닦아가며 열심히 들었다.

"…하면 되는 거야."

"그렇군. 그거 일리있는 말이야. 그리고 마법력을 빠르게 쌓을 수 있는 데다가 쓸데없는 명상에 시간을 낭비하지 않는다는 점이 특히 마음에 드는군."

설명을 다 듣고 난 로엔이 만족스러운 얼굴로 고개를 끄덕이며 중얼거렸고, 카렌은 미처 다 끝내지 못한 식사를 계속했다.

잠시 후, 식사를 다 끝낸 로엔과 카렌은 계산을 치른 다음 방으로 올라가 지금부터 무엇을 할 것인가에 대해 이야기를 나누기 시작했다.

  "카르이, 솔직히 여기만큼 볼 거 없는 데도 없어. 명색이 수도인데도 말이지."

  로엔의 카르이에 대한 감상이었다. 카렌은 잠시 무언가를 골똘히 생각하다가 박수를 한 번 짝 소리 나도록 치고는 말했다.

  "맞아! 그러고 보니……."

  "그러고 보니~이?"

  로엔이 뭔가 기대하는 듯한 표정으로 카렌에게 얼굴을 들이밀자 카렌은 오른손 검지손가락을 펴며 말했다.

  "아직 카르이의 명물 선데 아이스크림을 못 먹었어!"

  "고작 그거냐?"

  로엔은 카렌에게 들이댔던 고개를 푹 숙이며 허망한 어조로 말했지만, 카렌은 힘찬 어조와 굳센 의지를 보여주는 듯한 표정으로 창밖의 하늘을 바라보며 외쳤다.

  "이 카르이까지 와서 선데 아이스크림을 먹어보지 못한다는 건 말도 안 되는 소리! 이 세계의 평화를 위해! 자, 로엔! 우리 선데 아이스크림 먹으러 가자!"

  "세계 평화하고 선데 아이스크림하고는 별로 관련이 없는 것 같은데……."

  로엔은 기운 빠진 목소리로 이제는 기도 안 찬다는 듯 카렌을 바라보며 말했으나, 카렌은 로엔을 일으켜 세운 다음 밖으로 잡아끌며 말했다.

  "자, 가자가자~ 여기까지 와서 선데 아이스크림도 먹어보지 못하고 마법 아카데미로 돌아갈 수는 없어. 그것도 못 먹어봤냐고 왕따당한단 말야."

"그러니까 난 왜 선데 아이스크림을 먹으러 가야 하는 거냐구~"

질질 끌려가면서 내뱉은 로엔의 투덜거림은, 그러나 한마디로 무시당했다.

"이야~ 역시 소문대로야! 날 실망시키지 않는다니까?"

선데 아이스크림을 한입 가득 입에 집어넣고 행복해하는 카렌을 로엔은 한심한 표정으로 바라보며 중얼거렸다.

"저 인간이 이 대륙에 겨우 2천 명도 채 안 되는 대마도사 중 한 명이라니… 믿을 수가 없어."

"아아~ 행복해~ 행복해~ 너~어무 맛있어~엇!'

차츰 카렌의 옆에는 아이스크림 컵이 쌓여갔고, 보는 로엔이 질릴 정도로 카렌은 엄청난 양의 아이스크림을 먹어대고 있었다. 보다보다 이제는 아이스크림만 보면 구역질이 날 것 같은 상황이 된 로엔이 결국 참지 못하고 카렌에게 말했다.

"이봐, 카렌."

"응? 왜?"

스푼을 입에 물고 행복한 표정을 짓던 카렌이 의아한 얼굴로 로엔을 바라보았다. 로엔은 뭔가 한마디하면 왠지 자신이 바보가 될 것 같다는 생각에 잠시 주저했지만 이내 입을 열었다.

"아이스크림, 그렇게 먹고도 질리지 않냐?"

"응."

로엔은 한숨을 쉬었다. 자기가 질리지 않는다는데 더 이상 대책이 없지 않은가. 로엔은 카렌 몰래 슬쩍 자신이 가져온 지갑에 들어 있는 돈을 세어보았다. 1,000아데나짜리 지폐 다섯 장과 100아데나짜리 지폐 다수, 그 외의 잡다한 동전들. 10,000아데나짜리 수표와 그 외의 보석들은 전부 숙소에 두고 온 상태였다. 일단 돈이 충분하자 안심한 로엔은 카렌을 무시하고 주위를 둘러보기 시작했다. 하지만 자신과 눈을 마주치자 얼른 고개를 돌려 시선을 피하는 몇몇 사람들을 보자 뭔가 이상한 기분이 든 로엔은 막 스물세 번째 컵을 비우며 주위의 경탄스런 시선을 한 몸에 받고 있는 카렌에게 나직한 목소리로 말했다.

"카렌, 그만 가자."

"에, 벌써?"

"다음에 또 사줄게. 그러니까 가자."

"그래."

약간은 칭얼댈 거라 생각한 로엔은 카렌이 흔쾌히 일어나자 약간은 의외라는 표정으로 카렌을 바라보다가 카운터로 가서 계산을 했다.

"240아데나입니다."

서둘러 계산을 치른 로엔은 다시 카렌이 있는 쪽으로 다가오며 말했다.

"하여간 어디 나다니지를 못한다니까."

"응? 그건 또 무슨 소리야?"

어느샌가 원래의(?), 약간은 진지하면서도 얼빵한 모습으로 돌아온 카렌이 로엔에게 물었고, 로엔은 설명하기도 귀찮다는 듯 손을 휘휘 내저으며 앞장서서 걸어갔다.

"또 녀석들인 건가?"

음, 가끔은 예리할 때도 있군 그래. 로엔은 고개를 끄덕여 주었고, 그 모습에 카렌은 입을 다물고는 로엔의 뒤를 따라 걸어갔다.

잠시 후, 으슥한 곳으로 들어간 그들의 앞을 10여 명의 사람들이 가로막았고, 로엔은 불평하듯 의미 불명의 한마디를 내뱉었다.

"난 이런 패턴이 정말로 싫어."

"무슨 헛소리를 지껄이는 거냐."

로엔들의 앞을 가로막은 한 남자가 무시무시한 표정으로 로엔을 바라보며 입을 열자, 로엔은 다시금 입을 열었다.

"너희들은 어느 쪽이지? 세이레인? 토라? 그도 아님, 라비니어스? 어느 쪽이냐?"

"훗, 우리가 그런 걸 말해 줄 것 같은가?"

그 무리의 대장 정도로 보이는 남자의 말에 로엔의 입꼬리가 슬그머니 말려 올라갔다.

"그렇단 말이지."

로엔의 온몸에서 피어오르는 강렬한 살기를 느꼈는지 정체 불명의 남자들은 바싹 긴장하며 검을 뽑아 들었고, 카렌조차도 긴장함에 휩싸여 마른침을 삼키며 로엔을 바라보았다. 로엔의 입이 천천히 열렸다.

"카렌, 네가 처리해라."

콰당—!

로엔의 말에 로엔을 제외한 그 자리에 있던 모두가 바닥에 자빠져 버렸다. 그리고 어떻겐가 재빨리 일어선 한 녀석이 기가 막히다는 표정으로 외쳤다.

"뭐, 뭐야, 그건! 괜히 사람 긴장해서 힘 빠게 만들고 있어!"

"누가 긴장하랬냐. 그리고 그런 애로 사항은 이런 분위기를 연출하도록 만든 너희 보스에게나 이야기하라고. 난 모르는 일이니까."

"저, 저기, 로엔?"

방금 막 간신히 일어선 카렌이 로엔을 부르자 로엔은 뭐라고 악을 쓰듯 외치는 남자들의 아우성을 고개를 돌려 버리는 걸로 간단히 무시하고는 카렌을 바라보았다.

"방금 전의 그 말, 나한테 한 것 맞아?"

"응."

로엔은 고개를 끄덕였고, 카렌은 허탈한 표정으로 자신의 앞을 가로막고 있는 10여 명의 사람들을 바라보았다.

"그렇단 말이지."

"마, 마법사?"

이번에는 카렌의 온몸에서 자색의 영기가 피어오르기 시작했고, 그것을 본 남자들은 경악 섞인 말을 흘리곤 다시 바짝 긴장하면서 검을 든 팔에 힘을 넣기 시작했다. 과연 이번의 쇼는 진짜였는지 카렌은 양팔을 활짝 펼치면서 외쳤다.

"시그마 · 아쿠아 · 아스트랄! 내 앞을 가로막는 모든 것들을 얼려라! 프리즈 · 빔!"

"앗! 이번에는 진짜다! 쳐라!"

뭘 기대했던 건지. 아무튼 카렌의 온몸이 은색으로 빛나는 것과 동시에 사내들이 달려들었지만, 이미 떠나간 배였다. 카렌의 몸에서 뿜어져 나간 십자가 모양의 빔에 직격당한 단역들은 몸이 얼어붙으며 혹한의 추위가 무엇인지 뼛속까지 시리게 느낄 수 있었고, 직격을 피한 단역들 역시 운이 좋다 느낀 것도 잠시 엄청난 추위에 더 이상 움직이지도 못하고 벌벌 떨고만 있을 뿐이었다.

곧 은색으로 빛나던 카렌의 몸이 원래대로 돌아왔고, 잠시 거칠어진 호흡을 심호흡으로 가다듬던 카렌은 갑자기 몸을 웅크리면서 벌벌 떨기 시작했다.

"으아앗! 추, 추워! 에, 에췌! 어쨌든 성공이다! 앗싸~ 엣췌!"

"……."

더 이상 할 말이 없어진 로엔은 한심하다는 듯 카렌을 바라보다가 추위를 떨쳐 내듯 몸을 한 번 부르르 떨고는 검을 뽑았다.

"아쉽지만 여기서 죽어줘야겠어."

"시, 싫어! 난 아직 죽고 싶지 않아!"

그 남자들은 애원 섞인 간절한 어조로 로엔에게 외쳤지만, 로엔은 차가운 표정으로 그들의 말을 무시하고는 그들의 심장에 일격씩을 선사했다.

"자, 이제 더 이상 시끄러워지기 전에 돌아가자."

"……."

평소처럼 아쿠아 · 워터 바리어로 깔끔하게 마무리를 한 로엔이 평소의 말투로 카렌에게 말했으나, 눈앞에서 사람이 처참하게는 아니지만 그래도 피를 뿜으며 죽어가는 걸 본 것 때문인지 카렌은 약간 제정신이 아니었다. 로엔은 맛이 간 카렌을 잠시 바라보다가 한숨을 내쉬며 중얼거렸다.

"하는 수 없지. 들고 가는 수밖에."

로엔은 카렌을 들쳐 메고는 재빨리 그 자리를 떠나갔다.

카렌이 정신이 들었을 땐 숙소의 침대 위에 누워 있는 자신을 발견할 수 있었다. 일어나서 주위를 둘러보자 밖은 이미 한밤중이고 로엔이 옆 침대에서 숙면을 취하고 있는 것이 어두컴컴한 가운데서도 카렌의 눈에 보였다. 카렌은 잠을 자고 있는 로엔의 얼굴을 잠시 바라보다가 곧 고개를 돌리며 한숨을 내쉬었다.

"후우."

솔직히 카렌은 로엔을 만나러 간다는 생각만 했을 뿐, 그 다음의 예정은 전혀 없었다. 나이트 길드원의 말만 듣고 무턱대고 이 카르이로 왔으니 당연히 앞으로의 일을 생각할 여유가 없었던 것이다. 카렌은 잠시 앞으로의 일에 대해서 생각에 잠겼다. 이제 무엇을 할까. 우연찮게도 평생의 목표였던 대마도사의 자격을 예상치 못할 정도로 빨리 얻었기 때문에 대마도사가 된 뒤로는 아무런 목적도 없이 생활해 왔던 것이다. 카렌 정도 나이의 청년이 목표가 없다는 것은 상당히 심각한 문제가 아닐 수 없었다. 정체성을 상실하고 방황해 버릴 가능성도 매우 컸었기 때문이다.

잠시 생각에 잠겨 있던 카렌은 곧 마음을 굳혔다. 마법 아카데미로 돌아가자. 그곳에서 새로운 목표를 설정하고 새로 시작하는 거야. 그래, 로엔이 모티브를 준 '시그마'의 이론적 구현도 손을 좀 더 보고, 실제적으로 사용이 가능하도록 마법력을 조합해서 마법을 새로 만드는 것도 필요하겠지. 그렇게 카렌이 앞으로의 일을 생각하면서 시간은 흘러가고 있었다.

로엔이 다음날 아침에 일어나서 가장 처음 본 것은 몇 가지 없는 자신의 소지품들을 챙기고 있는 카렌이었다.

"카렌, 뭐 하는 거야?"

로엔은 의아한 표정을 짓고는 카렌에게 물었고, 카렌은 미소 지은 표정으로 로엔을 바라보며 말했다.

"아아, 이거? 마법 아카데미로 돌아가려고. 마법의 탑에서 나온 뒤로 지금까지 아무런 목적 없이 돌아다니기만 했잖아. 이제 새로운 목표를 잡아서 공부라도 해볼까 생각 중인데… 로엔, 왜 그런 표정을 짓는 거야?"

멍한 표정으로 카렌을 바라보던 로엔은 황급히 표정을 바꾸며 카렌에게 말했다.

"아, 아니, 그냥… 갑자기 돌아간다고 하니까 좀 놀라서 말야."

"그렇구나."

아방한 표정을 지으며 대답하는 카렌을 로엔은 할 말을 잃은 채 바라보았다. 그렇게 소지품을 작은 가방에 다 챙긴 카렌은 무언가 생각났는지 박수를 짝 하고 한번 치고는 로엔을 바라보며 말했다.

"아, 맞다. 로엔, 같이 가지 않을래? 너도 이곳에서 할 일이 없는 것 같은데. 어때?"

카렌의 의외의 제안에, 로엔은 눈을 약간 크게 뜨고는 카렌을 바라보았다.

"마법… 아카데미에?"

"응. 로엔도 할 일 없잖아. 같이 가자."

"그건 그렇긴 하지만, 난 별로 환영받지 못할 텐데?"

로엔이 마법 아카데미에서의 일을 떠올리며 중얼거렸고, 카렌은 로엔이 그렇게 말하자 로엔이 마법 아카데미에서 어떤 일을 저질렀는지 생각해 내고는 풀 죽은 목소리로 말했다.

"역시… 안 되는 거야?"

카렌이 풀이 죽어서, 별 필요는 없겠지만 군이 비유를 하자면 처량맞게 비 맞고 돌아다니는 버림받은 강아지 꼴을 하고 로엔을 바라보는 걸 차마 볼 수가 없었는지, 로엔은 억지로 미소를 지으며 고개를 끄덕였다.

"그, 그래. 가자, 가."

"으응? 진짜?"

"진짜로… 간다니까."

로엔의 반억지성 대답에도 카렌의 얼굴은 확 밝아졌다.

"진짜, 진짜 가는 거지? 와아~ 가자! 가자!"

왠지 페이스를 카렌에게 끌려가는 쪽으로 어긋나고 있다는 느낌을 받고 있는 듯한 로엔이었지만 지금은 그런 것을 따질 만한 계제가 못 되었다.

"별로 좋아할 일은 아닌 것 같은데."

로엔은 한숨을 내쉬며 의미 불명의 한마디를 내뱉었다.

"꼭 내가 미소년 취향의 중년 변태처럼 느껴지잖아. 나 역시 미소년 이라구. 제길."

어디까지나 미청년(?)인 로엔의 불평이었다.

마차 안. 서민인 까닭에 마차 여행이 처음인 카렌은 정신없이 창밖 풍경을 바라보고 있었고, 역시 서민이기는 하지만 갑부였던 관계로 마차 여행, 혹은 말을 이용한 여행을 자주 해본 로엔은 시큰둥한 표정으로 도시락에서 샌드위치를 하나 꺼내어 먹고 있었다.

"역시 갑부랑 있으면 뭐가 달라도 다르구나. 마차라 그런지 확실히 편한데?"

이 수수한 6두마차를 빌리는 데 들어간 돈이 무려 7천 아데나라는 것을, 또 그 돈을 지불하며 로엔이 알게 모르게 피눈물─갑부라도 가난한 생활을 17년간 한 까닭에 절약가다─을 삼켰다는 것을 알 리 없는 카렌이 휙휙 지나가는 풍경을 바라보며 감탄 섞인 어조로 중얼거렸고, 로엔은 혼자라면 걸어갈 길을 둘이라, 그것도 체력이 약한 카렌과 함께라 말이 아닌 마차를 타고 간다는, 마지막으로 카렌의 약한 모습을 보면 딱 부러지게 거절을 못한다는 현실을 속으로 저주하며 카렌의 말에 대답했다.

"음, 확실히 걸어가는 거나 말을 타고 가는 것보다는 편하지. 빠르기도 하고."

아무리 몇 억짜리 망토와 건틀렛을 착용하고 있고, 몇 백만 아데나를 넘는 거금을 가졌다고 해도 현재 팔거나 쓸 수 있는 게 아니면 무용지물인 게 당연하다. 그런 이상 로엔은 객관적으로 유용할 수 있는 현금은 얼마 없었고, 현재 지갑에도 약 5천 아데나의 현금밖에는 가지고 있지 않았다. 물론 5천 아데나라면 일반 가정에는 2~3년을 놓고 먹으면서 살아도 문제없을 정도의 거금이긴 했지만 말이다.

뭐, 그런 잡다한 이야기는 넘어가고, 수도인 카르이에서 마법 아카데미까지는 마차를 타고 간다 해도 약 7일여가 걸리는 먼 거리인 까닭에 로엔과 카렌은 해가 저물기 전에 도착한 기난이라는 마을에서 머물게 되었다.

"황폐한 마을이네."

"그렇군."

둘의 짤막한 감상 그대로였다. 길가에 늘어선 집들은 수년간 사람이 살지 않은 듯 굉장히 낡아 있었고, 그 주변으로는 풀 한 포기조차 없는 것이 유령 마을을 연상하게 만들었다. 하지만 유령 마을이라 해서 대마도사급의 매직 마스터와 소드 마스터급의 나이트가 겁먹을 리는 전혀 없다고 봐도 당연한 일. 둘은 약간 꺼림칙한 기분을 한구석에 담아

둔 채로 잠시간 서로를 바라보다가, 로엔이 곧 고개를 돌려 마부에게 말했다.

"아저씨! 오늘은 여기서 묵어야 할 것 같으니까 마을 안으로 들어가 주세요."

"그러지."

반짝거리는 대머리가 아주 인상적인, 멋진 스타일을 자랑하는 마부 아저씨는 하얀 이를 반짝이며 로엔에게 대답하고는 마차를 몰아 마을 안으로 들어갔다.

"정말 이상한 마을인데, 이 마을?"

마을 안으로 진입하면서 삭막한 주위의 풍경을 돌아보던 카렌의 중얼거림이었다. 그때 마차 안에서 주위를 둘러보던 로엔의 눈에 마을 밖으로 걸어나가는 한 남자가 눈에 들어왔다.

"…응?"

긴 금발 머리를 풀어서 늘어뜨리고 장검을 비스듬히 걸쳐서 찬 그 남자는 마차에는 눈길 한 번 주지 않은 채 로엔이 탄 마차를 지나쳐 갔고, 로엔은 이상하다는 생각이 들었지만 별다른 생각 없이 다시 주위를 둘러보았다.

잠시 후, 마차는 마을 한가운데쯤 위치한 한 주점 겸 여관에서 멈추었고, 카렌과 로엔은 마부 아저씨와 함께 그 주점 안으로 들어갔다. 아니, 들어가려 했다.

"……!!"

"우, 우웃!"

카렌은 주점 안의 처참한 상황에 경악의 신음 소리를 흘리다가 곧 역겨운지 입을 막고는 밖으로 재빨리 뛰어나갔다.

"이, 이게 어떻게 된……?"

마부 아저씨 역시 주점 안의 상황에 안색이 변했다. 주점 안의 모든 사람들이 몇 토막이 나서 주점 여기저기에 피를 뿌리고 죽어 있었던 것이다. 이 처참한 상황에 오직 로엔만이 담담한 표정으로 주점 안을 바라보고 있었다.

"누군지는 모르겠지만 정말 처참하게도 죽였군. 과연 누가……."

그렇게 중얼거리던 로엔의 머리 속으로 한 남자의 얼굴이 스쳐 지나 갔다.

"아까 전의 그 남자인가?"

"누구를 말하는 건가?"

마부 아저씨가 로엔의 중얼거림에 의아한 표정으로 물었고, 로엔은 손가락을 허공에 대고 마법진을 그리며 대답했다.

"아저씨도 아까 보셨을 겁니다. 긴 금발에 장검을 약간 빗겨서 찬 남자가 마을 밖으로 나갔잖아요. 그 남자가 했을 수도… 아쿠아 · 타이 드 오브 워터."

로엔의 마법에 주점 안의 피와 사람들의 시체가 씻겨 내려가기 시작 했고, 로엔은 자신의 발밑으로 흘러가는 토막난 사람들의 몸을 주워 모 으며 마부 아저씨에게 말했다.

"아저씨도 좀 도와주세요. 적어도 이 사람들, 묻어주지는 못해도 화 장 정도는 해줘야 하잖아요."

로엔의 마법을 잠시 감탄한 눈빛으로 바라보던 마부 아저씨는 로엔 의 말에 정신이 들었는지 역겨운 기분을 참고 로엔의 마법에 흘러내려 가는 사람들의 몸을 주워 모으기 시작했다.

그렇게 몸을 주워 모으고 있을 때, 카렌이 핼쑥한 얼굴로 다시 들어

왔다. 그렇게 들어온 카렌은 로엔과 마부 아저씨의 품에 들려 있는 몸
뚱이들을 보더니 이번에는 시체가 무색해질 정도의 얼굴로 다시 뛰어
나가 버렸다.

"상당히 충격인 모양인데, 저 녀석?"

"아무래도 그렇겠죠. 이렇게 처참하게 사람이 죽은 걸 본 건 아마
처음일 테니."

마부 아저씨의 물음에 로엔이 충분히 그럴 거라는 듯 고개를 끄덕이
며 사람들의 몸을 주워 모았고, 이윽고 몸을 다 주워 모으자 로엔은 마
부 아저씨와 함께 사람들의 시체를 한곳에다 쌓아놓고는 주문을 외었
다.

"부디, 이 사람들의 영혼이 고이 잠들 수 있기를……. 파이어 · 플레
임 볼."

"솔직히 놀랐습니다."

로엔이 스스로의 실력을 오래간만에 마음껏 발휘해 준비한―하지만
그 재료는 텅 비어버린 마을 곳곳을 뒤져서 꺼내온―수프를 한입 떠먹으며
갑자기 밑도 끝도 없는 이야기를 꺼내자, 아직도 약간은 핼쑥한 표정의
카렌과 탁월한 수프의 맛에 감탄하며 먹고 있던 마부 아저씨의 시선이
로엔에게로 향해졌다.

"뭐가 말이지?"

"갑자기 무슨 소리야?"

둘의 의아한 목소리에 로엔은 수프를 한입 떠 넣고는 평소대로의 억
양없는 무감정한 목소리로 말했다.

"아저씨 말입니다. 그런 처참한 장면을 보게 되면 보통은 카렌처럼

치밀어 오르는 구역질을 참지 못하고 뛰쳐나가는 게 정상인데, 아저씨
는……."

"확실히 난 평범하진 못하지. 하지만 너도 만만치는 않던데?"

"저야 원래부터 정상이 아니었으니까요."

마부 아저씨의 반격에 로엔은 가볍게 자신에 대한 평가를 내려 버렸
고, 마부 아저씨는 한 방 먹은 듯한 표정으로 다시 먹는 데 열중했다.

잠시 후, 식사가 끝난 후에 마부 아저씨는 말들에게 먹이를 준다며
밖으로 나갔고, 난로 안에서 타오르는 모닥불을 무표정하게 바라보는
로엔에게 카렌이 말을 걸었다.

"로엔."

"왜?"

"이런 잔인한 짓을 한 녀석, 누구인지 짐작 가는 사람이라도 있어?"

카렌의 말에 로엔은 카렌을 돌아보더니 곧바로 시선을 돌려 버리며
말했다.

"대신 복수라도 해주려고?"

"안 된다고 말하려는 거야?"

로엔은 잠시 말없이 모닥불을 바라보다가 작게 한숨을 내쉬었다. 그
러고는 모닥불에 시선을 향한 상태 그대로 카렌에게 말했다.

"자기 능력의 한계를 아는 건 때로는 자신과 동료들의 목숨을 지켜
주는 최고의 보험이 되기도 하지."

"그런가. 그건 그렇다 치고, 보험이 뭐야?"

"그런 게 있어. 대충 알아들어."

의미 불명의 말에 대한 카렌의 물음에 대충 대답해 준 로엔은 다시
입을 다물었고, 카렌은 머쓱해진 표정으로 자기 가방에서 마법 관련 책

을 꺼내 들고 읽기 시작했다. 그렇게 한참이 지났을 때, 갑자기 로엔이 한숨을 내쉬었다.

"후우."

땅이 꺼져라 내쉬는 한숨에 카렌이 책에서 눈을 떼고는 로엔을 바라보았고, 로엔은 카렌을 바라보면서 어쩔 수 없다는 듯한 표정으로 말했다.

"완벽하게 당했군."

"뭐가?"

카렌은 약간 당황한 표정으로 말했고, 로엔은 엄지손가락으로 밖으로 나가는 문을 가리키면서 말했다.

"마부 아저씨 말야. 아까 시체들을 보고도 멀쩡하게 서 있을 때 알아챘어야 하는데. 뭐, 이렇게 된 상황에서는 늦어버린 이야기지만 말야."

로엔의 말에 카렌은 이해할 수가 없다는 듯한 표정으로 로엔을 바라보았고, 로엔은 검을 뽑아 들고는 카렌에게 나직한 목소리로 말했다.

"내가 엄호할 테니 지금 쓸 수 있는 가장 강한 마법을 준비해 줘. 체력 소모가 심한 시그마는 쓰지 말고. 그래, 전격 계열의 레인 오브 라이트닝이 좋겠군. 그리고 범위는 이 주점 앞, 범위는… 반경 약 10m 정도로 집중해 줘."

"무슨 일이 일어나고 있는 거야?"

카렌은 마법을 준비하면서도 의아한 표정으로 로엔에게 물었고, 로엔은 여전히 나직한 목소리로 카렌의 말에 대답했다.

"그 평범하지 못한 마부 아저씨가 나간 지 두 시간이 넘도록 돌아오지 않고 있어. 그렇다는 것은 그 마부 아저씨, 어딘가의 조직에 속해 있는 사람이라는 것이고, 이렇게 돌아오지 않는다는 것은 아마도 그 아저씨, 동료들을 데리러 간 거겠지."

"그, 그런가?"

카렌이 얼떨떨한 표정으로 말했고, 로엔은 문을 바라보며 나직하게
외쳤다.

"헬·블러드 스타."

로엔의 말이 끝남과 동시에 붉은 색의 섬광이 문을 뚫고는 그대로 앞
으로 날아갔고, 그와 거의 동시에 로엔의 몸이 앞으로 쏘아져 나갔다.

"역시 예상대로군!"

밖으로 뛰어나간 로엔의 입에서 신음과도 비슷한 목소리가 새어 나
왔고, 로엔을 둘러싼 약 70여 명에 이르는 사람들 중 가운데에 있는 여
자가 코웃음을 치며 말했다.

"흥, 잘난 척 거들먹거리던 네 목숨도 여기서 끝이다. 로엔 리스나르
트."

"야아! 이거 반가운 목소린데? 상당히 자신감있는 말투로군. 하지만
과연 그럴까?"

로엔은 피식 웃으며 그녀에게 말했고, 그녀는 로엔의 이상한 자신감
에 약간 불안을 느꼈는지 매서운 말투로 외쳤다.

"무슨 수작을 부리려는 거지?!"

"아아, 별거 없어. 다만 좀 따끔한 맛을 보여주려는 것뿐이지."

로엔은 그렇게 대답하고는 달려나온 주점 안을 향해 도로 달려가며
외쳤다.

"카렌, 지금이야! 매지컬·안티 매직!"

주점 안에서 상황을 보고 있던 카렌은 달려오는 로엔의 외침에 두
손을 이리저리 교차시키면서 크게 외쳤다.

"좋아! 선더 · 레인 오브 라이트닝!"

그 순간 주점 앞에서 도망가는 로엔을 쫓아가려던 사람들의 머리 위로 엄청난 양의 라이트닝 볼트가 그야말로 폭우처럼 떨어져 내리기 시작했고, 갑작스런 상황에 로엔을 포위한 무리들이 혼란해진 틈을 타 로엔은 카렌의 허리를 안고 마을 밖을 향해 번개같이 달려나가기 시작했다.

잠시 후, 그야말로 난장판이 되어버린 주점 밖, 아까 전에 로엔을 비웃던 여자가 폭탄이라도 맞은 듯한 머리를 쓸어 내리면서 로엔이 달려나간 방향을 바라보고는 이를 '바드득' 하는 소리가 날 정도로 갈며 외쳤다.

"크윽, 동료를 숨겨두고 있었다니. 어서 쫓아가! 반드시 살려두지 않겠다!"

"음, 난 죽고 싶어도 죽을 수가 없는데… 어떻게 죽이려고 하는 거지?"

"무슨 소리를 하는 거야? 그것보다 이것 좀 내려놔."

의미 불명의 소리를 하며 달리는 로엔에게 카렌이 약간 투덜거리는 듯한 말투로 말했고, 로엔은 약간 더 달리며 속도를 줄인 후 카렌을 내려놓으며 멈춰 선 다음 카렌의 물음에 대답했다.

"아니, 단지 전형적인 대사에 대한 대답을 좀 해준 것뿐이야."

"그건 또 무슨 말이야?"

여전히 알아들을 수 없는 로엔의 대사에 카렌이 불평하듯 물었고, 로엔은 단지 고개를 가로젓고는 카렌에게 말했다.

"이거, 좀 곤란하게 되었군. 아사신 길드 녀석들이 이제는 아예 얼굴을 드러내 놓고 덤벼오는 상황이라니… 저 녀석들 떨쳐 버리려면 상당히 고생할 것 같은데."

"아사신 길드라니? 그 암살자 집단이 널 노린단 말야?"

카렌의 물음에 로엔은 고개를 가볍게 끄덕인 후 말했다.

"그 의뢰주 건 때문에 말이지. 덕분에 한 가지 알아낸 건 있지만."

"으응, 그 일 때문이었군. 근데 알아낸 거라니?"

"토라 황실 직속기관인 아사신 길드가 날 죽이러 올 정도라면 의뢰주는 아마도 토라의 다섯 황자 중 하나일 거란 사실이지. 황제가 자신을 암살해 달라는 그런 얼빠진 의뢰를 할 리도 없는 데다가 황제는 아이들을 제외하면 외척이 없거든."

로엔의 말에 카렌은 고개를 끄덕이며 잠시 생각에 잠겼다가 불쑥 한마디 했다.

"첫째 황자, 즉 황태자로군."

"뭐?"

로엔이 재차 묻자 카렌은 로엔의 얼굴을 바라보며 말했다.

"당연한 거잖아. 지금 상황에서 황제가 죽으면 좋을 사람은 하나밖에 더 있어? 당연히 제1황위 계승권자인 황태자가 가장 좋을 거 아냐?"

"그것도 그렇군. 그런데 지금 그것보다 더 심각한 문제가 생겼어."

"무슨… 문제?"

굳어진 로엔의 표정에 긴장하며 카렌이 로엔에게 물었고, 로엔은 카렌 뒤편을 손가락으로 가리키며 말했다.

"네 뒤쪽으로 저 아사신 길드 녀석들이 보이고 있어."

"뭐야?"

급히 뒤를 돌아보는 카렌의 눈에 어두운 가운데서도 어렴풋이 한 떼의 인마가 달려오고 있는 게 들어왔다. 카렌은 로엔을 돌아보며 물었다.

"이제 어떻게 하지? 이 상태로는 뛰어봤자잖아."

카렌의 말에 로엔은 아무 말 없이 점점 가까워지는 인마들을 바라보다가 한숨을 내쉬며 말했다.

"가급적 도움은 받지 않으려 했는데 어쩔 수 없군. 에바, 유스, 나와 줘."

로엔의 말이 끝나자 로엔의 망토와 건틀렛에서 빛이 뿜어져 나왔고, 잠시 후 카렌도 한 번 본 적이 있는 두 여자가 나타났다.

[아앙~ 로엔님, 이대로 출연 끝나 버리는 줄 알았어요~]

[맞아요, 맞아. 그런데 무슨 일로 저희를 부르신 거죠?]

나오자마자 로엔에게 달라붙어 특유의 낮은 톤의 목소리로 아앙(……)을 떠는 에바와는 달리, 유스는 그래도 분위기를 보고 뭔가 짐작했는지 로엔에게 물었다. 로엔은 왼팔에 달라붙은 에바를 떼어내려 안간힘을 쓰며 유스에게 말했다.

"이익! 에바, 달라붙지 좀 마! 아, 유스, 에바와 함께 저기 보이는 저 녀석들 좀 처리해 줘. 형식은 멸절. 저기 있는 녀석들 중에 여자가 한 명 있는데, 그녀가 대장급이니 그녀를 제외하고는 단 한 녀석도 살려두지 마라. 힘을 개방해도 좋다."

로엔의 입에서 명령이 떨어지자 로엔의 왼팔에 달라붙어 있던 에바는 로엔에게서 떨어져 나오며 유스를 바라보았다. 유스는 로엔에게 고개를 끄덕여 주고는 에바에게 말했다.

[저 정도면 힘을 개방할 필요도 없겠는데? 내가 가서 그 대장인가 뭔가 하는 여자를 잡고 뛰어오를 테니 그때에 맞추어서 네가 처리해. 알겠지?]

[문제없어. 맡겨~만 달라구!]

[좋아. 그럼 마스터, 명령 수행합니다.]

유스는 자신있게 대답하는 에바에게 고개를 끄덕여 준 다음 로엔을 바라보며 말했고, 로엔 역시 유스에게 아무 말 없이 가볍게 고개만 끄덕여 주었다. 로엔이 고개를 끄덕이자 유스는 인간으로서는 도저히 불가능한 속도로 로엔들을 향해 달려오는 아사신 길드 일당에게 달려가기 시작했고, 유스가 그들을 향해 달려가는 것을 보았는지 인마의 선두 행렬이 혼란스러워지기 시작했다. 유스는 그 혼란스러운 선두 행렬의 제일 앞에서 말을 달려오던 사람을 잡아채고는 그대로 하늘 높이 뛰어올랐고, 그와 거의 동시에 에바가 팔을 앞으로 내뻗으며 외쳤다.

[하, 빨리도 잡아내는군. 좋아! 파이어 · 플라즈마 · 헬 게이트!]

에바가 주문을 외침과 동시에 그녀의 손에서 거대한 붉은 화염 기둥이 날아가 앞의 무리에 작렬하며 대폭발을 일으켰고, 카렌은 폭발의 여파로 폭발 지점에서 약 200여 미터 이상 떨어진 자신에게까지 뜨거운 바람이 불어오는 것을 느끼며 경악을 금치 못했다.

"뭐, 뭐야? 도대체 이 말도 안 되는 위력은? 화염계의 플라즈마 · 헬 게이트가 이렇게 위력이 세다는 것은 들어본 적도 없어!"

"볼 때마다 느끼는 거지만, 언제나 새롭군. 역시 강해."

옆에서 로엔이 중얼거리는 소리에 카렌이 로엔을 돌아보고는 물었다.

"도대체 저 두 여자 정체가 뭐야?"

[오~호호호호호~ 저희의 정체는 세계 정복을 노리는 미청년 마왕 로엔 리스나르트님을 돕는 충실한 부하이자 애인인 에버네스 섀도우키퍼와!]

[유스트레스 아스트랄러라고 해요~옹! 잘 부탁해요!]

어느새 나타났는지 유스와 에바가 있는 폼 없는 폼 다 잡아 보이면서 카렌에게 말했다. 당연한 이야기지만 카렌은 얼빠진 표정으로 이 둘을 바라보았고, 로엔은 왼손으로 이마를 짚으며 고개를 흔들었다.

"헛소리들은 그만 하고 그 여자 내려놓고 이제 돌아가 줘."

[히잉~ 언제나 느끼는 거지만, 사랑이 식었어잉~!]

[언제는 너한테 사랑이 있었냐? 나한테라면 모를까?]

[뭐야? 이 절벽납작(?)이 못하는 소리가 없네? 한번 해볼…….]

"그만!"

말다툼을 하는 에바와 유스를 버럭 소리 질러 멈추게 하는 로엔. 그러고는 무서운 얼굴로 둘을 노려보며 말했다.

"너희들, 자꾸 이러면 나 화낸다."

로엔의 한마디에 에바와 유스의 표정이 변하더니 황급히 로엔에게 작별 인사를 하고는 사라져 버렸다.

[로엔님, 자주 좀 불러줘요~옹♡]

[그럼 이만 가볼게요. 또 불러워야 해요~!]

두 여자가 사라져 버리자 로엔은 한숨을 내쉬며 중얼거렸다.

"후, 언제나 느끼는 거지만 저 둘만 나왔다 하면 정신이 없다니까."

"다시 묻는 거지만 도대체 저 두 여자, 정체가 뭐야?"

나왔을 때와 마찬가지로 두 여자가 사라져 버리자 당황한 카렌이 로엔에게 물었고, 로엔은 손을 휘휘 저으며 말했다.

"지금은 그것보다 이게 더 중요하니까 그건 나중에 말해 줄게."

"알았어."

로엔의 대답에 카렌은 순순히 물러났고, 로엔은 땅에 철푸덕 엎어져 기절해 있는 그 여자의 멱살을 붙잡았다. 그리고는,

짜악—! 짜악—! 짜악—!

하는 소리와 함께 그녀의 따귀를 무지막지하게 갈겨대기 시작했다.

잠시 후, 그녀는 신음 소리와 함께 깨어나더니 볼이 얼얼한지 자신도 모르게 양쪽 볼을 어루만지기 시작했고, 로엔은 따귀를 내려치던 손을 내리고는 멱살을 쥐고 있던 손을 놓아버렸다.

"꺄악—!"

당연한 이야기지만, 그녀는 비명을 지르며 엉덩방아를 찧었고, 로엔은 그렇게 주저앉아 자신을 쨰려보는 그녀를 한동안 보이지 않던 차갑기 그지없는 표정으로 노려보며 조용히 입을 열었다.

"반갑기 그지없군. 아니, 아까 전에 만났으니 반가울 일은 없는 건가?"

"칫, 나에게서 무언가를 알아낼 생각은 하지 않는 게 좋을걸? 어서 죽여라!"

그녀가 표독스럽게 외치자 로엔의 표정이 더욱 차갑게 변했다. 로엔은 허리를 숙여 다시 그녀의 멱살을 쥐고는 들어 올려 자신의 얼굴을 그녀의 얼굴 바로 앞에 마주 대고는 그녀를 무섭게 노려보며 말했다.

"어서 죽이라구? 자신의 목숨이 그렇게나 가벼운 모양이지? 그래, 아사신 길드 따위에 투신하고 있는 것을 보면 정말로 가볍게 여기고 있는 모양이군. 하지만 기억해 둬라. 정말로 자신의 생명만큼 소중한 것은 없어."

그러고는 멱살을 잡고 있던 손을 놓고는 다시 말했다.

"네 까짓 년에게 알아내고 싶은 정보는 없어. 네년이 토라의 황태자의 사주를 받았든 그 측근에게 사주를 받았든 간에 나하고는 관계없는 일이니까."

"어, 어떻게……."

로엔의 말이 맞았는지 그녀의 표정이 굳어졌고, 로엔은 그녀를 다시 노려보며 말했다.

"뭐, 조금만 생각하면 이 정도는 쉽게 알 수 있는 거지. 너무 깊이까지는 알 필요 없고, 다만 네가 해줘야 할 일이 있어."

로엔의 말에 그녀의 얼굴이 다시 표독스럽게 변했다.

"흥, 네 녀석의 말을 들을 생각은 눈곱만치도 없어. 관두는 게 좋을걸?"

"생각이 없어도 하게 될 거다. 귀 파고 잘 들어둬. 황태자에게 전해라. 난 네 녀석들의 악취나는 황위 싸움에 관계하고 싶은 생각은 조금도 없다고. 그러니까 자꾸 날 귀찮게 하면 토라 황실이고 뭐고 다 박살내버린다고 전해. 믿기 힘들지는 모르겠지만 내게는 그만한 무력이 충분히 있다. 이제 꺼져라."

그녀의 얼굴이 의아스럽게 변했고, 로엔의 얼굴이 짜증스럽게 변했다.

"꺼지라는 말 못 들었나? 보는 것도 짜증나니 어서 꺼져 버려."

로엔의 말에 그녀는 다시 표독스럽게 로엔을 노려보더니 곧바로 걸음을 옮겨 로엔과 카렌에게서 멀어지기 시작했다. 약 10여 분이 지나 그녀가 어둠 속에 가려 보이지 않게 되자, 로엔이 힘껏 기지개를 켜며 말했다.

"후우, 이걸로 한 건 해결인가?"

"아직 해결되지는 않은 것 같은데?"

카렌이 뚱한 표정으로 말했고, 로엔이 의아한 표정을 지었다.

"어째서?"

"생각해 봐. 우린 지금 가진 거라고는 정말 돈밖에(?)없어. 지금 계절은 늦가을이니 과일을 구하기도 힘들고, 사냥을 하지 않는다면 다음 마을까지는 가야 식량을 구할 수 있을 텐데 다음 마을의 방향이 어딘지, 거리는 또 얼마나 되는지도 모르는 우리는 지금 총체적 위기 상태라고."

카렌의 말에 로엔이 한 방 얻어맞은 듯한 표정을 지었다.

"이, 이럴 수가… 내가 그런 중요한 사실을 잊고 있었다니."

"이제 어떻게 할 거야?"

카렌의 물음에 로엔은 생각에 잠깐 잠겼다가 고개를 설레설레 저었다.

"글쎄, 나라고 무슨 대책이 있는 것도 아니고……."

"그럼 우리 이렇게 하지. 아까 우리가 도망쳐 나온 마을로 돌아가는 거야. 거기 가면 먹을 건 많이 구할 수 있을 테고, 어쩌면 우리 마차도 다시 찾을 수 있을지 모르잖아."

카렌의 말에 로엔이 박수를 한번 치고는 감탄한 목소리로 말했다.

"역시 대마도사 카렌 폰 미하이언 군이군. 정말 대단해."

"뭘 이런 걸 가지고."

카렌이 쑥스러워하든 말든 로엔은 팔을 양쪽으로 쭉 펴며 말했다.

"좋~았어! 그럼 마을로 돌아가도록 하자!"

한참을 걸어 마을로 돌아갔지만 이미 로엔과 카렌이 타고 왔던 마차는 존재하지 않았다. 아니, 좀 더 정확하게 말하면 마차가 없는 것이 아니라 마차를 끌 말들이 없었다고 하는 게 옳은 말이었다.

"후, 말이 없으니 마법 아카데미까지 걸어가야 하나?"

"그나마 먹을건 있으니 다행이라고 할 수 있겠군."

체력이 약한 카렌의 투덜거림에 텅 비어버린 집에서 밀가루 따위의 먹을것들을 한 아름 가지고 전날 묵었던 여관으로 들어오던 로엔이 대꾸했다. 그동안 편하게 마차 여행을 한 카렌은 마법 아카데미까지 갈 일이 아득했는지 한숨만 푹푹 내쉬었고, 그런 카렌을 한심하다는 듯 바라보다가 로엔이 말했다.

"뭐, 중간에 조금 큰 도시라도 나오면 그곳에서 말을 사면 되니까 거기까지만 참아."

엄청난 갑부들이나 할 소리를 태연하게 하는 로엔. 그도 그럴 것이, 로엔은 엄청난 갑부 축에 낄 수 있을 만한 재산을 가지고 있었기 때문이다. 하지만 로엔이 돈이 좀 많다는 것을 알고는 있지만 엄청난 갑부라는 것은 모르고 있는 카렌은 여전히 한숨만 푹푹 내쉬며 대꾸했다.

"무슨 돈으로?"

이 말에 로엔은 그만 피식 웃어버리고 말았고, 그걸 본 카렌은 뚱한 표정으로 로엔을 노려보았다.

"지금 비웃는 거지?"

"아, 아니. 내가 그 정도로 가난해 보였나 싶어서. 아무튼 말 두 필 살 돈 정도는 있으니까 쓸데없는 걱정 말고 이제 출발하기나 하자. 날 밝았잖아."

로엔의 말에도 카렌은 축 처진 채 탁자에 엎어져 힘없이 이 말만을 중얼거렸다.

"나 졸려."

"……."

결국 카렌이 졸리다고 칭얼댄 덕분에 하루가 지나서야 로엔과 카렌은 마법 아카데미로 출발할 수 있었다.

Guillian, Return

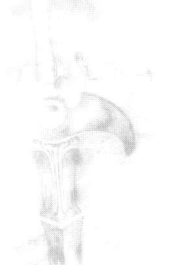

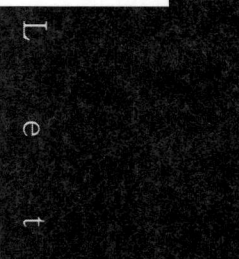

Letenia Saga

Guillian, Return

"아아, 힘들어."

마법사라는, 방 한구석에서 연구만 해대는 비교적 음침하고도 냄새 나는 직업을 가진 탓에 체력이 약한 카렌이 투덜거렸고, 그걸 본 로엔 이 카렌의 등을 두드리며 달랬다.

"앞으로 이틀만 더 걸어가면 마을이 나오니까 그때까지만 참아."

로엔의 애정 어린(?) 격려의 말에 카렌은 로엔을 노려보며 힘없이 말했다.

"그걸 지금 격려라고 말하는 거냐?"

"……."

머쓱해진 로엔은 입을 다물어 버렸고, 카렌은 입으로는 연신 투덜투 덜거리면서도 마을을 향해 계속 걸음을 옮겼다. 그리고 그때였다, 그 들에게 구원자가 나타난 것은.

두두두두두.

멀리서 어럼풋이 들려오는 소리에 로엔이 먼저 반응을 했고, 곧 이어 카렌의 표정도 밝아지기 시작했다. 그리고 둘은 곧바로 뒤를 돌아보고는 손을 들어 크게 흔들며 마차를 향해 손을 흔들기 시작했다.

"여기! 여기예요!"

"지나가는 미남(?) 둘 구원해 주는 셈 치고 우리 좀 태워줘요!!"

그러나 마차는 무정하게도 먼지만 날리며 그들을 지나쳐 버렸고, 로엔과 카렌은 손을 흔들던 그 자세 그대로 굳어버린 채 하염없이 이미 지나가 버린 마차가 오던 방향만을 바라보고 있었다.

"후, 어째서 세상 인심이 이렇게 각박해진 거지?"

"묻지 마, 나도 괴로우니까."

둘은 그렇게 중얼거린 다음 고개를 앞으로 숙여 버린 채 다시 힘없이 길을 걷기 시작했다. 약 10여 분을 걸었을까. 계속 고개를 숙이고 걸어가는 그들의 머리 위에서 예쁜, 그리고 구세주와도 같은 목소리가 들려왔다.

"저기, 거기 걸어가시는 두 미남 분들."

그 순간, 로엔과 카렌의 머리가 엄청난 속도로 그녀—로 추정되는 목소리를 가진 사람—에게로 돌아갔고, 그녀를 본 둘의 얼굴은 그야말로 경악으로 물들었다. 그리고 드넓은 평원 한가운데에 두 남자의 절규가 울려 퍼졌다.

"이, 이건 악몽이야~!"

"정말로 이럴 수는 없어~!"

"호호호호, 그래서 마차도, 말도 다 빼앗기고 그렇게 걸어가게 되었다는 말이군요?"

그녀의 말에 로엔과 카렌은 애써 그녀의 시선을 회피하려 노력하며 고개를 끄덕였다. 이유인즉슨, 그녀의 외모를 누군가의 말을 빌려 표현하자면 그야말로 '여자로 추정되는 몸매와 목소리를 가진 외계 생물'이란 말로 아주 정확하게 표현이 가능할 정도로 폭탄이었던 것이다.

카렌과 로엔에게 있어서는 가혹하다고 할 수 있는 시간이 지나고 나서 그날 저녁쯤에 로엔과 카렌이 탄 마차는 마을에 도착했고 황급히 감사하다는 인사를 하며 마차에서 내리려는 그들에게 그녀가 물었다.

"이렇게 만난 것도 인연인데, 제가 저녁 식사라도 대접해 드릴 수 있을까요?"

그 말에 막 마차에서 내려서 도망갈 차비를 하던 로엔과 카렌은 기겁하며 그녀에게 말했다.

"아, 아닙니다. 더 이상 그런 폐를 끼칠 수는……."

"저희는 빨리 가야 할 곳이 있어서… 그럼 안녕히 가십시오!"

그러고는 여관을 찾아 잽싸게 걸음을 재촉해 마차에서 멀어지기 시작했다. 그러나 카렌과 로엔은 알지 못했다, 마차 안에서 멀어지는 그들을 바라보던 그녀가 마부에게 무언가를 속삭이고 있었다는 것을.

"후우, 이제 한숨 돌리겠군. 세상에 그런 여자가 있었다니."

돈도 없는 주제에 물주 하나를 믿고 마을에 단 하나밖에 없는 여관에서 가장 좋은 방을 골라잡은 카렌이 풀썩 하고 침대에 쓰러지면서 중얼거렸고 오랫동안 그냥 방치해 두었던 검을 손질하던 카렌의 물주로엔이 카렌에게 말했다.

"그래도 그… 사람 덕분에 여기까지 편하게 왔잖아. 이제 다시 만날

일은 없으니 그런 소리 하지 말아."

빈말이라도 여자라고는 하지 못하겠던지 '그 사람'으로 말을 바꾸는 로엔. 어쨌든 로엔의 말이 꽤나 설득력이 있었던지 카렌은 고개를 끄덕이고는 베개 속에 얼굴을 묻었다.

그렇게 꽤나 시간이 흘러 카렌은 어느새 잠이 들어버렸고, 로엔은 테이블에 앉아서 마법책을 읽고 있었다. 그러다가 로엔은 갑자기 눈앞이 가물거리는 것을 느끼고는 손가락을 따악 하고 튕기며 작게 중얼거렸다.

"스피릿츄얼 · 어웨이크닝."

그러나 로엔의 몸에서는 아무런 변화도 일어나지 않았고, 그제야 무슨 일이 일어났다는 것을 느낀 로엔은 잠이 쏟아지는 몸을 애써 가누며 정신을 차리려 노력했지만 결국 쏟아지는 졸음을 이기지 못하고 그 자리에 풀썩 쓰러져 정신을 잃고 말았다.

"아하아암, 잘 잤……?"

로엔보다 먼저 잠들어 있던 탓에 숙면을 취하고 깨어난 카렌은 잠들 때와는 달리 바닥이 차갑다는 것을 느끼고는 주위를 둘러보았다.

"여, 여긴 어디야?"

그러다가 옆에 쓰러져 있는 로엔을 발견하고는, 로엔을 흔들어 깨운다.

"야, 야! 로엔! 일어나 봐!"

"으, 으으윽, 완벽하게 당해 버렸군."

로엔은 카렌이 깨우자 금방 일어나며 카렌이 알 수 없는 말을 중얼거렸고, 카렌은 로엔이 일어나자마자 자신들이 지금 처해 있는 상황에 대해서 집중적으로 추궁하기 시작했다.

"로엔, 도대체 우리가 왜 여기에 있는 거지?"

"나도 정확하게는 모르겠지만… 저 쇠창살과 이 차가운 바닥을 봐서는 감옥 같군."

로엔이 동문서답을 하자 카렌이 고함을 꽥 질렀다.

"그걸 물은 게 아니잖아! 내가 물은 건 우리가 도대체 왜 여기에 있냐는 거야!"

"글쎄, 나도 잘 모르겠어. 어제 알 수 없는 누군가의 정신 계열 마법에 쓰러진 것까지는 기억이 있는데."

"그렇다는 이야기는, 우린 지금 누군가에게 납치되어 감옥에 갇혔다는 말이지?"

재차 이어지는 카렌의 물음에 로엔이 침중한 표정으로 고개를 끄덕였고, 카렌은 으음 하는 소리를 내며 잠시 생각에 잠겼다가 말했다.

"잠깐, 네 검, 그대로 있는 것 같은데?"

"그래. 뭐?"

카렌의 말에 황급히 자신의 허리를 살피는 로엔. 검이 그대로 있다는 것을 깨닫고는 허탈한 표정을 짓는다.

"이 녀석들은 감금하는 방법의 기본도 모르는 건가? 좋아, 카렌, 마력은 충분하지?"

"뭐, 여기를 빠져나가는 데는 별 문제가 없을 것 같은데……."

카렌의 대답에 로엔은 고개를 끄덕이고는 검을 뽑아 철창에 대고 두어 번 그었다. 로엔의 검은 보통 명검이 아니었는지 철창을 가볍게 베어버렸고 로엔과 카렌은 별 문제 없이 철창을 빠져나오는 데 성공했다. 하지만 문제는 그 다음이었다.

[경고! 죄수가 탈옥했다! 죄수가 탈옥했다!]

"제기랄! 알람 마법이 걸려 있었잖아! 어쩐지 무장을 그대로 두더라니!"

로엔이 낭패했다는 표정을 지으며 말했고, 카렌 역시 병사들이 뛰어오는 발소리를 들으며 당황감을 감추지 못했다.

"로, 로엔, 이제 어떻하지?"

카렌의 물음에 로엔은 입술을 지그시 깨물며 생각에 잠겼다가 곧 마음을 정한 듯 앞으로 나서며 카렌에게 말했다.

"하는 수 없지! 정면돌파다! 카렌, 내 앞으로 블러드 스타를 날려줘!"

"알았어! 헬 · 블러드 스타!"

카렌의 마법이 로엔을 지나쳐서 앞으로 날아가 대폭발을 일으켰고, 로엔은 앞으로 달려나가며 카렌에게 외쳤다.

"내 뒤를 따라서 달려! 앞은 내가 맡을 테니까!"

로엔과 카렌은 그대로 앞으로 달려나갔으나, 곧 경고 소리를 듣고 달려온 병사들과 마주치고 말았다. 가운데에 있던 자가 그 병사들의 대장이었는지 로엔과 카렌을 가리키며 외쳤다.

"저 녀석들이다! 잡아!"

"이런 빌어먹을! 이런 데서는 큰 마법을 쓸 수도 없는데! 파이어 · 플레임 볼!!"

카렌이 비명 섞인 외침을 지르며 화구를 날렸고, 그것을 본 병사들이 동요하기 시작했다.

"마법사?!"

"제기랄! 이런 좁은 데서는 우리가 불리하잖아!"

그 시점을 기준으로 해서 카렌들 쪽에 불리하게 돌아가던 상황이 유리하게 변하기 시작했다.

"이때다! 카렌, 내가 길을 뚫을 테니 달려!"

병사들이 동요하기 시작한 것을 눈치 챈 로엔이 달려가 병사 하나를 베어 넘기며 카렌에게 외쳤고, 카렌은 곧바로 길을 뚫기 시작한 로엔의 뒤를 따라 달리기 시작했다.

"크윽, 뭐가 이렇게 강해!!"

"조심해라! 보통 녀석이 아냐!"

로엔의 실력을 본 병사들은 더 더욱 동요했고 이때를 놓치지 않고 로엔이 병사들에게 결정타를 날렸다.

"죽이는 건 싫지만 어쩔 수 없지! 헬 · 블러드 스타!"

"크아악!"

병사들의 비명이 좁은 복도 안에 가득 울려 퍼졌고, 이때를 틈타서 로엔과 카렌은 병사들의 포위망을 뚫는 데 성공했다. 그리고 지하 감옥의 출구를 빠져나온 로엔은 그 풍경이 왠지 낯익다는 것에 경악을 금치 못했다.

"이럴 수가! 여기는!"

"로엔, 왜 그래?"

자신이 보고 있는 풍경을 믿을 수 없다는 듯이 바라보는 로엔에게 카렌이 어리둥절해서 물었고, 잠시 후 믿을 수 없다는 듯한 로엔의 말이 흘러나왔다.

"여기는 세이레인 왕궁이잖아."

"맞아, 여기는 세이레인 왕궁이지."

그 말을 확인시켜 주기라도 하듯 로엔의 오른쪽에서 낯익은 목소리가 들려왔고, 그 목소리를 들은 로엔은 아까보다도 더욱 경악한 표정으로 목소리가 들려온 쪽을 바라보았다.

"이… 이 목소리는?"

"반갑군, 로엔 리스나르트 군. 아마도 4년 만이지. 그렇지 않은가?"

그 목소리의 주인공은 반갑게 로엔을 맞았고, 로엔은 일그러진 목소리로 그 목소리의 주인공을 향해 말했다.

"기, 길리언 황자? 어떻게… 살아 있었지?"

"이거 정말로 반갑군 그래. 그동안 잘 지냈나?"

길리언이 앞으로 다가오며 손을 내밀자, 로엔은 흠칫하며 뒤로 몇 걸음 물러났다. 길리언은 머쓱해진 얼굴로 내민 손을 거두며 말했다.

"흠, 그렇게 괴물 보듯 할 건 없는데 말이지. 그렇게 놀라웠던가?"

"어떻게… 어떻게 살아난 거지?"

로엔이 떨리는 목소리로 묻자, 길리언은 담담히 웃으며 로엔의 물음에 대답했다.

"뭐, 오딘 대신전은 폼으로 있는 것은 아니니까 말야. 아아, 그렇게 무섭게 보지 말아. 케케묵은 일을 가지고 해코지할 생각은 없으니까."

그래도 로엔은 경계하는 표정을 지우지 않았고, 길리언은 할 수 없다는 듯 어깨를 으쓱하며 말했다.

"정 그렇게 나온다면 나로서도 어쩔 수가 없지. 그냥 이렇게 서서 대화를 나누는 수밖에."

카렌은 로엔이 떨리는 몸을 가누지 못하고 자신에게 살짝 기대오자 로엔의 어깨를 받쳐 주며 길리언을 바라보고는 말했다.

"길리언… 이라고 했던가요? 지금 순서가 잘못되어 있다고 생각하는데 말이죠."

길리언은 로엔의 얼굴로 향하던 시선을 카렌에게로 돌렸다. 그 날카로운 눈빛에 잠시 흠칫했지만, 카렌은 그에 굴하지 않고 자신이 할 말을 했다.

"먼저 그쪽이 병사들을 물리고 그런 이야기를 해야 순서에 맞는 거 아닐까요? 이렇게 병사들로 우리를 포위해 두고 그런 이야기를 하면 설득력이 없다고 생각되는데 말이죠."

길리언은 카렌의 말에 잠시 생각하더니 고개를 끄덕이며 수긍했다.

"그건 확실히 그렇군. 좋아, 테이시온과 하이엔만 남고 모두 물러가라."

"하, 하지만!"

길리언의 명령에 화려한 갑옷을 입은 한 기사가 길리언에게 반문했고, 길리언은 그를 쏘아보며 말했다.

"저 둘이면 내 몸을 지키는 데 충분하다. 그리고 내 실력, 알지 않는가? 날 못 믿겠다는 건가?"

"그건 아니지만……."

길리언의 말에 뭐라 변명을 하려는 그에게 길리언이 갑자기 호통을 쳤다.

"그게 아니면 대체 뭐란 말인가! 왕족인 날 지금 우습게 보고 조롱하려는 것인가? 그게 아니라면 어서 썩 물러가도록!"

길리언의 호통에 그 기사는 한마디도 반박하지 못하고 병사들을 물렸고, 길리언은 다시 카렌을 바라보며 말했다.

"이 정도면 되었는가?"

"아아."

카렌도 할 말이 없었는지 그냥 고개를 끄덕이고는 입을 다물었고,

길리언은 다시 로엔에게로 시선을 옮기고는 아직도 자신을 경계하는 눈초리로 노려보는 로엔에게 말했다.

"아직도 믿지 못하는 모양이군. 뭐, 유령이라 생각하고 싶으면 맘대로 생각하도록."

"한 가지만 묻지."

어느덧 침착을 찾은 듯 로엔의 입에서 말이 흘러나왔고, 길리언은 이제야 말이 통하겠다 싶었는지 만족스러운 웃음을 지으며 로엔에게 말했다.

"내가 할 수 있는 종류의 대답이면 뭐든지 대답해 주지. 그래, 뭘 묻고 싶은가?"

"어떻게 우리를 하루 만에 그곳에서 여기까지 데려온 거지?"

로엔의 물음이 끝나자마자 기다리고 있었다는 듯 길리언이 대답했다.

"그 물음이라면 금방 대답해 줄 수 있지. 우리는 드디어 워프 게이트를 구축한 거다."

"설마!"

로엔과 카렌의 눈이 크게 떠졌다. 길리언은 득의의 웃음을 지으며 계속 말했다.

"그래, 그 설마다. 우리는 이 레트니아 대륙 전체를 범위에 둔 워프 게이트를 구축한 것이다."

워프 게이트. 그것은 공간의 벽을 넘어 이동하는 워프를 누구라도 이용할 수 있게 만들어주는 것으로, 좌표만 알 수 있다면 어디든지 이동할 수 있게 해주는 공간의 문이었다. 비록 출발점이나 도착점 중 한

점이 고정되어 있어야 한다는 단점이 있긴 했지만 이 워프 게이트가 국가 단위의 집단에서 구축될 경우 대규모 전쟁을 보급의 걱정 없이 효율적으로 끌어갈 수 있다는 점에 이 워프 게이트의 무서운 점이 있는 것이다. 그동안 마법의 아버지로 여겨지고 있는 아스나트 이프론이란 마법사가 지은 「마법학 총론」이나 아스나트 이프론 이후 최고의 마법사로 추앙받고 있는 데이탄 헬 마스터의 저서 「기초 마법학 원론」 등의 책에서 워프 게이트의 이론이 나오기는 했지만, 워프 게이트를 만드는 데 들어가는 천문학적인 액수와 그 이론 실현의 어려움 때문에 각 국가에서 시도는 하면서도 번번이 실패로 끝나고 말았었다. 그런데 그 워프 게이트 구축에 성공했다는 놀라운 말이 세이레인의 철혈황제 길리언 아스나드 폰 미드가르드 네오토라의 입에서 나온 것이었다.

"후우, 이제 우리는 어떻게 해야 하지?"

길리언이 배정해 둔 방에서 카렌이 한숨을 내쉬며 말했고, 로엔은 검에 묻은 피를 닦아내면서 포기한 듯한 어조로 말했다.

"별수없잖아, 칼자루는 그쪽이 쥐고 있으니 하라는 대로 할 수밖에."

"하지만 내 모국은 토라라구. 세이레인을 위해서 일할 수는 없어."

카렌의 말에 이번에는 로엔이 한숨을 쉬었다.

"우선 목숨이 붙어 있어야 모국이고 뭐고 간에 일할 수 있는 거지 목숨이 없어지면 끝이야. 다른 방도는 없다구."

"그런 건가."

그렇게 둘의 대화가 끝난 후 잠시 침묵이 방 안을 지배했고, 잠시 후 검을 다 닦았는지 로엔이 검을 검집에 집어넣으며 불쑥 카렌에게 말했다.

"이렇게 있기도 뭐하니 잠깐 산책이나 하자."

"뭐?"

갑작스런 로엔의 말에 아직 상황 정리가 되지 않은 카렌이 약간 당황한 목소리로 반문했고, 로엔은 카렌의 손을 잡아끌며 다시금 말했다.

"산책 몰라? 산책? 방 안에서 이러고 있는 것도 답답하니 산책이나 하잔 말이다."

"아, 잠깐, 잠깐만!!"

하지만 로엔은 들은 척도 않고 카렌을 끌고 방 밖으로 나가서 잠시 걷다가 카렌의 머리를 주먹으로 따악 하는 소리가 날 정도로 때렸다. 카렌이 삐친 건 당연한 이야기, 로엔을 째려보며 물었다.

"아야야, 왜 때려?"

"몰라서 묻냐?"

차갑기만 한 로엔의 반응. 때문에 화가 난 카렌은 고함을 빽 질렀다.

"그럼 모르니까 묻지 알면 내가 이러고 있냐!"

따악—!

다시금 로엔의 주먹이 카렌의 정수리를 강타했고, 강렬한 충격에 카렌은 두 손으로 정수리를 붙잡고 눈에 눈물까지 머금으며 로엔을 째려본다. 그러나 로엔은 그 시선을 무시하고는 주위를 살피며 지나가는 듯한 말투로 카렌에게 말했다.

"너 대마도사 맞냐? 생각을 좀 해봐. 그 음흉하기 짝이 없는 길리언이 우리가 배정받은 방에 도청용 마력석 하나 장치해 놓지 않았을 거라 생각하냐? 분명히 무슨 수작을 부려놓았을 게 뻔한데 그런 소리를 아무런 경계심조차 없이 주절거리다니 정말 정신이 있는 거야, 없는 거야?"

로엔의 질책에 카렌은 멍한 얼굴로 로엔을 바라보다가 곧 풀 죽은 얼굴로 로엔에게 사과했다.

"미, 미안해."

잠시 동안 차갑게 카렌을 내려보던 로엔도 카렌의 풀 죽은 모습을 보자 마음이 움직였는지 카렌의 등을 토닥여 주며 위로하기 시작했다.

"미안하다. 내가 너무 심했던 것 같아. 그럼 이제 방으로 돌아가자. 또 길리언이 무슨 의심을 할지 모르니까."

"그래, 이제 방으로 돌아가자."

그렇게 잠깐의 산책(?)이 끝나고 나서 로엔과 카렌이 방으로 돌아가 막 방문을 열려고 할 때 뒤에서 목소리가 들려왔다.

"이제야 돌아왔군. 로엔 리스나르트."

"누구지?"

자신을 잘 아는 듯한 들어보지 못한 음성에 로엔은 의아해하며 뒤를 돌아보았고, 곧 익숙한 얼굴과 마주치게 되었다.

"하이엔… 폰 클라인시커 준 후작님이셨군요. 여긴 무슨 일로 오셨습니까?"

억지로 되지 않는 존댓말을 내뱉으며 로엔이 물었고, 하이엔은 코웃음을 치면서 로엔의 말에 대꾸했다.

"흥, 되먹지 않은 경어는 쓸 필요 없어. 4년 전에 네게 받은 수모는 똑똑히 기억하고 있으니까. 뭐, 어쨌든 간에 황제 전하께서 부르신다. 어서 회의실로 가보도록."

하이엔은 그 말을 한 다음 로엔을 지나쳐 가면서 작은 목소리로 로엔의 귓가에 말했다.

"4년 전의 수모는 조만간에 갚아주도록 하지. 기대하고 있도록."

"잠깐."

하이엔이 지나치자마자 로엔은 뒤로 돌면서 하이엔을 불렀고, 하이엔은 눈살을 찌푸리며 다시 로엔을 뒤돌아보았다.

"무슨 일이지? 내게 볼일은 없을 텐데."

"회의실… 어디에 있는지 안내 좀 해주시겠습니까?"

"……."

"아, 리스나르트 군. 마침 잘 왔네. 이거 영 의견 통일이 되지 않아서 말이지."

회의실 안으로 들어온 로엔을 길리언은 반갑게 맞았고, 로엔은 카렌을 만나기 전과 같은 무표정한 얼굴에 차가운 목소리로 길리언에게 말했다.

"쓸데없는 말은 그만두시고 용건이나 말씀해 주시겠습니까?"

"저런 건방진 녀석을 봤나! 감히 길리언님께 그런 무례한 언동을 행하다니!"

로엔의 차가운 말투에 길리언의 옆에 있던 한 기사가 당장 검을 들어 로엔을 내려칠 것 같은 기세로 벌떡 일어서서는 로엔에게 호통 쳤고, 로엔은 뉘집 개가 짖냐는 식으로 그 기사를 무시하고는 길리언에게 말했다.

"상당히 시끄럽군요. 전 피곤해서 쉬고 싶으니 어서 용건을 말씀해 주시겠습니까?"

"저, 저런 발칙한 자식!"

"에릭 경, 회의 중에 이 무슨 추태요! 조용히 하고 자리에 앉으시오!"

로엔이 무시하자 그 기사는 수치감에 얼굴이 벌게져서는 더욱 큰 소리로 로엔에게 호통 쳤고, 결국은 길리언이 그 에릭 경이라는 기사에게 화를 내며 소리치자 에릭 경은 결국 씩씩거리면서 자리에 앉았다. 주위가 조용해지자 길리언은 부드러운 미소를 지으며 다시 로엔에게 말했다.

"다들 이 모양이니 회의가 제대로 될 리가 없지 않겠는가? 워프 게이트라는 최고의 전략 무기를 갖추고서도 제대로 된 전략이 나오지 않으니… 어떤가, 이 레트니아 최고의 명장 가토르를 굴복시킨 멋진 전략을 한번 이 자리에서 펼쳐 보는 게?"

"어… 어떻게 그걸?"

길리언의 말에 로엔이 흠칫하면서 길리언을 바라보았고 길리언은 웃으며 로엔의 궁금증을 해결해 주었다.

"지난 4년 동안의 네 행적은 다 알고 있지. 우리 세이레인의 정보력을 무시하지 말아줬으면 좋겠어."

로엔은 빙글빙글 웃는 길리언을 무섭게 노려보다가 결국 포기했는지 입을 열었다.

"관두죠. 첩자들을 알아차리지 못한 건 내 탓이니까. 어쨌든 피곤하니 빨리 끝내고 돌아가겠습니다. 우선 이 세이레인의 공개된 병력은 약 20만이고, 알려지지 않은 병력은 약 15만 정도. 이 알려지지 않은 병력을 공개된 병력과 합친다 하더라도 토라의 총 병력인 60만과 비교하면 확실히 밀립니다."

이번엔 길리언의 얼굴이 굳어질 차례였다. 로엔은 길리언이 굳어진 얼굴로 자신을 바라보고 있자 의아해하는 말투로 길리언에게 물었다.

"왜 그러시죠?"

로엔의 물음에 길리언은 당황하면서 로엔에게 말했다.

"아, 아니. 내가 자네를 너무 얕보고 있었던 것 같아서… 계속하게."

속으로는 회심의 미소를 지으면서 로엔은 계속 말을 이어갔다.

"하지만 이곳에는 최고의 전략적 무기라 할 수 있는 워프 게이트와 모든 레트니아 대륙의 좌표가 있습니다. 그리고 이 두 가지를 가장 적절하게 사용할 수 있는 방법은……."

회의장 안의 모든 시선이 로엔의 입에 집중되었고, 로엔은 희미한 미소를 지으며 다음 말을 꺼냈다.

"토라의 전 영토에 대한 기습 작전입니다."

로엔의 말이 끝나자마자 회의장 안은 술렁이는 소리에 휩싸였다.

"토라의 전 영토에 대한 기습이라니… 그런 말도 안 되는!"

"실현성이 없는 작전입니다! 가뜩이나 밀리는 병력을 더 분산한다니요!"

"그만! 그만! 조용히들 하시오!"

시끄러운 것을 별로 좋아하지 않는 길리언이 회의용 탁자를 쾅쾅 내려치며 소리쳤고, 회의장 안은 다시 정적이 감돌았다. 어느 정도 분위기가 가라앉자 길리언은 다시 로엔에게 말했다.

"자네는 분명히 그 작전이 승산이 있다고 판단해서 그렇게 말하는 것이겠지. 하지만 그대가 말하려는 바를 좀 더 자세히 말해 줄 수는 없겠는가?"

길리언의 물음에 로엔은 한숨을 내쉬며 탁자에 손을 짚고는 말했다.

"물론 승산은 있습니다. 먼저… 일단의 병력을 토라와의 국경 중 요충지에 집결시킨 다음, 이 세이레인이 토라를 치려 한다고 소문을 퍼뜨립니다. 그러면 이쪽에 워프 게이트가 있다는 사실을 모르는 토라 측에서는 당연히 후방에 있는 군대를 우리 측 병력이 집결해 있는 요충지 쪽으로 전진 배치할 것입니다. 그러면 우리는 워프 게이트를 이용, 적군의 배후지로 대군을 워프시켜 양쪽에서 공격을 가하는 것입니다. 그런 다음 토라의 각 요충지에 아군의 야간 기습 워프 작전을 실행, 점령하는 것입니다. 그러면 그 다음부터는 전략적이 아닌 전술적인 싸움에서 승부가 결정나는 것이죠. 하지만 이쪽이 보급과 기동성이란 두 가지 측면에서 한 수 위이니, 전술적 싸움이라 해도 결코 이쪽이 밀리지는 않을 것입니다."

로엔의 말이 끝난 후, 회의장에는 정적만이 감돌았다. 그러다가 잠시 후 길리언이 박수를 치기 시작했고, 곧 회의장 내는 박수 소리로 가득 찼다. 길리언은 박수 소리가 끝나자 감탄했다는 표정으로 로엔에게 말했다.

"역시 대단하군. 가토르를 전략으로 눌렀다는 보고가 결코 거짓 보고가 아니었어. 좋아, 이제 돌아가 봐도 좋네. 돌아가서 푹 쉬도록 하게나."

탁자에 앉아 책을 보고 있던 카렌은 로엔이 축 처져서 들어오자 의아한 표정으로 로엔에게 물었다.

"로엔, 무슨 일이라도 있었어? 왜 그렇게 풀이 죽어 있는 거야?"

그러나 로엔은 카렌의 말에 아무 대답도 없이 카렌의 곁으로 다가와서는 카렌을 강하게 끌어안았다. 당연하게도 카렌은 당황해서는 로엔에게 말했다.

"야, 로엔! 갑자기 왜 이러는 거야, 도대체?"

"미안하다."

"뭐?"

로엔의 뜽딴지 같은 소리에 카렌은 말을 멈추고 로엔을 바라보았고, 로엔은 카렌을 끌어안은 채로 이 말을 반복했다.

"미안하다… 카렌… 정말로… 미안하다."

로엔과 카렌이 여기 세이레인에 억류된 지도 벌써 4일이 지났다. 그동안 세이레의 토라 침략 계획은 착착 진행되어서 세이레인은 공개된 병력의 전부를, 토라는 전 병력의 3/4을 세이레인의 레논 영지에 집결시키고 있었다. 한편, 세이레인의 억류된 카렌과 로엔은 무엇을 하고 있었는가 하면……

"이야압! 하앗! 얍!"

"…시그마 · 윈드 · 선더! 일렉트릭 스톰!"

로엔은 그동안 하지 못했던 검술 연습을, 카렌은 시그마를 좀 더 빨리 구현하기 위한 이미지 트레이닝을 하고 있었다. 그리고 다른 의미에서 약간의 트러블이 생겨 고민하고 있었는데 그것은……

"로엔, 내가 여기에 먹다 놔둔 과자 못 봤어?"

"못 봤는데?"

카렌의 물음에 로엔은 수건으로 땀을 닦으며 대답했고, 로엔의 대답에 카렌은 머리를 쥐어뜯으며 발광하기 시작했다.

"크아아악! 또 당했어! 대체 누가 그런 몰상식하고도 몰상식한 짓을 하는 거야?!"

"뭐? 또 없어졌어?"

"응, 분명 어제저녁에 쿠키가 반 정도 남아서 여기에 뒀는데… 대체 누가……"

"돈이라면 몰라도 먹을 것을 도둑맞다니… 이건 분명… 총체적 위기 상황이로군."

"대체 매 식사마다 지급되는 과자를 누가, 왜 훔쳐 가는 거야? 정말 알 수가 없어."

…과자 도둑 때문에 골치를 썩고 있었다는 것이다. 무서운 녀석들이다. 돈보다 과자를 더 소중하게 생각하다니. 어쨌거나 로엔과 카렌이 이 문제로 머리를 맞대고 고민하고 있을 때 하이엔이 들어왔다.

"로엔 리스나르트, 할 이야기가 있다. 나와."

그러나 로엔은 하이엔에게 시선조차 주지 않고는 고민에 잠긴 목소리로 말했다.

"아아, 지금 심각한 문제가 있어서… 다음에 이야기해."

문전박대에 하이엔의 얼굴에 실핏줄 두어 개가 돌았고, 로엔의 앞으로 성큼성큼 걸어가더니 로엔의 멱살을 잡고 말하기 시작했다.

"이 건방지기 짝이 없는 천민 자식아. 왜 길리언 전하께서 널 가만 내버려 두고 있는지는 모르겠지만 자꾸 그렇게 건방을 떨면 정말로 널 죽……!!"

로엔의 멱살을 잡은 채로 이야기하다가 로엔의 살기 어린 시선을 느끼고는 흠칫하는 하이엔. 로엔은 화가 났는지 자신의 멱살을 잡은 하이엔의 손을 탁 쳐내고는 문가로 걸어가며 한기조차 느끼게 하는 목소리로 하이엔에게 말했다.

"이봐, 빌어먹게도 잘나신 준 후작 각하. 오늘 상대에 대한 예의란 걸 가르쳐 드리지. 검 정도는 가지고 있겠지? 따라 나와."

"빌어먹을 자식! 예전의 나라고 생각하는 모양인데, 오늘 후회하게 만들어주마."

정원에서 로엔을 마주 보고 선 하이엔이 이를 바드득 갈며 말했지만, 로엔은 팔짱을 낀 상태로 하이엔의 반응에 냉담한 표정만을 지어 보일 뿐이었다.

"이 자식! 무시하는 거냐!"

화가 머리끝까지 치솟은 하이엔은 검을 뽑아 들고는 아직 검을 뽑을 생각을 하지 않고 있는 로엔을 베었다. 아니, 베려고 했다. 하지만 하이엔의 검은 허무하게 허공만을 갈랐고, 어느새 하이엔의 검의 궤적에서 약간 옆으로 이동해 있는 로엔이 팔짱을 풀지 않은 채로 이죽거렸다.

"그 정도 스피드로 어디 개구리 한 마리라도 잡겠어? 좀 더 빨리 공격해 보라구."

"이, 개자식! 죽엇!"

하이엔은 전력을 다해 로엔을 공격했으나, 로엔은 하이엔의 검에 스쳐 주는 것조차 않으며 하이엔의 공격을 여유있게 피했다. 잠시 후, 하이엔은 지친 표정으로 로엔에게 말했다.

"이, 이 자식. 지금껏 검을 뽑지 않다니… 날 조롱하는 거냐!"

"뭐, 검을 뽑을 필요도 없는 상대에 대한 예의라고 해두지."

"건방진 자식!"

하이엔은 자신이 가진 모든 힘을 쏟아 부어 로엔을 공격했고, 로엔은 건틀렛을 낀 손을 들어 하이엔의 검을 손바닥으로 막아낸 다음 말했다.

"확실히 예전에 비해서는 많이 늘었군. 하지만 그 정도로는 날 이길 수 없어."

말을 끝낸 다음 확인사살로 하이엔의 검을 힘을 주어 부숴 버리는 로엔. 충격을 받은 듯 그 자세 그대로 가만히 서 있는 하이엔 옆을 지나쳐 가며 로엔은 다시 한 번 이죽거렸다.

"한 번만 더 그 따위 실력을 가지고 나에게 개겼다가는 정말로 죽여 버리겠다. 하이엔 폰 클라인시커 준 후작 각하."

그날 저녁, 로엔의 방으로 테이시온이 찾아왔다. 로엔은 예전에 안면이 있던 사이라 그런지는 몰라도 예의를 갖추어 그를 맞았다.

"테이시온님이시군요. 무슨 일로 여기까지 오셨는지요?"

"하이엔을 밟아줬다는 말을 듣고 찾아왔다."

하이엔이란 단어가 테이시온의 입에서 나오자 로엔은 한숨을 내쉬며 말했다.

"그분에 대한 말씀은 지금 하고 싶지 않습니다만. 과자 도둑만으로도 지금은 머리가 아픈 상태라서……."

로엔의 말에 테이시온은 화가 났는지 로엔의 멱살을 잡아 들어 올리고는 살기 어린 목소리로 말했다.

"그 녀석, 네 덕분에 지금은 반폐인이 되어버린 지경이다. 어째서 그녀석에게 그렇게까지 모욕을 준 거지? 단순한 이유라면 내가 널 용서하지 않겠다."

로엔은 테이시온의 눈을 바라보았다. 분명히 진심이라고 생각되는 눈동자. 로엔은 한번 깊게 한숨을 쉬고는 눈에 보이지도 않을 속도로 테이시온의 손을 쳐내고는 한 걸음 뒤로 물러나서 자신이 낼 수 있는 최대한의 살기를 피워올리며 말했다.

"제 인내심의 한계를 자극하지 말아주십시오. 제가 마음만 먹는다면 여기, 이 세이레인의 왕성은 30분도 걸리지 않고도 잿더미로 만들 수 있습니다."

'분명… 유스와… 에바… 였던가? 그 둘이면 가능할지도…….'

뒤에서 로엔의 말을 듣고 있던 카렌은 예전에 보았던 유스와 에바를 떠올리고는 고개를 끄덕였다. 하지만 그런 사실을 알 리 없는 테이시온은 단지 코웃음만 치며 로엔을 비웃었다.

"웃기는 소리를 하는구나. 네가 뭘 믿고 그런 건방진 소리를 하는지는 모르겠지만, 오늘은 그냥 넘어가 주도록 하지. 하지만 차후에 이런 일이 다시 발생한다면 그때는 정말로 가만두지 않겠다."

테이시온은 그렇게 말하고는 다시 나갔고, 로엔은 의자에 털썩 주저 앉으면서 짜증나는 듯 중얼거렸다.

"아아, 정말로 귀찮게 하네. 이러다가는 길리언마저 여기로 오는 게 아닌가 몰라."

"음? 문 앞에 계시는데?"

그래도 로엔보다는 상대에 대한 존중을 좀 할 줄 아는 카렌이 존칭을 붙여서 로엔에게 말했고, 로엔은 정말 귀찮다는 표정으로 문을 바라보았다.

"리스나르트 군, 내가 온 이유, 알고 있겠지?"

길리언의 말에 로엔은 짜증나는 표정으로 의자에서 일어나지도 않은 채 길리언에게 대꾸했다.

"뭐, 분명히 어딜 가나 문제인 그 하이엔 폰 클라인시커 준 후작 각하에 관한 이야기겠지요. 그렇지 않습니까, 길리언 전하?"

"어쨌든 그렇게까지 만들 필요는 없지 않았는가? 솔직히 너무 심했다고 생각하는데."

"그렇게 생각하시면 할 수 없지요. 전 필요해서 그렇게 했을 뿐입니다."

어디까지나 로엔의 대답은 냉담했고, 길리언은 한숨을 쉬며 로엔에게 말했다.

"그렇게 생각한다면 어쩔 수 없지. 리스나르트 군, 이렇게 된 이상 자네가 하이엔의 역할을 대신 해줘야겠는데."

"그런 말씀이라면 어쩔 수 없이 따라야겠죠. 어차피 칼자루는 그쪽이 쥐고 있으니."

로엔이 비교적 긍정적인 대답을 내놓자 길리언은 고개를 끄덕였고 이번에는 카렌 쪽을 돌아보고는 말했다.

"아, 그리고, 저기 있는 저 친구도 같이 내 일을 도와줬으면 좋겠는데, 미하이언… 군이라고 했던가? 자네, 생각은 어떤가?"

"전 토라 출신입니다. 아무리 이런 상황이라지만 모국을 침략하는 일을 도울 수는 없습니다."

카렌은 단호하게 잘라 말했고, 길리언은 어쩔 수 없다는 표정을 지으며 말했다.

"그렇다면 하는 수 없지. 아, 리스나르트 군. 이번 일도 있고 하니 이제 거처를 왕궁 밖으로 옮겨줬으면 하는데, 어떤가?"

거처를 옮겨달라는 말에 로엔은 카렌을 바라보았고, 카렌은 로엔에게 고개를 끄덕여 줌으로서 길리언의 제안을 받아들이는 제스처를 취했다. 그것을 본 로엔은 고개를 한번 끄덕여 주고는 다시 길리언을 돌아보고 말했다.

"아무래도 왕궁 밖이 좀 더 자유스러울 것 같으니 그렇게 하죠. 내일 아침까지 우리가 묵을 숙소, 혹은 저택의 위치를 적은 약도와 예전의 그 리더스 카드 두 장을 아침 식사를 가져오는 하녀 편에 보내주시면 감사하겠습니다."

"그러도록 하지. 그럼 난 이만 가보도록 하겠네."

그렇게 작별 인사를 남기고는 길리언은 나가 버렸고 로엔은 얼굴에 희색을 띠고는 카렌에게 말했다.

"상황이 좋아졌다, 카렌. 이제 좀 더 자유스러운 생활을 할 수 있게 되었어."

그리고는 약간 황당한 표정으로 로엔을 바라보는 카렌에게 소리는 내지 않고 입 모양만으로 의사 전달을 하기 시작했다.

'잘하면 도망갈 기회가 생길지도 몰라.'

"뭐라고 하는 거야?"

하지만 입 모양만으로는 확실한 의사 전달을 하기가 힘들었는지 카렌은 로엔의 입 모양의 의미를 알아듣지 못했고, 로엔은 고개를 설레설레 젓더니 종이를 한 장 꺼내 그 위에 글씨를 쓰기 시작했다.

『잘되었다고 말하는 거다, 이 바보 녀석아. 이 기회에 도망갈 찬스를 잡는 거야.』

"그런 말이었어?"

로엔은 고개를 끄덕였고 종이를 구겨 쓰레기통에 집어넣은 다음 평상시와 같은 어투로 카렌에게 말했다.

"그럼, 이제 잠이나 자두자. 내일 아침 이사해야 하는데 피곤해서는 죽도 밥도 안 되니까 말야."

다음날 아침, 매일 식사를 배달해 주는 시녀가 숙소의 위치가 그려진 종이쪽지와 리더스 카드 한 장을 가져다 주며 말했다.

"리더스 카드 한 장이면 둘이서 쓰는 데 그다지 큰 문제는 없을 거라는 길리언 전하의 전언이 있었습니다."

"아, 고맙군요. 오늘 점심부터는 성 밖에서 생활할 예정이니 앞으로 식사는 가져다 주실 필요 없습니다. 그럼 살펴가십시오."

로엔의 말에 그 시녀는 뭔가 아쉬운 듯한 표정을 지으며 나갔고 그 표정의 이유를 알 리 없는 로엔과 카렌은 서로 바라보며 어깨만 으쓱했다. 끌려온 처지에 소지품을 제대로 챙겼을 리가 만무한 로엔과 카렌의 짐은 없다시피 해도 과언이 아니었고 둘은 말 그대로 몸만 가지고 길리언이 잡아준 여관으로 향했다.

"어서 오십시오! 귀족 전용 여관 '마이더스'에 오신 것을 환영합니다!"

로엔과 카렌이 그곳에 도착하자 그 여관의 모든 종업원들이 2열로 늘어서서 로엔과 카렌에게 인사를 했다. 지배인쯤으로 보이는 사람이 종이를 올려놓은 네모난 판을 내밀면서 로엔에게 말했다.

"저희 '마이더스'에서는 이곳을 방문해 주신 분들의 사인을 한 장씩 받고 있습니다. 여기에 두 분의 사인을 남겨주십시오."

이런 상황은 익숙하지 않은지 로엔은 적잖이 당황한 표정으로 그 판을 받아 사인을 한 다음 카렌에게 넘겼고, 카렌 역시 사인을 한 다음 그 판을 지배인에게 넘겼다. 지배인은 그 판을 받아 살펴보고는 인상을 약간 찡그리더니 로엔에게 물었다.

"무례한 질문이 아닐지 모르겠습니다만 혹시… 평민이십니까?"

로엔은 대답없이 리더스 카드를 내밀었고, 지배인은 '역시나!'라고 하는 듯한 표정으로 리더스 카드를 받아 진품임을 확인한 다음 돌려주며 말했다.

"음, 진품이군요. 실례했습니다. 진품 리더스 카드를 가지신 분이 평민일 리는 절대 없겠죠. 방은 2122호입니다. 무슨 일이 있으면 벨을 눌러주시고, 편안한 시간 보내시기 바랍니다."

잠시 후, 로엔은 방에 들어가자마자 침대 위로 망토를 거칠게 집어던지며 카렌에게 투덜거렸다.

"뭐가 '귀족 전용 여관 마이더스' 야? 평민이라고 무시하는 거야, 뭐야?"

"참아, 참아. 귀족들이란 게 다 그렇지 뭘."

"평민들 없으면 다 굶어죽기 딱 좋은 게 귀족들인데, 평민이라고 이렇게 무시를 해? 어휴, 내가 저것들을 그냥 콱!"

"참으라니까. 여기서 일내면 우리가 도망가기가 더 힘들어질 것 아냐."

카렌은 타당성있는 이유를 대며 로엔을 설득했고 로엔은 좀 진정이 되었는지 침대에 털썩 걸터앉으며 이를 갈았다.

"빌어먹을, 이래서 귀족들은 싫다니까."

숙소를 왕궁에서 귀족 전용 여관 '마이더스' 로 옮긴 지도 이틀이 지났다. 그날도 로엔은 길리언의 사무 일부를 대신 처리해 주고 또 전언을 전달하는 등 상당히 바쁜 하루를 보낸 후 숙소로 돌아가고 있었다. 왕궁에서 숙소까지의 거리에서 약 반 정도를 왔을 때, 로엔의 눈에 사람들이 몰려서 바쁘게 무언가를 거래하는 것이 들어왔다. 로엔은 무엇을 하는 것인지 상당히 궁금했는지 그곳으로 가서 한 사람을 붙잡고 물었다.

"무슨 일인데 이렇게 사람이 북적거리는 거죠?"

"자넨 수도에 살면서 정기 마시장도 모르나? 오늘이 한 달에 한 번 유일하게 말을 사고팔 수 있게 허가된 날이라 이렇게 사람들이 말을 거래하기 위해 북적거리고 있는 거야. 그럼 난 바쁘니 좀 비켜주겠나?"

그 사람의 말에 로엔은 요 며칠 동안 자신이 그렇게 말을 구하기 위해 백방으로 뛰어다녔지만 말을 구할 수 없었던 이유를 알아낼 수 있었다.

"제기랄, 어쩐지 말을 파는 데가 없더라니."

마침 수중에 돈도 가지고 있지 않았던 로엔은 투덜거리며 숙소로 돌아왔고 반갑게 자신을 맞아주는 카렌에게 말했다.

"왜 평소에 말을 팔지 않는지 알아냈어."

"그래? 이유가 뭔데?"

"한 달에 한 번 정기 마시장이 열리는 모양이야. 그날을 제외하고는 말을 팔지 못하게 되어 있는 것 같고."

"그래서 그날이 오늘이란 이야기야?"

카렌의 물음에 로엔은 고개를 끄덕이고는 돈주머니를 챙기며 카렌에게 말했다.

"그러니까 우리 말 사러 가자. 소지품이랄 것도 없겠지만 물건도 다 챙기고. 이 참에 도망가는 거야. 내일 아침까지는 길리언도 모를 테니까 시간은 충분해."

그렇게 해서 로엔과 카렌은 소지품들을 전부 챙긴 다음 마시장으로 향했다. 해가 황혼에 있음에도 불구하고 다행히 마시장은 열리고 있었고 로엔은 그다지 익숙해 보이지 않는 어설픈 흥정으로 말 두 필을 구입할 수 있었다.

"아참! 근데 로엔, 성문은 어떻게 통과할 생각이야?"

"걱정 마, 다 생각이 있으니까. 리더스 카드 가지고 있지? 그거 이리 줘."

카렌은 로엔에게 리더스 카드를 넘겨주었고 로엔은 리더스 카드를 흔들어 보이며 카렌에게 말했다.

"이건 통행증 역할도 할 수 있는 거라구. 그럼 가자."

그렇게 해서 로엔과 카렌은 말을 타고 성문으로 향했고 당연한 이야기지만 성문에서 수문병에게 제지당했다.

"지금은 통행 시간이 아니니 나가시려면 통행증을 제시해 주십시오."

무척 기합이 잘 들어가 있는 듯한 수문병의 말에 로엔은 리더스 카드를 보여주며 말했다.

"앤텀 영지로 가는 전령이다. 급한 일이니 어서 성문을 열어주기 바란다."

"알겠습니다. 그런데… 뒤의 분은?"

"일행이다. 어서 성문을 열도록!"

리더스 카드와 마치 귀족인 것처럼 보이는 위압적인 로엔의 태도에 수문병은 별 의심 없이 성문을 열어주었고, 로엔은 뒤에 서 있는 카렌에게 말했다.

"좋아, 카렌, 앤텀 영지까지 전력 질주다."

"알았어."

카렌이 가볍게 대답했고, 로엔과 카렌은 남서쪽을 향해 전력 질주하기 시작했다.

약 1시간 정도 말을 달렸을까. 로엔이 속도를 떨어뜨리기 시작하더니 이내 말을 멈추고는 곧 뒤따라 온 카렌에게 물었다.

"이봐, 카렌. 견딜 만한 거야? 지쳐 보이는데?"

"마, 말 걸지 마. 죽겠다. 하아… 하아."

다시 말하지만 마법사란 직업 탓에 체력이 약한 카렌은 거친 숨소리를 내며 숨을 몰아쉬었고 로엔은 이번에는 기수를 북서쪽으로 돌리며 카렌에게 말했다.

"힘들겠지만 어쩔 수 없어. 적어도 내일 아침까지는 토라 국경에 도달해야 안전권에 도달할 수 있으니까. 자, 조금만 힘내!"

"하아… 하아… 알았으니까. 조금만 천천히 가자구."

그렇게 다시 카렌이 애원하면서도 다시 말을 몰기 시작할 때 멀리서 말발굽 소리가 들려오기 시작했다.

"이, 이런! 저건 세이레인 군이잖아?!"

"설마 이렇게 빨리 알아내고 추격해 올 줄은!"

로엔의 말에 카렌은 눈에 띄게 당황했고 역시 당황하기는 했지만 그래도 침착함을 어느 정도 유지하고 있던 로엔은 재빨리 카렌의 말 뒤로 옮겨 타고는 외쳤다.

"로엔, 뭐 하는 거야?"

"제기랄! 그런 걸 따질 때가 아냐! 하! 가자!"

로엔은 카렌을 양팔로 흔들리지 않게 지탱한 다음 급하게 말을 몰아갔고 두 사람 무게라고 해봐야 기껏해야 기사 한 사람 무게도 나가지 않는 까닭에 말은 속도가 그다지 느려지지 않으면서도 전력 질주로 달려가기 시작했다.

그렇게 약 20여 분 동안 추격전을 벌이고 나자 아무래도 군대가 대형을 유지하며 가는 것과 말 한 마리가 따로 가는 것에는 상당한 속도차이가 있기에 추격해 오는 군대와 로엔들과의 거리는 꽤 벌어져 로엔의 시야에서도 보이지 않게 되었다. 잠시 뒤를 돌아보며 적들과 자신과의 거리를 가늠해 보던 로엔은 말의 속도를 조금 늦추며 앞에서 너무 빠른 속력으로 달려 정신을 차리지 못하고 있는 카렌을 흔들어 깨웠다.

"카렌, 카렌! 정신 차리고 내 말 좀 들어봐!"

"햐, 로엔. 눈앞에 별이 보이려고 그래."

"지금 그러고 있을 상황이 아니라니까?"

로엔은 한 손으로 카렌을 흔들며 말했고, 그 덕에 카렌은 어느 정도 정신을 차리고는 고개를 돌려 로엔을 얼굴을 바라보며 말했다.

"아, 이제 좀 정신이 드네. 그런데 왜 그래?"

"너, 마법 쓸 수 있겠어?"

로엔의 물음에 카렌은 눈을 크게 뜨고는 말도 안 된다는 듯이 말했다.

"너 제정신이냐? 이렇게 흔들리는 데서 정신 집중이 될 것 같애?"

"그래도 해야 해. 한번 해볼 수 있겠냐?"

"노력은 해볼게. 뭘 원하는 거야?"

카렌의 말에 로엔은 잠시 생각에 잠겼다가 말했다.

"음, 그렇게 어려운 마법은 아냐. 아스트랄 계의 아크 플래쉬 정도면 되겠는데, 그 정도면 그다지 집중은 필요 없는 마법이니 쓸 수 있겠지?"

"뭘 하려는지 대충은 짐작이 가는군. 그 정도면 어렵지는 않아. 그런데 우리를 쫓아오는 군대하고는 이렇게 멀리 떨어져 있는데 어째서 이런 마법을 쓰라고 하는 거야?"

로엔이 의도하는 바를 대충 눈치 챈 듯 카렌이 씨익 웃으며 로엔에게 물었고, 로엔은 앞을 가리키며 말했다.

"세톤에는 워프 게이트가 있잖아. 군대가 우리 앞으로 나타나는 건 시간문제라구."

"헤에, 그래서였군. 알았어. 너도 준비해 둬."

카렌은 양손에 미리 마력을 끌어모으며 말했고, 로엔은 고개를 끄덕인 다음 말고삐를 쥔 손에 힘을 주며 말에 박차를 가했다.

"하! 힘든 건 알겠지만, 더 빨리 달리라구! 그렇지 않음 우리가 곤란해!"

그렇게 다시 한 시간여를 달렸을까. 일행의 앞에 한 떼의 군마가 나타났고, 로엔은 그 군마들과의 거리가 약 50여 미터 정도로 가까워지자 말고삐를 쥔 손을 놓으며 카렌에게 말했다.

"나타났어. 말 위에서 균형 잘 잡고! 좋아! 아스트랄·미러 이펙트!"

로엔은 즉석에서 카렌의 몸을 뒤에서 내리누르며 양손으로 말의 눈을 가림과 동시에 마법을 사용하는 묘기를 선보였고 카렌은 양팔을 앞으로 뻗어내며 아까 로엔이 주문한 마법을 펼쳤다.

"아스트랄·매시브 아크 플래쉬!"

"이, 이런! 빨리 대열을 정돈해라!"

카렌의 양손에서 엄청난 양의 빛이 한꺼번에 폭발하듯 연속으로 수십 번을 번쩍이기 시작했고 그 빛을 직격으로 받은 말들은 발광하며 이리저리 날뛰기 시작했다. 하지만 로엔과 카렌은 로엔의 마법, 미러 이펙트 덕분에 빛의 영향을 그리 크게 받지 않았고, 로엔은 말의 눈을 가린 양손을 떼고 다시 말고삐를 움켜쥐며 상쾌한 목소리로 외쳤다.

"좋았어! 성공이다! 이대로 돌파하자!"

로엔은 말을 몰아 혼란해진 군 한가운데를 돌파해 나갔고 그 군의 대장은 이를 갈며 돌파에 성공한 로엔들의 말을 바라볼 수밖에 없었다.

밤새도록 말을 달린 로엔과 카렌은 도합 열세 번의 군대를 돌파해야 했는데 처음 세 번 정도는 아크 플래쉬로 혼란시키는 방법이 먹혀들어갔지만 그 다음부터는 마법사가 하나씩 끼어서 오는 바람에 군대를 멀리 우회하며 공격 마법과 마법 합체술 시그마를 체력과 마력이 고갈될 정도로 난사하며 말을 달려 나머지 열 번의 돌파에 성공할 수 있었다.

"헉… 헉… 헉… 이 자식들! 해도해도 너무한 거 아냐?"

"누가 아니래냐. 도대체 우리 둘을 잡기 위해서 이 정도의 전력을 쏟아 붓다니. 길리언 녀석, 머리가 어떻게 된 것 아냐?"

말도 완전히 지쳐 버렸고 카렌과 로엔도 물먹은 솜처럼 지쳐 버린 다음에야 로엔들은 간신히 다음날 아침에 세이레인 서북쪽에 위치한 영지 펜폴드와 접한 토라 제국의 요새 도시 렌텐베르크에 도착할 수 있었다.

"하아, 완전히 지쳐 버렸어."

요새 도시 렌텐베르크에 도착하자마자 여관부터 잡은 카렌이 침대에 털썩 쓰러지며 중얼거렸고 욕실에 들어가기 위해 옷을 벗던(!) 로엔이 카렌을 돌아보며 히죽 웃었다.

"그래도……."

"살아났지, 우리?"

로엔의 말을 끊고 카렌 역시 히죽 웃으며 말했고 둘은 서로를 한참 동안 바라보다가 크게 웃어 젖히기 시작했다.

"하하하하하!"

"아하하하하!"

"킥킥킥킥, 살아났어. 그 지옥 같은 곳에서."

"아하하, 정말 대단했지. 그 열세 겹의 포위망을 돌파하는 거. 하하하."

둘은 크게 웃어 젖히다가 너무나 지친 나머지 카렌은 그대로 잠들어 버렸고, 로엔은 목욕한답시고 욕실에 들어갔다가 탕 안에서 그대로 뻗어버렸다.

그날 저녁, 카렌이 욕실에서 완전히 뻗어버린 로엔을 발견하고는 탕 안에서 끌어내는 소동이 있었지만 그럭저럭 별 탈 없이 원기를 되찾은 로엔과 카렌은 여관 1층의 카페테리아에서 간단한 식사를 하며 이야기를 나눴다.

"후, 간신히 탈출은 했는데… 이제 어디로 가지? 로엔, 어디 갈 만한데 있어?"

T본 스테이크―이게 간단한 식사라구?―를 잘라 입속에 넣고 우물거리며 카렌이 로엔에게 물었고, 로엔은 잠시 생각하다가 뭔가 생각난 게 있는지 카렌에게 말했다.

"음, 아, 있어. 마법의 탑에 오기 전에 아버지와 내가 생활하던 곳인데 주변 경치도 좋고 마을이 인접한 곳이 아니라 세이레인의 첩자들에게 걸릴 염려도 없어. 다만 식료품 따위를 사러 가려면 좀 귀찮아진다는 단점이 있긴 하지만 그런 건 말이나 그런 게 있으면 괜찮으니까 별 문제는 없겠지."

"그 정도면 좋잖아. 마음에 드는걸? 그곳으로 가자."

카렌은 쉽게 결정을 내려 버렸고 로엔은 고개를 끄덕이고는 말했다.

"좋아, 그럼 그렇게 결정한 거다. 휴, 이제야 시끄러운 일 없이 조용히 살 수 있겠군."

　로엔이 동의하자 카렌은 팔을 주욱 펴고 기지개를 켜면서 말했다.

　"이제부터는 편한 생활이 시작되겠는걸? 마법의 탑에 있을 때처럼 말야."

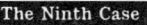

Kaizen Ishutar Von Insecure Tora

Letten ia Saga

Kaizen Ishutar Von Insecure Tora

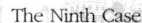

　어느 화창한 봄날, 한 거지가 지친 몸을 끌고 거리를 걷고 있었다. 하지만 거지가 입고 있는 다 찢어진 옷감의 질이 가격이 상당히 비싼 질 좋은 옷감인 것을 보면 멸망한 토라 제국의 어느 귀족가 자제인 듯도 싶었다. 그는 조금 더 걷다가 지친 듯 거리에 쓰러졌고 잠시 후, 그가 쓰러진 자리의 앞에 있던 가게에서 누군가가 나오더니 그를 마구 두들겨 패기 시작했다.

　"이 자식! 장사 안 되게 어디서 쓰러져 있는 거야? 재수없게. 어서 썩 꺼지지 못해?"

　누군가의 매질에 견디다 못한 그는 비틀거리며 힘겹게 일어나 몇 발자국 더 걸어갔지만 체력이 다 한 듯 다시 지나가던 누군가의 앞에서 쓰러져 버리고 말았다.

　"응? 뭐야, 이 사람. 왜 이런 데서 쓰러져 있는 거지? 이봐요, 살아 있어요?"

지나가던 누군가는 쓰러져 있는 그를 쿡쿡 찌르자 그는 옆구리를 찔릴 때마다 약간씩 경련을 일으키며 살아 있다는 것을 온몸으로 증명해 보였다.

그때 또 다른 누군가가 누군가에게 말을 걸었다.

"카렌, 이런 데서 뭐 하는 거야? 일단 살 건 다 샀으니까 이제 돌아가자."

"로엔, 잠깐만. 여기 사람이 쓰러져 있어."

카렌의 말에 로엔은 귀찮다는 듯 고개를 설레설레 젓고는 카렌과 쓰러져 있는 그에게 다가가서 그를 들쳐 메었고 전혀 힘들지 않는 듯한 목소리로 카렌에게 말했다.

"이제 되었지? 그럼 돌아가자. 마차로 한 시간은 가야 한단 말이다."

"겉보기에는 멀쩡하게 잘생긴 녀석인데 어째서 그런 데서 이런 비참한 몰골로 쓰러져 있던 걸까?"

침대 옆에서 그를 바라보던 카렌이 궁금하다는 듯 로엔에게 물었고, 식후의 가벼운 디저트로 홍차를 마시던 로엔은 냉소를 지으며 카렌의 물음에 말했다.

"흥, 어차피 귀족의 알량한 자존심 따위겠지. 죽어도 평민들과는 같은 일을 할 수 없다는 자존심 말야."

"하긴, 그럴지도 모르겠다. 확실히 이 손, 일한 것 같은 흔적이 전혀 없는 깨끗한 손이야."

카렌은 그의 손을 바라보고는 로엔의 말에 수긍했고, 로엔은 그를 경멸 섞인 시선으로 내려다보며 이 한마디를 내뱉었다.

"그게 아니면 이런 걸지도 모르지. 귀족가의 자제라 떠받들어지기만 해서 할 줄 아는 일이 먹고 노는 거 말고는 하나도 없는 멍청하기 짝이 없는 바보 귀족일지도."

그날도 거의 다 흘러 거의 황혼녘이 되었을 무렵 그는 잠에서 깨어났다.

"이… 이건… 대체 어떻게 된 거지?"

자신의 옷이 새 옷으로 갈아입혀져 있고 또 몸이 깨끗하게 되어 있는 것을 보고는 의아해하던 그는 침대에서 일어나 거실로 나갔다.

"아, 깨어났구나. 몸은 좀 어때?"

거실에서 쿠키와 홍차라는 매우 귀족틱하기 짝이 없는 취향을 즐기고 있던 평민인 카렌이 반가운 목소리로 말했고, 로엔은 단지 아무 말도 없이 그를 차갑게 바라보기만 했다.

"날 구해준… 아니, 구해주신 분들이 당신들입니까?"

그는 얼떨떨한 목소리로 카렌과 로엔에게 물었고, 카렌은 고개를 끄덕이고는 의자에서 일어나 주방 쪽으로 걸어가며 말했다.

"잠깐 기다려. 보아하니 밥도 제대로 먹지 못한 듯한데 곧 식사를 차려줄 테니."

카렌은 그 말만을 하고는 그가 뭐라 반응을 보이기도 전에 주방으로 사라져 버렸다. 그는 어느샌가 자신에게서 시선을 거두고 마법책을 보고 있는 로엔에게로 시선을 향했다. 웬지 접근하기가 힘든 사람 같다, 이것이 그가 느낀 로엔에 대한 첫인상이었다. 그렇게 로엔을 바라보고 있던 그에게 갑자기 로엔이 책에서 눈을 떼고는 그를 차가운 얼굴로 바라보며 말했다.

"무슨 말을 하고 싶다는 듯한 표정이군. 내게 볼일이 있으면 그렇게 보고 있지만 말고 말을 하도록."

무표정에 억양이라고는 조금도 없는 차갑기 그지없는 말투. 그는 그런 표정과 말투를 가진 사람과는 말해 본 적, 아니, 만나본 적도 없었기에 잔뜩 움츠러들고 말았다. 그때 주방에서 카렌이 간단한 요기거리를 쟁반에 받쳐 들고 나오며 로엔에게 책망하듯 말했다.

"로엔, 아무리 친하지 않다고 해도 그런 식으로 말하면 다른 사람이 겁을 먹잖아. 지금도 그렇고. 좀 말투를 바꿔보는 게 어때?"

카렌의 말에 로엔은 한심스럽다는 표정을 짓더니 카렌의 말에 즉각 응수했다.

"뭐냐, 그 훈계조의 말투는? 넌 내 스승이나 아버지가 아냐. 이건 내 식의 대인 방법이니까 이런 데에 관해서는 제발 신경 쓰지 말아줘."

그는 로엔과 카렌의 대화를 들으며 저 로엔이란 사람도 표정과 억양이 있구나라는 생각을 했다. 그렇게 멍하게 둘을 보고 있는 그에게 카렌이 부드러운 말투로 말했다.

"그렇게 서 있지만 말고 자리에 앉아서 이것 좀 먹으면서 말해요. 며칠 동안 식사도 제대로 못 한 듯한데."

"아, 네, 감사합니다."

카렌의 말에 그는 심한 배고픔을 느끼고는 카렌이 가져다 준 부드러운 수프와 빵을 허겁지겁 삼키기 시작했다. 역시 타인에 대한 배려를 잘해주는 카렌이 준비한 음식답게 그 음식들은 그의 심하게 굶주린 위에 부담을 주지 않으면서도 충분히 배를 채울 수 있을 만한 양이었고 카렌은 자신이 준비한 음식들을 그가 맛있게 먹자 로엔을 바라보며 투덜거리는 목소리로 말했다.

"역시 내 음식은 맛있는 거였어. 로엔, 네가 너무 입맛이 까다로운 거라구."

그 말에 로엔은 얼굴을 살짝 찡그리더니 책에서 눈을 떼고는 곧바로 카렌에게 반박했다.

"난 네게 그렇게 평범한 맛이 나도록 가르치지 않았는데 네가 미숙한 거잖아. 왜 남의 입맛 탓을 하는 거냐. 그리고 저게 맛있니 맛없니 따져 가며 먹는 걸로 보이냐? 나한테는 배고프니까 일단 먹고 보는 걸로밖에 보이지 않는데."

"뭐야? 하지만 그건 내가 미숙한 게 아니라 네가 너무 요리를 잘하는 거라구. 세상에 요리 아카데미에도 갔었다니 너 조금은 이상하다구."

카렌의 항변조에 말에 로엔은 발끈하더니 카렌의 말에 반박하기 시작했다.

"이 화려한 검술 실력과 마법 실력에 전략·전술을 겸비하고, 거기다 요리 실력까지 갖춘 엄청난 초절정 미남인 이 몸이 어딜 봐서 이상하다는 거냐! '이상한'의 기준이 좀 어그러져 있는 것 아냐?"

"바로 그 자체가 이상하다는 거야. 솔직하게 말해서 너한테 초절정 미남이라는 말을 붙이는 것은 사치야. 나 정도라면 모를까. 그리고 난 네 망토와 건틀렛에 빌붙어 살고 있는 여자들보다는 요리를 잘한다구."

카렌의 말이 '망토와 건틀렛에 빌붙어 살고 있는 두 여자'를 자극했는지 거실 한쪽 벽에 걸어놓은 로엔의 망토와 건틀렛에서 갑자기 빛이 나기 시작했다. 그 빛에 두 사람이 싸우든 말든 상관없이 수프와 빵을 허겁지겁 먹던 그가 약간 놀란 얼굴로 그 빛이 나는 쪽을 바라보았고,

잠시 후 빛이 사라진 곳에 기절하도록 아름다운 미녀 둘이 약간 화난 듯한 얼굴로 서 있자 식사를 하는 것도 잊은 채 눈이 둥그레져서 그쪽을 바라보았다.

[아니, 카렌님! 말을 좀 심하게 하는 거 아니에요? '빌붙어 살고 있는' 이라니! 제가 빌붙어 살고 있는 게 아니라 저긴 원래가 제 스위트 홈이라구요! 그리고 요리를 못한다니! 솔직히 로엔님에 비해서는 실력이 떨어지는 건 사실이지만 카렌님에 비해서는 제 요리 솜씨가 더 낫다고 자신할 수 있어요!]

그야말로 폭포수처럼 쏟아지는 에바의 말에 카렌은 반박할 타이밍을 잡지 못한 채 정신 없어했고 선수를 에바에 뺏긴 탓에 옆에서 고개만 끄덕이며 바라만 보고 있던 유스가 에바의 말이 끝나자 그대로 청산유수처럼 카렌을 두들기기 시작했다.

[맞아요, 맞아! 그리고 이렇게 멋진 우리의 로엔님이 초절정 미남이 아니라니! 아, 초절정 미남은 아니구나. 어쨌든 카렌님의 여자 같은 외모보다야 로엔님의 늠름해 보이는, 거기다 샤프해 보여서 더 멋진 외모가 훨씬 낫다구요! 카렌님은 외모에 대해서는 로엔님에게 말할 레벨이 되지 않아요!]

유스의 말에 카렌은 원투 스트레이트를 난타당하고 그대로 뻗어버리고 말았고, 유스는 의기양양한 태도로 뻗어버린 카렌을 바라보고는 곧바로 로엔에게 달라붙으며 말했다.

[아~ 시원하다. 로엔님, 로엔님, 저 잘했죠? 잘했죠?]

[이앙~ 유스, 너 반칙이야! 로엔님, 저도 잘했죠? 아앙~ 잘했다고 해줘요~]

정말 잘해서인지 아니면 귀찮아서인지는 모르겠지만 아무튼 로엔은 고개를 끄덕이며 둘에게 말했다.

"그래, 그래. 잘했으니까 이제 그만 돌아가. 대체 너희들만 나오면 정신이 없으니 원. 카렌, 살아 있냐?"

간만의 출연(?)에 만족한 듯한 미소를 지으며 에바와 유스가 사라지자 로엔은 손가락으로 탁자 위에 뻗어버린 카렌의 옆구리를 쿡쿡 찔렀고 카렌은 힘겹게 몸을 일으키며 로엔의 말에 대꾸했다.

"살아… 있긴 한데 정말 정신 없다. 그 둘, 갔냐?"

"갔어. 그러니까 이제 정신 차려."

그렇게 서로 바라보다 피식 웃어버리고 만 둘은 멍청한 표정으로 자신들을 바라보고 있는 잠시 잊어버린 존재에 대해 생각해 내고는 그만 굳어버리고 말았다.

"그러니까, 풀 네임은 카이젠 이슈타르 폰 인시큐어 토라, 19세고, 보통 다른 사람들에게는 카인이라고 불렸다 이거지?"

"네."

그 카이젠 뭐… 라는, 길리언 뭐… 라는 사람만큼 긴 이름을 가진 사람의 소개가 끝나고 한 카렌의 질문에 카인은 고개를 끄덕이며 대답했다. 카렌은 잠시 생각에 잠겼다가 갑자기 무언가가 생각난 듯 급히 자리에서 일어나고는 무릎을 꿇으며 카인에게 말했다.

"평민, 카렌 미하이언이 카이젠 이슈타르 폰 인시큐어 토라 황자님을 뵙습니다!"

갑자기 부복하는 카렌의 태도에 카인은 당황하더니 카렌을 일으켜 세우며 말했다.

"그만, 그만두세요. 어차피 지금은 망해 버린 나라인데… 이런 예의를 받을 자격도 없는 녀석입니다, 저라는 인간은……."

"아닙니다. 한때 토라의 국민이었던 자로서, 망했다고는 하지만 어찌 황자님께 무례를 범하겠습니까?"

"그렇다면 명령하겠습니다. 반말을 쓰세요. 전 이런 예를 받을 자격이 없습니다."

"그렇지만 어떻게 황자님께 반말을……."

"명령이라고 했습니다!"

"그, 그러시다면……."

카인의 강한 태도에 카렌은 하는 수 없이 고개를 끄덕이며 대답했다. 그런데 그때 옆에서 로엔의 차가운 목소리가 들려왔다.

"흥, 적반하장도 유분수지!"

로엔이 차갑게 내뱉은 말에 로엔 쪽을 돌아보던 카인의 얼굴이 새하얘졌고 카렌이 당황한 듯 로엔에게 크게 외쳤다.

"로엔, 무슨 소리를 하는 거야?"

그러자 로엔은 카렌에게는 평소에 잘 보이지 않는 싸늘한 표정으로 말했다.

"당연한 말을 하고 있는 거다. 망해 버린 국가의 황자가, 그것도 구제받은 주제에 은혜도 모르고 주인 행세를 하려 들다니 적반하장이란 말이 모자랄 지경이다."

"이건 내가 먼저 예의를 차린 거잖아? 왜 카이젠님 탓을 하는 거야?"

그 말에 로엔이 냉소하며 말했다.

"그러니까 더 웃기다는 거다. 분명 말하건데 이 집의 주인은 나야. 그리고 난 무국적인이다. 어느 국가에도 소속되어 있지 않은 프리 나이트지. 그럼 당연히 나와 같이 행동하는 카렌, 너도 무국적인이고 비록 검은 쓰지 않지만 프리 나이트라 할 수 있는 거다. 그런데 망해 버린 나라의 거지 같은 황자에게 예의를 갖추다니 너도 정신이 나간 거 아냐?"

"뭐야?! 방금 뭐라고 지껄였어!"

좀처럼 하지 않는 로엔의 독설에 카렌은 발끈했고, 로엔의 멱살을 잡아 들고는 한 자 한 자 또박또박 말하기 시작했다.

"전에도 말한 적이 있지만 난 토라의 국민이다. 비록 망해 버렸긴 해도 내가 토라의 국민이라는 사실은 변함이 없어. 너와 같이 행동한다고 해서 무국적인에 프리 나이트라고? 웃기는 소리 하지 마. 네가 그렇게 말한다면 난 당장 이 집에서 나가주지. 그럼 혼자서 잘 먹고 잘살라구."

"흥, 좋을 대로."

카렌의 말에 로엔은 상대조차 하기 싫다는 듯이 눈을 감고는 고개를 돌려 버렸고 카렌은 로엔을 한참 동안 노려보다가 로엔의 멱살을 거칠게 밀듯 놓고는 당황한 표정이 역력한 카인에게 다가갔다.

"가시죠. 이런 곳에는 조금도 있을 필요가 없습니다."

"저, 저 때문에 두 분의 사이가 나빠지신 건……."

카인이 그렇게 말하며 우물쭈물하고 있자 로엔이 카인을 노려보며 다시 독설을 퍼부었다.

"흥, 알면 어서 그 잘나신 몸을 움직여 꺼져 버리라구. 꼴도 보기 싫으니까."

"봐요. 저렇게 싸가지없는 말만 하고 있잖아요. 무슨 소리를 더 듣기 전에 어서 이 재수없는 집에서 나가시죠."

카렌은 로엔의 태도를 보고는 인상을 찡그리더니 아직도 우물쭈물 하고 있는 카인의 손을 잡고는 밖으로 나가 버렸고, 그 모습을 차가운 눈으로 노려보고 있던 로엔은 한참 동안 문을 노려보다가 카렌이 사라 지자 표정을 풀고는 피식 웃으며 중얼거렸다.

"녀석, 저 성격은 여전하군. 근데 이를 어쩐다. 일단 꼴 보기 싫어서 쫓아내기는 했지만, 녀석 성격이라면 토라 재건 운동을 하겠다고 나설 지도… 아니군, 충분히 나서고도 남을 성격이군. 어쩐다."

한참을 고민하던 로엔, 곧 결론을 내렸는지 소파에 벌렁 드러누워 버리며 중얼거린다.

"에라, 모르겠다. 될 대로 되라지. 뭐, 슬쩍 넣어둔 돈이 떨어지면 돌아오겠지."

자신이 얼마나 많은 돈을 넣어두었는지는 까맣게 잊어버린 채 참으로 편한 생각을 하고 있는 로엔이었다.

"휴우, 저 때문에… 정말로 죄송합니다."

집 밖으로 끌려 나온 카인이 카렌에게 고개 숙여 사과했고, 카렌은 당치도 않다는 듯 손을 휘휘 내젓고는 로엔이 누워 있을 집을 노려보 며 말했다.

"아닙니다. 다 저 녀석이 잘못한 거예요. 카이젠 전하께서 잘못한 것은 하나도 없으니 저한테 사과하실 필요는 없습니다."

카렌의 말에 카인은 마지못해 고개를 끄덕이고는 카렌에게 말했다.

"그런데 그 전하라는 말 좀 빼주실 수 없겠습니까? 전 더 이상 전하 라고 불릴 수 있는 그런 높은 사람이 아닙니다."

"하지만 전하를 전하라고 부르지 그럼 뭐라고 부릅니까?"

카인의 말에 고개를 끄덕이면서도 반문하는 카렌의 말에 카인은 잠시 고개를 갸웃하고는 곧바로 말했다.

"그냥 카인이라고 불러주십시오. 그쪽이 저보다 나이도 많은 듯한데 존칭을 쓰실 이유가 없지 않습니까?"

단호하게 끊는 맛이 있는 카인의 말에 카렌은 작게 한숨을 내쉬고는 말했다.

"그러시다면 하는 수 없죠. 앞으로는 카인님이라고 부르기로 하겠습니다. 이건 제가 최대한으로 양보한 거니 더 이상 물러날 수는 없습니다."

카렌의 말에 카인은 고개를 설레설레 젓고는 약간 걱정되는 표정으로 물었다.

"그 정도로 하도록 합시다. 그런데 이젠 어떻게 하죠?"

카인의 물음에 카렌은 잠시 생각하고는 곧 결심이 선 듯 카인에게 말했다.

"일단 제가 원래 있던 마법의 탑으로 가죠. 당분간 몸을 의탁할 수는 있을 것입니다."

"하지만 우리에게 거기까지 갈 만한 여비가 있을까요? 전 카렌님에게 구제될 정도니 가진 건 아무것도 없는데……"

카렌은 카인이 가장 중요한 문제를 들고 나오자 근심스러운 표정을 지으며 돈이 있을 리가 없는 자신의 주머니를 뒤지기 시작했다. 곧 로브 안 주머니에서 자신이 집어넣은 기억이 없는 뭔가가 잡혔고, 그것을 꺼내 본 카렌의 얼굴이 희색으로 바뀌었다.

"로엔, 이 녀석… 어느새."

그 뭔가는 약 70만 아데나에 상당하는 지폐뭉치가 들어 있는 주머니였다.

"으음, 오늘로 사흘째군. 지금쯤 돌아올 때가 되었는데… 왜 안 오는 거지?"

자신이 얼마나 많은 돈을 넣어두었는지는 까맣게 잊어버린 로엔은 자신이 직접 만든 볶음밥을 한입 먹으며 중얼거렸다. 벌써 네 번째 그릇을 해치우고 다섯 그릇째로 돌입한 정말로 만약 그 다이어트 비법, 아니, 가슴과 히프로 집중적으로 살이 가게 하는 비법을 공개한다면 확실하게 떼돈을 벌 수 있을 에바가 입 안 가득 볶음밥을 넣은 채 로엔의 말에 답했다.

[그어이아 오에이이 오 아이 오오아이 오어 어아아오(그러니까 로엔님이 돈 많이 넣어둬서 그런 거잖아요).]

"내가 얼마를 넣어뒀는데?"

대체적으로 괄호 안에 들어가 있는 말로 해석될 수 있는 에바의 웅얼거림을 용케도 알아들은 로엔이 기억을 더듬으며 반문하자 그 질문에 유스가 답했다.

[음, 그러니까… 한 80만 아데나는 넣어뒀을걸요?]

"뭐어?"

약간은 삥튀기 된 유스의 말에 로엔이 멍청한 얼굴로 반문했다가 곧 자신의 이마를 손으로 짚으며 골치가 아픈 듯 중얼거렸다.

"이런, 내가 그렇게 많은 돈을 넣어뒀던가? 80만 아데나면 5천의 정병을 적어도 석 달은 유지할 수 있는 거금인데… 내가 미쳐도 보통 미친 게 아니었군."

그렇게 중얼거린 로엔은 볶음밥을 다 먹어치우고는 자리에서 일어나며 아직도 먹고 있는 에바와 유스에게 말했다.

"가자. 해야 할 일이 정해졌어."

[이어 어 우 어우어(이것 좀 더 먹구요).]

[그래도 남은 건 다 먹어야죠. 이렇게 맛있는 건 저희들도 먹어보기가 쉽지 않다구요.]

"……."

완전히 의기충천한 로엔의 기를 팍 꺾어버리는 유스와 에바의 대사였다.

카렌들이 모르는 곳에서 로엔과 유스, 에바가 수상쩍기 짝이 없는 행동을 하기 시작한 뒤로 이틀 후, 카렌과 카인은 관광하는 기분으로 마법의 탑에 도착할 수 있었다.

"어? 미하이언 군 아냐? 이거 정말 오래간만인데?"

"아, 조미료 가게 룩슨 아주머니군요. 정말 반가운데요? 그동안 잘 지내셨어요?"

시장통을 지나가던 자신을 알아보고 반갑게 맞아주는 아주머니에게 카렌 역시 반갑게 인사했고, 카렌의 그간 안부를 묻는 말에 아주머니는 약간 표정을 찌푸리며 대답했다.

"요즘은 여기나 저기나 다 침체되어 있어서 별로 안 좋아. 공공연하게는 아니지만 모두들 세이레인을 욕하고 있다구."

"그렇군요. 그럼 전 탑에 볼일이 있어서… 다음에 다시 올게요."

"그랴, 미하이언 군이 오면 내 특별히 싸게 해주지. 꼭 와야 한다!"

아주머니의 환송을 뒤로하고 카렌과 카인은 다시 마법의 탑으로 발길을 돌렸고, 카인은 신기하다는 듯 카렌을 바라보며 그에게 물었다.

"카렌님은 아는 사람도 많네요?"

"아, 마법의 탑에서 마법 공부 할 때 알게 되었죠. 다 좋으신 분들입니다."

"네."

잠시 후, 카렌과 카인은 마법의 탑에 도착했고 곧 카렌은 익숙한 장면을 다시 목격할 수 있었다.

"이 망할 놈의 영감탱이가! 파이어 · 플레임 볼!"

시아나의 외침과 함께 직경 30㎝ 정도의 화구가 스아딘에게 날아갔고, 스아딘은 그 화구를 물의 장벽을 쳐서 막아내며 투덜거렸다.

"이크! 아쿠아 · 워터 바리어! 할망구, 투정 한 번 심하구만!"

스아딘의 투덜거림에 시아나의 이마에 핏줄이 돋았고 곧 시아나의 손에 강렬한 스파크가 맺히기 시작했다.

"잔소리 말고 어제 빌려간 내 만드라고라 엑기스나 내놔! 안 내놓으면……."

"어쩔 건데? 날 죽이기라도 할 거야?"

스아딘의 손에서도 불꽃이 일렁이기 시작했다. 하지만 언제나의 패턴(?) 대로 창노한 음성이 그 두 마법의 효과를 없애 버렸다.

"매지컬 · 안티 매직 쉘!"

"히익! 메이테시온님!"

메이테시온이 끼어들자 스아딘과 시아나는 기겁을 하면서 메이테시온을 바라보았고 메이테시온은 화난 목소리로 말했다.

"내가 싸우지들 말라고 했지! 자꾸 그러면 오늘부로 방 빼게 하는 수가 있네!"

메이테시온의 결정적인 말에 결국 스아딘과 시아나의 고개가 푹 꺾였다. 상황 종료, 잠시 지켜보다가 이 네 글자로 간단히 표현할 수 있는 상황으로 되어가자 카렌은 메이테시온에게 다가가 말을 걸었다.

"메이테시온님?"

"으응?"

카렌이 말을 걸자 메이테시온은 뒤를 돌아 카렌을 바라보았고 곧 만면에 희색이 가득해서 카렌의 두 손을 잡으며 말했다.

"아아, 미하이언 군 아닌가!"

"미하이언 군이라면……."

"카렌?"

메이테시온의 말에 고개를 푹 숙이고 있던 스아딘과 시아나가 고개를 번쩍 들고는 카렌을 바라보았고, 카렌은 굉장히 반가운 얼굴로 자신들을 바라보는 스아딘과 시아나에게 고개를 꾸벅 숙이며 인사했다.

"오래간만에 뵙습니다, 스승님들."

"카렌!"

"이 녀석!"

메이테시온을 비롯한 넷은 눈물을 흘리며 극적인 상봉을 하지… 는 않았지만 어쨌든 반가워하며 그간 서로에 대한 안부를 물으며 대화를 나누었다. 그러다가 메이테시온이 카렌의 뒤에 누군가가 서 있는 것을 깨닫고는 그쪽으로 시선을 돌렸다가 얼굴이 사색이 되어서는 그의 앞에 무릎을 꿇으며 외쳤다.

"불충한 신하 메이테시온이 카이젠 3황자 전하를 뵙습니다! 미리 알아뵙지 못한 점, 제발 용서해 주시기 바랍니다!"

메이테시온의 외침에 스아딘과 시아나의 표정 역시 사색이 되더니 즉시 카인의 앞에 무릎을 꿇고는 외쳤다.

"신 스아딘 아스타리카가 3황자 전하를 뵙습니다!"

"신 시아나 크라이스가 3황자 전하를 뵙습니다!"

갑작스런 이들에 행동에 카인은 당황해서는 세 사람을 일으켜 세우며 말했다.

"전⋯ 이제 황자도 무엇도 아닙니다. 망해 버린 나라의 사람인데 황자라니요. 그런 말씀들은 당치도 않습니다."

로엔 앞에서와는 다르게 약간의 위엄마저도 드러나는 카인의 태도에 메이테시온은 몸 둘 바를 몰라 하며 카인에게 말했다.

"그래도 전하께서는 아직 황자이십니다. 무엇보다도 저희를 포함한 토라의 재건을 간절히 바라는 국민들이 아직 남아 있지 않습니까. 돌아가신 줄만 알았던 전하가 이렇게 다시 돌아오시니 이 메이테시온, 기쁘기 한량없습니다."

그러다가 지금 모두들 서 있다는 점을 깨달았는지 메이테시온은 고개를 깊숙이 숙이며 카인에게 말했다.

"이런, 제가 지금까지 황자님을 밖에 세워두었군요. 자, 제 방으로 드시지요. 카렌군과 스아딘, 시아나도 같이 들어가기로 하게나."

"음, 그것 참 우연이었군. 달리 말하면 전하께서 그곳을 지나가고 있었다는 것은 정말 행운이라고밖에 달리 설명할 수가 없겠어."

그간의 자초지종을 설명한 카렌의 말에 메이테시온이 고개를 끄덕이며 말했고, 시아나가 그 중얼거림에 이어 카렌에게 물었다.

"그렇다면 카렌 군은 그동안 로엔 군과 함께 지내왔다는 이야기지?"

"아, 네."

시아나의 물음에 카렌은 가볍게 고개를 끄덕였고, 시아나는 가벼운 한숨을 쉬며 다시 카렌에게 물었다.

"그럼 로엔 군은 왜 두고 혼자 온 거지? 로엔 군이라면 많은 도움을 줄 수 있을 텐데."

시아나의 말에 카렌의 표정이 뾰로통해졌다.

"내버려 둬요, 그런 녀석. 자기 마음대로 하라고 그래요. 건방지게 전하게 욕이나 해대고… 그런 녀석 따위 필요 없어요."

카렌의 말에 시아나의 표정이 묘하게 변했다. 묘한 미소를 지으며 시아나가 은근슬쩍 결정타를 날렸다.

"둘이 싸웠구나?"

"아, 아니에요!"

시아나의 말에 카렌이 펄쩍 뛰었고 그걸 옆에서 지켜보던 스아딘이 턱에 손을 대며 한마디 했다.

"그것참, 이상하군. 아니라면 아니라고 하면 될 것을 왜 그렇게 흥분하는 거지?"

"그, 그건……."

결국은 우물쭈물하며 아무 말도 하지 못하는 카렌. 시아나가 쿡쿡 웃으며 카렌의 등을 두드렸다.

"괜찮아, 괜찮아. 그 나이 때는 다 싸우면서 우정을 쌓아가는 거야."

"그, 그런가요?"

"뭐, 말을 들어보니 로엔 군은 네게는 화를 내지 않았던 것 같은데? 뭐랄까, 하나밖에 없는 친구라 화를 낼 수도 없다는 게 더 정확한 표현 같기도 하고……."

시아나의 말에 카렌이 작게 한숨을 내쉬었다. 안도의 한숨이었다. 그것을 보고 시아나가 작게 킥킥 웃고는 카인을 돌아보고는 말했다.

"그런데 이제부터는 어떻게 하실 겁니까, 전하?"

"네, 네?"

잠시 딴생각을 하고 있었던 듯 카인이 퍼뜩 정신을 차리며 대답했고, 시아나는 고개를 절레절레 저으며 가볍게 한숨을 내쉰 다음 카인에게 말했다.

"전하께서 결심만 하신다면 이 마법의 탑을 중심으로 토라 재건을 꾀할 수도 있습니다. 이 토라의 영토에 퍼져 있는 다섯 개의 마법의 탑이 뭉친다면 아무리 세이레인이라도 함부로 이쪽을 공격할 수는 없는 노릇이니까요. 지금도 충분한 상황입니다. 이 탑의 마법사들이 사용하는 마법 재료의 양을 지금의 절반으로만 줄여도 한 달 동안에 나오는 차익은 10만의 정병을 가볍게 양성할 수 있을 정도니까요. 어떻게 하시겠습니까?"

시아나의 제안에 카인은 우물쭈물하며 결정을 내리지 못했다. 그 모습을 본 스아딘이 입맛을 쩝쩝 다시더니 카인에게 말했다.

"뭐, 깊게 생각하실 필요는 없습니다. 전하의 말 한마디면 불속이든 물속이든 뛰어들 사람은 얼마든지 있으니까요. 그리고 전하가 하지 않으신다고 해도 저희는 원래부터 세이레인을 거부하고 전쟁을 일으킬 예정이었으니 전하께서 전쟁을 일으켰다고 죄책감을 가지실 필요도 없는 거지요. 자, 어떻게 하시겠습니까?"

말은 선택이라고는 하지만 완전히 강요였다. 카인은 우물쭈물하다가 스아딘의 말에 결심을 한 듯 표정을 굳히고는 고개를 끄덕였다.

"좋습니다. 하도록 하죠."

그날부터 마법의 탑에는 세이레인에서는 모르게 하나둘씩 수많은 무기들이 반입되기 시작했다. 그리고 각지에서 소집된 수많은 마법사들이 그 무기들에 마법을 부여했고 전국에서 세이레인이 눈치 챌 수 없도록 소규모의 단위로 마필과 식량을 사들여 오기 시작했다. 그런데 놀라운 것은 이 모든 것이 다 카인의 머리에서 나왔다는 것이다.

무기와 말들을 모으기 시작한 지 약 한 달이 지나서 시아나는 창고에 차곡차곡 정리되어 쌓여가는 무기들을 바라보며 옆에 있는 스아딘에게 말했다.

"이거 정말 놀라운걸? 전하의 능력이 뛰어나다는 것은 알고 있었지만 솔직히 이 정도일 줄은 생각조차 하지 못했어."

스아딘 역시 놀랍다는 얼굴로 그의 감상을 피력했다.

"나도 마찬가지야. 평소엔 우유부단하던 전하께서 한 번 결정을 내리시더니 이렇게 과감하게 일을 처리할 줄은……."

"아무튼 상관없잖아. 전하의 능력이 뛰어나면 뛰어날수록 우린 좋은 거라구."

시아나의 말을 고개를 끄덕이며 가만히 듣고 있던 스아딘은 갑자기 무언가 생각났는지 시아나를 돌아보며 말했다.

"아참, 그런데 시아나, 그건 어떻게 할 거야?"

"그거라니?"

의아한 목소리로 반문하는 시아나에게 스아딘은 검지손가락을 펴들며 말했다.

"전국으로 뿔뿔이 흩어져 버린 아사신 길드말야. 솔직히 말해 말이 아사신 길드지. 그들만큼 강한 엘리트 검사 집단은 나이트 길드와 세이레인의 신성 기사단 외에는 존재하지 않잖아. 그들은 나중에 모을 병사들을 훈련시키는 데에도 반드시 필요해."

스아딘의 말에 느끼는 게 있었는지 시아나는 박수를 짝 하고 치며 말했다.

"그렇군. 흩어진 아사신 길드를 모으는 건 내게 맡겨. 아사신 길드와의 연락 비둘기가 있으니까 그들을 모으는 건 그렇게 어렵지 않을 거야."

"좋아, 그 건에 대해서는 맡기도록 하겠어. 이제 최대의 문제가 남았는데……."

스아딘의 걱정스런 말에 시아나가 의아한 표정으로 물었다.

"뭐가 남았는데? 준비는 문제없이 진행되고 있잖아?"

"바보야. 가장 중요한 병사들이 없잖아, 우리에게는."

"그, 그렇구나."

스아딘의 핀잔에 시아나는 얼떨떨한 목소리로 대답했고, 스아딘은 한숨을 내쉬며 말했다.

"역시 이게 가장 문제야. 하지만 상관없겠지. 그걸 위한 대의명분으로서 전하가 있는 거니까."

같은 시간, 메이테시온과 카렌도 비슷한 고민을 하고 있었다.

"병사들을 모으는 것, 이게 가장 큰 문제란 말이죠?"

"그렇단다. 무기 같은 건 몰래 반입이 되어도 사람은 그렇지 못하거든. 무슨 방법이 없겠니?"

메이테시온의 말에 카렌은 잠시 생각에 잠겼다가 입을 열었다.

"세이레인의 주의를 분산시킨 다음 그 틈을 타서 모으면 어떨까요?"

"어떻게?"

약간 흥미가 있는 대답이었는지 메이테시온이 상체를 앞으로 이동시키며 물었고, 카렌은 자신이 생각하고 있는 것을 천천히 설명해 나갔다.

"우선 토라 영내의 각지에서 테러를 일으킵니다. 그 부근 지역에서 산발적인, 하지만 집중적인 테러를 일으키는 거죠. 그리고 세이레인의 감시가 그 주변으로 집중되는 틈을 타서 병력을 모으는 겁니다."

카렌의 말을 들은 메이테시온은 으음 하는 소리를 내며 몸을 의자에 깊숙이 묻었다. 그리고는 다시 카렌에게 말했다.

"확실히 좋은 생각이긴 하군. 하지만 그걸 실행하려면 상당한 실력을 갖춘 정예요원들이 필요한데, 그건 어디서 충당하지?"

"그, 그건……."

거기까지는 미처 생각을 하지 못한 듯 카렌은 대답을 하지 못했다. 메이테시온은 그런 카렌의 태도에 미소를 지으며 카렌에게 말했다.

"뭐, 무슨 수가 나겠지. 좋은 생각이었네. 그간 피곤했을 텐데 가서 쉬어도 좋네."

다시 며칠이 지났다. 그동안 할 일이 없었던 카렌은 그동안 미뤄왔던 마력합체술 '시그마'를 더욱 강력한 것으로 만들기 위해 종이 위에 연산식을 끄적거리며 생각에 잠겨 있었다. 그때 카렌이 뭐 하고 있나 보려고 잠시 카렌의 방에 들렀던 시아나가 그 종이를 보았다.

"어? 이게 뭐야? 이런 연산식의 혼합도 있었나?"

시아나의 말에 퍼뜩 정신을 차린 카렌은 급히 고개를 올려 시아나를 바라보았고, 시아나는 생각에 잠긴 얼굴로 중얼거리다가 카렌에게 불쑥 물었다.

"흐음, 이 연산식은 자연속성과 대속성의 혼합이네? 값이 딱 떨어지는 걸 보니 불가능해 보이지는 않는데. 카렌, 이거 네가 만든 거니?"

갑자기 물어보는 시아나의 물음에 카렌은 잠시 당황했다가 황급히 대답했다.

"아, 아뇨. 저도 배운 건데요?"

"누구한테?"

엄청난 지적 호기심에 사로잡혀 얼굴을 들이밀고 물어오는 시아나를 보고는 카렌은 식은땀을 흘리며 대답했다.

"로, 로엔이 가르쳐 준 건데요? 마력합체술 '시그마' 라고……."

"그래? 자세한 메카니즘을 설명해 봐."

마치 시험을 하는 듯한 시아나의 말에 카렌은 긴장하며 머리 속으로 생각을 잠시 정리한 다음 말했다.

"그러니까… 마법력끼리는 서로 반발하지 않는 성질을 이용해서 두 가지 이상의 마력을 융합 또는 혼합시켜 더욱 강력한 마법을 사용할 수 있게 해주는 기술입니다. 실제로 시험해 본 결과 성공이었는데, 단 한 가지 마력과 체력 소모가 너무 커진다는 단점이 있었습니다."

카렌의 말에 시아나는 알겠다는 듯 고개를 끄덕이고는 잠시 생각에 잠겼다가 카렌에게 말했다.

"일반적 연산식을 여기에 써주겠어? 나도 한번 생각해 보려고 하는데……."

"네, 그러도록 하죠."

카렌은 고개를 끄덕이고는 종이에 시그마의 일반 연산식을 슥슥 적고는 시아나에게 건네주었고, 시아나는 그 종이를 한번 훑어보고는 카렌에게 말했다.

"그동안 공부 많이 한 모양이네? 그럼 난 일이 있어서 이만 가볼게.

편히 쉬어."

시아나는 그렇게 말하고 나가 버렸고, 카렌은 종이 위에 다시 연산식을 끄적거리면서 생각에 잠겼다.

시그마에 대해 대충 정리가 끝난 카렌이 그것을 시험해 보기 위해 밖으로 나가려는데 때마침 지나가던 카인과 마주치게 되었다.

"어? 오래간만이네요?"

"아, 전하시군요."

고개를 숙이는 카렌에게 카인은 마땅찮은 표정을 지으며 말했다.

"미하이언님, 그 전하라는 말 하지 않기로 하시지 않았습니까."

"하지만, 전하는 전하니까……"

끝끝내 전하라고 부르려는 카렌을 카인은 어쩔 수 없다고 생각했는지 고개를 설레설레 저었고 그런 카인을 바라보다가 카렌이 문득 생각났는지 카인에게 말했다.

"아, 그런데 전하께서는 어디 가시는 중인가요?"

"저요?"

카인이 자신을 가리키면서 되묻자 카렌은 고개를 끄덕였고, 카인은 피식 웃으면서 카렌에게 대답했다.

"메이테시온님이 하실 말씀이 있다고 해서요. 지금 그리로 가는 중입니다."

"그렇군요."

"그러는 카렌님께서는 어디에 가는 중이신지?"

이번에는 카인이 카렌에게 물었고 카렌은 밖으로 나가는 문을 가리키면서 말했다.

"이번에 시험해 볼 것이 있어서요. 밖의 마법 연습장으로 나가는 중입니다."

"예? 미하이언님, 마법사였어요?"

의외라는 듯 카렌을 바라보는 카인에게 카렌은 쓴웃음을 지으며 대답했다.

"이렇게 보여도 대마도사라는 거창한 지위를 가지고 있습니다. 뭐, 실력은 별로라 내세울 건 못 되지만요."

"정말 대단하네요. 대마도사라니… 전 아직 한 계열도 마스터하지 못했는데……."

이번에는 카렌이 놀랄 차례였다.

"마법… 할 줄 아시나요?"

카렌의 말에 카인은 머리를 긁적이며 고개를 끄덕였다.

"뭐, 간단한 초급 마법 정도는… 그래도 한때 황족이었던 저라 검술부터 시작해서 안 배운 게 없거든요. 그 덕분에 잘하는 건 하나도 없지만… 아, 지금 이러고 있을 때가 아니군요. 어서 메이테시온님에게 가봐야겠습니다."

"그러세요. 그럼 저도 이만."

마법 연습장으로 나온 카렌의 눈에 주변에 여러 사람이 연습하는 것이 보였다.

"이거, '시그마' 를 시험하다가는 상당히 눈에 띄겠는걸?"

카렌은 그렇게 중얼거리고는 구석으로 이동했다. 연습하는 사람이 없어서 시그마를 시험하기에는 적당한 자리라고 느낀 곳까지 찾아온 카렌은 조용히 주문을 외웠다.

"의지, 그리고 어둠의 복합체여, 막아라! 가려라! 스피릿츄얼·헬·블

라인드 아이즈!'

하지만 카렌의 외침에도 불구하고 카렌의 주위에서는 아무런 일도 일어나지 않았다. 그러나 카렌은 분명히 느낄 수 있었다. 카렌의 약 1m 정도 앞에서 느껴지는 강한 마력의 흐름을…….

"성공인가? 그럼 다음은 자연속성과 대속성의 혼합을 해봐야겠군."

약간 지친 듯 거칠어진 호흡을 가다듬으며 카렌이 다시 정신을 집중했다.

"화염, 그리고 어둠! 지옥에서 영원히 타오르는 불길처럼 끝없이 태워 없애 버려라! 파이어 · 헬 · 인페르노!'

카렌의 외침이 끝나자 카렌의 손바닥 위로 기이한 보라색의 불길이 작지만 확실하게 타오르기 시작했다. 카렌은 말없이 그 불길을 내려다보다가 주먹을 가볍게 쥐어 불을 꺼뜨리고는 가볍게 호흡을 가다듬었다.

"후우, 계산처럼 마력 소모 줄어드는 게 확실히 느껴지는군. 위력이 확실하면서, 마력 소모가 적은 마법. 로엔 녀석, 정말이지 엄청난 걸 생각해 냈군."

"오오오! 정말 대단하다!'

카렌이 그렇게 중얼거리고 있을 때 주변에서 탄성이 흘러나왔다. 의아해진 카렌은 무심코 탄성이 들려온 쪽을 바라보다가 그만 놀라고 말았다. 불길이었다. 아름다운 불길이 시아나의 온몸을 휘감으며 주위의 모든 것을 불사를 것처럼 활활 타올랐다. 그 모습에 카렌은 넋을 잃고 시아나를 바라보았다.

잠시 후, 시아나의 몸을 감싸던 불길은 사라졌고 시아나는 자신에게 다가와 자신을 칭찬하는 사람들에게 가볍게 목례를 해주다가 카렌을 발견했는지 주변 사람들을 헤치고 카렌 쪽으로 다가왔다.

"아, 안녕하세요, 시아나님?"

카렌은 가볍게 목례로 시아나에게 인사를 건넸고, 시아나는 고개를 끄덕여 준 다음 카렌에게 말했다.

"아, 그래. 그런데 네가 말해 준 그 '시그마'란 마법합체술, 정말 대단하기는 하지만 약간 문제가 있더구나."

"네?"

갑작스럽게 본론부터 꺼내오는 시아나를 따라가지 못하고 잠시 혼란에 빠진 카렌에게 시아나가 다시 말했다.

"위력만큼은 확실하지만, 마력과 체력의 소모가 너무 커. 그거 알고 있었지?"

"아, 그거 말이죠?"

시아나의 말에 카렌은 알겠다는 듯 고개를 끄덕였고, 그런 카렌의 태도에 시아나는 이상하다는 듯 고개를 갸웃하며 말했다.

"이 마법합체술, 대단위 전투가 아닌 상황에서는 전혀 쓸모가 없어. 효율이 너무 떨어지니까. 그런 걸 알면서도 여기에 매달릴 네가 아니라고 생각하는데, 이 '시그마'를 연구하는 이유를 알려주겠니?"

시아나의 말에 시아나를 따라 카렌 쪽으로 왔던 모든 사람들의 눈이 카렌 쪽으로 집중되었다. 카렌은 그 시선들이 약간 부담스러워지는 것을 느끼면서 시아나의 물음에 대답했다.

"간단해요. 전 이 시그마의 마력 소모를 줄이는 방법을 연구하고 있었습니다."

잠시 후, 시아나의 방으로 자리를 옮긴 다음 시아나가 카렌에게 물었다.

"어떻게 마력 소모를 줄인다는 거지? 내가 보기에는 이 이상 효율을 높인다는 건 불가능에 가깝다고 생각하는데 한번 네가 생각한 걸 말해 주겠니?"

시아나의 물음에 카렌은 고개를 끄덕이고는 시아나의 물음에 대답했다.

"지금까지 시그마의 마력 효율이 낮았던 건 두 가지 이상의 마력을 융화시키는 데 많은 양의 마력이 소모되었기 때문입니다. 하지만 그 융화시키는 데 들어가는 마력을 사용하지 않게 된다면 문제는 간단해집니다."

"하지만 이건 말 그대로 '마법합체술' 이야. 두 마력을 융화시킬 마력이 없다면 이건 단순한 더블 스펠에 불과할 뿐이지."

시아나의 반박에 카렌은 고개를 끄덕여 시아나의 말이 옳다는 제스처를 취했다. 그리고는 진지한 얼굴로 시아나의 말에 대답했다.

"그래서 제가 생각한 방법이 있습니다. 그건……."

"그건?"

시아나의 얼굴이 궁금증으로 가득 찼다. 그런 시아나에게 미소를 지어주며 카렌은 자신이 새로 만들어낸 '시그마'의 원리를 공개했다.

"바로 주 속성인 마법을 기반으로 해서 보조 속성인 마법을 그 위에 실어 구현하는 것입니다. 이게 제가 새롭게 생각해 낸 마법합체술 '시그마' 입니다."

"이런 이론인데… 어떻게 생각해?"

자꾸 쌓여만 가는 처리해야 할 서류들에 정신이 있을 듯 없을 듯하면서도 간신히 제정신을 붙들어 매며 서류 처리에 여념이 없는 스아딘의 옆에서 시아나가 물었지만, 스아딘은 딴생각을 할 틈이 없는 듯 건성건성 넘어가는 목소리로 말했다.

"몰라, 지금 바쁘니까 묻지 마."

스아딘의 대답에 시아나의 고운 이마에 굵은 핏줄이 잡혔다.

"너 마법사 맞아? 명색이 마법사가 이런 새로운 이론에 흥미를 갖지 않는다니! 거기다가 하루가 멀다 않고 내 마법 재료 빌려가며 마법 연구에 열중하던 네가 단지 바쁘다는 이유 하나만으로 마법 연구를 소홀히 하다니 내일은 해가 서쪽에서 뜨겠는걸?"

시아나의 빈정거림에도 불구하고 스아딘은 마이 페이스를 지키며 시아나에게는 시선 한 번 주지 않은 채로 대답했다.

"해가 내일 서쪽에서 뜨든 동쪽에서 뜨든 지금 나한테는 마법 연구보다 이 급한 서류들이 더 중요하니까 내 대답을 듣고 싶거든 너도 좀 도와. 에구, 서류가 줄어들 생각을 안 하네."

스아딘의 대답에 시아나의 볼이 가득 부풀어 올랐다. 시아나는 그 상태에서 어쩔 수 없다는 듯 깊은 한숨을 내쉬고는 스아딘의 책상 위에 한가득 쌓여 있는 서류 중 맨 위의 한 장을 집어 들고는 검토하기 시작했다.

그렇게 바쁘게 다시 한 달이 지나갔다. 여전히 병력을 모으는 일은 대책이 없어서 해결되지 않았고 이제 겨우 마법의 탑 주변에서 여행자의 명목으로 약 3,000의 병력을 모으는 데 그친 메이테시온은 머리를 싸매고 대책을 생각하고 있었다.

그때 누군가가 메이테시온의 집무실 문을 두드리더니 문을 열고 집무실 안으로 들어왔다.

"누구?"

의아한 표정으로 집무실 안으로 들어오는 사람, 아니, 조금 더 정확하게 말해서 여자를 바라보던 메이테시온의 얼굴에 화색이 돌았다. 급히 자리에서 일어나 들어온 여자의 두 손을 맞잡고 메이테시온이 반가운 목소리로 말했다.

"그간 어디에 있었는가? 백방으로 수소문해 봐도 알 길이 없어 걱정하고 있었네."

"걱정해 주셨다니 고맙군요. 행방불명이셨던 카이젠 전하께서 여기에 계신다는 전갈을 듣자마자 급히 달려왔습니다. 전하께서는 잘 계신가요?"

"물론이지. 자, 앉아서 이야기하세."

둘은 앞에 있는 접객용 탁자에 마주 보고 앉았다. 먼저 메이테시온이 말문을 열었다.

"대체 어떻게 된 건가? 황실을 수호하는 아사신 길드가 이렇게 쉽게 무너지리라고는 생각조차 못했는데, 세이레인의 신성 기사단이 그렇게 막강하던가?"

메이테시온의 질문에 그녀는 그때의 일이 생각났는지 이를 바드득 갈고는 대답했다.

"솔직히 우리 아사신 길드가 신성 기사단에 비해 약하지는 않습니다만 허를 찔렸습니다. 처음에 후방에 적이 나타났다는 말을 들었을 때 대비를 했었어야 하는데, 설마 설마 하며 대비책을 세우지 않았던 것이 화근이었습니다."

그녀의 말에 메이테시온의 얼굴이 어둡게 변했다.

"그 말은 설마?"

"그 설마입니다. 그 치욕적인 패전 전의 세이레인 군과 신성 기사단의 이상하기 짝이 없는 수도로의 움직임. 세이레인은 레트니아 대륙 전역에 걸친 워프 게이트 구축에 성공한 걸로 보입니다."

그녀의 대답에 메이테시온은 의자의 등받이에 몸을 깊숙이 묻으며 생각에 잠겼다.

"그렇다는 것은, 저쪽에 최강의 전략적 무기가 있는 이상 우리가 군사를 일으키더라도 승산은 극히 희박하다는 말인데 이것참 곤란하게 되었군. 승산없는 싸움에 군사를 일으킬 수도 없고……."

메이테시온의 말에 그녀가 대답하듯 메이테시온에게 말했다.

"어떻게 생각하면 무리수일지도 모르지만 이쪽이 우세를 점할 수 있는 방법이 한 가지 있습니다."

그녀의 말에 메이테시온이 솔깃해진 듯 상체를 앞으로 내밀며 그녀에게 물었다.

"무슨 방법이 있는가? 있으면 어서 이야기해 보게."

그녀는 전혀 흥분되지 않은, 차분하고도 냉정한 목소리로 입을 열었다.

"한 가지 문제점이 있기는 하지만 이 방법이 성공하면 이쪽은 아무리 워프 게이트가 있다고 해도 세이레인에 우세를 점할 수 있습니다. 그 방법은……."

"그 방법은……?"

메이테시온이 긴장되는 듯 그녀를 재촉했고 그녀는 여전히 차분한 목소리로 입을 열었다.

"이 레트니아 최강의 무력 집단, 나이트 길드와 손을 잡는 것입니다."

나이트 길드. 통칭 레트니아 최강의 무력 집단이자 어느 나라에도 속해 있지 않은 무국적 기사들의 집단. 그 무력은 어느 나라라도 6개월 이상을 버티지 못할 정도이며, 만약 나이트 길드가 어느 나라에 소속된 다면 그 나라는 대륙 통일이 꿈만은 아니게 될 것이라는 초무력 집단. 최초, 최후의 드래곤 슬레이어이자 영광된 '듀크 오브 소드 마스터'의 칭호를 받은 이스카 폰 블릭스조차 동시에 두 명은 상대해도 세 명 이상은 꼬리를 말고 도망가야 할 것이라는 그야말로 최강이자 각국에 있어서는 비위를 거스르지 말아야 할 집단 목록 1호, 그리고 손에 넣고 싶어도 들어오지 않는 환상의 무력 집단이 바로 로엔의 아버지, 제디스 틴 리스나르트가 세우고 초대 길드장을 지낸 이 나이트 길드인 것이다.

로엔은 이 나이트 길드의 중심부이자 길드 최강의 기사단 중 하나인 중앙 기사단의 본부 건물 지하 2층의 한방에서 아버지 제디스틴 리스 나르트와 함께 여유롭게 홍차를 즐기고 있었다.

"그래서 친구를 돕고 싶은데 나보고 좀 도와달라 이거냐? 아버지로 서?"

로엔은 홍차를 한 모금 마신 다음 고개를 끄덕였고, 제딘은 쓴웃음 을 지으며 찻잔을 내려놓고는 로엔에게 말했다.

"너도 알겠지만, 난 어차피 '전대'의 길드장일 뿐이다. 지금에 와서 난 아무런 힘도 쓸 수 없어. 그러니 나한테 부탁해 봤자……."

"거짓말."

로엔의 단 한마디에 제딘의 몸이 굳어버렸다. 로엔은 홍차를 다시 한 모금 마신 다음, 이어서 제딘에게 말했다.

"아무리 '전대'라고는 하지만, 아버지 한마디면 지금 길드장이라도 벌벌 기는 거 다 알고 있어요. 거기다가 지금까지 대륙에서 가장 할 일 없는 집단으로 잘 커왔으면 이제 게으름은 그만 부리고 기지개를 좀 켜도 되는 것 아닌가요?"

원투 잽 스트레이트 어퍼. 순식간에 대륙 최강의 무력 집단 나이트 길드를 대륙에서 가장 할 일 없고 게을러 터지기로는 짝을 찾을 수 없는 집단으로 전락시켜 버린 로엔의 말에 제딘은 가까스로 여기저기 흩어져 버린 정신을 수습하고는 로엔의 말에 반박했다.

"가장 할 일 없는 집단이라니! 그동안 우리 나이트 길드가 한 일이 얼마나 많은데!"

제딘의 반박에 로엔의 입꼬리가 살짝 올라갔다. 그것을 보고는 왠지 모르게 불안감을 느끼고 마는 제딘. 역시나 제딘의 예상은 틀리지 않았다.

"한 일이 많아요? 그동안 뭘 했는데요?"

"그러니까… 그, 그게……."

말은 그렇게 했어도 막상 생각해 보니 나이트 길드가 그동안에 특별히 한 일이 없다는 것을 절실하게 깨달아 버린 제딘. 아아, 누가 그랬던가. 부모는 절대로 자식을 이길 수 없다고. 옛말이 틀린 게 하나도 없다는 것을 단적으로 보여주는 지금의 상황이었다. 결국 제딘은 자신의 패배를 인정하며 고개를 푹 숙이고 말았다.

"알았다. 도와주지. 저건 자식이 아니라 웬수야, 웬수."

"♪ ~ ♬"

제딘의 말에 낮게 휘파람을 불며 승리를 자축하는 로엔을 제딘은 이를 갈며 바라볼 수밖에 없었다.

카인은 하는 일 없이 자신의 방에 틀어박혀서 지도만 들여다보고 있었다. 그 지도의 북부 지역은 토라의 영역으로 표기되어 있었지만 이제 그 지역은 더 이상 토라의 땅이 아니었다. 카인은 한참 동안 그 지도를 바라보다 깊은 한숨을 내쉬며 고개를 떨구었다. 그때 누군가가 자신의 방문을 두드렸다.

"황자님, 카이젠 3황자님 계십니까?"

갑작스레 자신을 부르는 소리에 카인은 급히 탁자 위의 지도를 치운 다음 밖에서 자신을 부르는 사람에게 대답했다.

"네, 들어오세요."

방문을 열고 방 안으로 들어온 그녀는 카인 자신도 잘 알고 있는 사람이었다. 하지만 그래서 더 의외인 얼굴이기도 했다. 그래서인지 카인의 눈이 크게 떠지며 마치 신음과도 같은 음성이 카인의 입에서 흘러나왔다.

"체, 체시아?"

카인의 입에서 그녀의 이름이 떨어지기가 무섭게 그녀는 카인의 앞에 부복하며 큰 소리로 외쳤다.

"불충한 신하 체시아 폰 리테아스가 카이젠 3황자 전하께 인사올립니다!"

감격한 목소리의 체시아. 아무래도 카인을 본 것에 감정의 격정을 참을 수 없는 듯 숙이고 있는 몸이 간간이 들썩이는 게 약하게 흐느끼는 것처럼 보였다.

"저, 정말 죄송합니다. 저희의 무능함 탓에… 폐… 폐하께서는… 크흑."

결국은 격정을 참지 못하고 울음을 터뜨리는 체시아. 어느새 몸을 숙여 체시아의 양 어깨를 붙잡고 있는 카인의 눈에서도 눈물이 흐른다.

"왜… 리테아스 경이 그런 말을 하는 거죠? 잘못이 있다면 멋대로 침입하고, 죽여 버린 세이레인에 잘못이 있는 겁니다. 자책하지 말아요."

"전하… 전하! 크흐흑."

카인은 슬픈 감정을 어느 정도 추스르고는 체시아의 몸을 일으켜 세우고는 눈물을 닦아주며 말했다.

"이제 그만 울도록 해요. 이럴 게 아니라 저 극악한 세이레인을 쳐부수고 원래의 땅을 되찾을 생각을 해야지요."

"네."

카인의 말에 체시아도 어느 정도 슬픈 감정이 사그라든 듯 울음을 그치고는 카인을 바라보며 말했다.

"확실히 황자 전하의 말씀대로입니다. 세이레인을 물리치고 토라 제국을 재건하기 위해서 저희 아사신 길드는 사력을 다해서 황자 전하를 보필하겠습니다."

"그 각오입니다. 그럼 앞으로 부탁드립니다."

"네, 전하!"

카인의 말에 대답하는 체시아의 눈에는 어떤 결연한 각오까지 비치고 있었다.

다시 시간이 흘러 약 세 시간 후, 메이테시온의 집무실.

카인과 카렌을 비롯해 체시아, 메이테시온, 시아나, 스아딘 등 주요 멤버들이 모여 회의를 하고 있었다.

"확실히 메이테시온님께 저번에 드린 말씀대로 워프 게이트라는 초

전략 무기를 가진 세이레인에게서 겨우 이 정도의 세력을 가지고 승기를 잡을 수 있는 확률은 극히 희박합니다. 게다가 이번에 새로 입수한 정보인데 예전에 토라 최강의 전략가로 불렸던 가토르마저 세이레인 편에 붙어버려 마땅히 전략·전술을 구사할 지휘자가 없는 이쪽으로서는 더욱 불리해진 실정입니다."

"쳇, 가토르, 그 빌어먹을 여우자식이!"

체시아의 말에 스아딘이 이를 갈며 한마디 툭 내뱉었고 좌중은 그와 동감이라는 듯 고개를 끄덕였다. 분위기를 일신하려는 듯 이번에는 시아나가 입을 열었다.

"하지만 이쪽에는 토라의 다섯 개의 마법의 탑이 연합한 마법사 군단이 있습니다. 대마법사만 해도 약 1,300여 명. 거기에 여기 카렌 군이 개발한 마법 기법인 마력합체술 '시그마'까지 더한다면 이쪽의 전력도 그렇게 비관적이라고는 생각되지 않습니다."

시아나의 말에 카렌은 쑥스러운 듯 머리를 긁적거렸고 아무래도 마법사라 그런지 그쪽에 관심이 많기 마련인 메이테시온이 관심을 나타내며 시아나에게 물었다.

"'시그마'? 그건 또 뭔가?"

메이테시온의 물음에 시아나는 천천히 설명을 시작했다.

"말 그대로 마력을 합치는 기법입니다. 처음 카렌 군이 구상했던 '시그마'는 마력 소모가 너무 커 대단위 전투에서나 사용 가능한 활용도가 떨어지는 기법이었지만 이번에 카렌 군 스스로 연구를 거듭한 끝에 마력 소모를 줄이면서도 강력한 위력을 발휘하도록 만드는 데 성공했습니다."

다시 한 번 좌중의 시선이 카렌에게 모아졌고, 카렌은 또 한 번 머리를 긁적였다. 그때 체시아가 다시 말했다.

"하지만 그 '시그마' 가 있다고 해도 실 전투 병력이 없는 지금 이쪽이 불리한 건 여전합니다. 그래서 전 여러분께 한 가지 제안을 하고자 합니다."

"무엇입니까?"

처음으로 카인이 입을 열어 체시아에게 물었고, 체시아는 카인에게 살짝 미소를 지어준 후 아까 하던 말을 이어서 말했다.

"대륙 최고의 무력 집단, 나이트 길드와 손을 잡는 것입니다."

체시아의 말에 좌중에는 잠시 침묵이 흘렀다. 잠시 후, 그 긴 침묵을 깬 것은 시아나였다.

"하지만 그건 너무 현실성이 없는 제안입니다. 나이트 길드가 뭐가 아쉬워서 우리 같은 약소 집단에게 손을 내밀어주겠습니까? 마땅히 지불할 대가도 없는 지금 꿈같은 이야기라고 말해 주고 싶습니다."

"저……."

체시아의 말에 대해 시아나의 반박이 이어진 후 카렌이 주저하면서 입을 열었다. 당연한 이야기지만 좌중의 시선은 카렌에게로 집중되었다.

"저, 로엔에게 부탁해 보는 건 어떨까요? 로엔의 아버지가 나이트 길드의 전대 단장이니 한번 시도해 보는 것도 나쁘지는 않을 것 같습니다만……."

그 말에 시아나와 스아딘의 얼굴이 확 밝아졌다.

"맞아, 제딘이 나이트 길드의 전대 단장이었지?"

"그러고 보니 설마 옛 친구의 부탁을 거절하겠어?"

시아나의 말에 스아딘이 맞장구를 치며 화답했다. 그렇게 신나 있는 둘을 보면서 카인이 옆에 있는 카렌에게 슬쩍 작은 소리로 말했다.

"저기, 로엔이라면 저번에 그분 말씀하시는 거죠?"

"네, 그렇습니다만?"

카렌은 의아한 얼굴로 카인을 바라보았고, 카인은 조심스럽게 카렌에게 말했다.

"그런데 두 분, 저번에 싸우고 헤어지신 것 아니었나요? 이렇게 부탁을 해도……."

"아, 앗차!"

그제야 상황을 파악하고는 굳어져 버린 카렌. 그렇게 잠시간 굳어져 있다가 정신을 수습하고는 카인에게 나직이 말했다.

"뭐, 어떻게든 되겠죠. 로엔 녀석, 이렇게 오래까지 꽁해 있을 녀석은 아니니까."

정신을 수습한 게 아니라 될 대로 되라는 식으로 포기해 버린 카렌이었다.

대륙에서 가장 강한 무력 집단이자, 로엔의 평을 따르자면 대륙에서 가장 할 일 없는 집단인 나이트 길드의 중심부, 중앙 기사단의 건물에서 언제나처럼 한가롭게 티 타임을 즐기고 있는 두 부자에게 사건은 찾아왔다.

"에, 에, 에, 헤에~ 취! 누가 내 욕 하나?"

"바보 같은 녀석, 평소에 처신을 잘하고 다녔어야지."

크게 기침을 하고는 코를 훌쩍거리는 로엔을 제딘이 비꼬아 말했고 뭐라 반박할 처지가 못 되는 로엔은 제딘을 무시해 버리고는 휴지로 코를 닦았다. 그때 이번에는 제딘이 크게 기침을 해버리고 말았다.

"에에~취! 크흠."

"뭐, 원래 그 아버지에 그 아들이라. 아버지도 남 말 할 처지는 아닌 것 같은데요?"

은근히 로엔의 눈치를 보던 제딘에게 로엔이 대못을 박는 일격을 가했고, 제딘의 얼굴은 처절할 정도로 찌푸려졌다. 그때였다.

"에취~!"

다시 크게 기침을 하고 만 제딘. 그 즉시 로엔의 확인사살이 이어졌다.

"아버지는 오래 사시겠어요, 욕 많이 먹어서?"

제딘의 얼굴이 푹 숙여졌다. 그때 한 남자가 구원자처럼 문을 열고 들어왔다.

"제디스틴님, 어떤 사람이 찾아와서 제디스틴님을 뵙고 싶다고 하는데 어떻게 할까요?"

"누군데 그래?"

귀찮다는 듯한 표정이 역력한 제딘. 하지만 그는 그에 굴하지 않고 꿋꿋하게 자신의 할 일을 계속했다.

"'스아딘 아스타리카'라는 남자하고, '시아나 크라이스'라는 여자인데……."

그의 말은 끝까지 이어지지 못했다. 제딘이 자리에서 벌떡 일어나 그 사람의 양 어깨를 잡고 그에게 물었기 때문이다.

"지금 어디에 있는가?"

"그, 그게… 일단은 접객실에……."

그는 당황한 표정으로 제딘에게 대답했고, 제딘은 그 말을 듣자마자 곧바로 밖으로 달려나갔다. 황당한 표정으로 그 뒷모습을 바라보는 그에게 로엔이 홍차를 한 모금 마신 다음 여유롭게 말을 걸었다.

"뭐, 아버지의 친구 분들이죠. 그나저나 프라이슨 형도 정말 고생이군요. 현직 마스터씩이나 되는 사람이 아버지 때문에 고작 말이나 전해주러 다니는 처지로 전락해 버리다니."

"어쩔 수 없잖냐. 나야 네 아버지한테 검술을 배웠으니 스승님이나 다름없으니까."

쓴웃음을 지으며 로엔에게 대답하는 프라이슨은 그러다가 무언가 생각난 게 있는지 표정을 바꾸고는 로엔에게 말했다.

"아참, 널 만나고 싶다는 사람도 있었는데……."

"누가요? 절 만나고 싶어하는 사람이 있을 리가 없을 텐데?"

로엔의 얼굴에 의아한 표정이 감돌았고, 프라이슨은 아까 제딘이 앉았던 의자에 털썩 주저앉으며 로엔에게 말했다.

"나야 아무것도 모르니까… 카렌 미하이언… 이라고… 그랬던 것 같은데."

"지금 어디 있죠?"

그 말이 나오는 즉시 아까 제딘과 마찬가지로 프라이슨의 어깨를 붙잡고 거의 협박하는 수준의 말투로 프라이슨에게 묻는 로엔. 프라이슨은 잠시 멍하니 그를 바라보다가 피식 웃으며 로엔의 물음에 대답했다.

"하하하, 부전자전이로군. 역시 접객실에 있어. 어서 가봐라."

"네, 그럼 전 이만."

프라이슨에게 그 말을 하고는 급히 벽에 걸려 있는 망토와 건틀렛을 집어 들고 뛰쳐나가는 로엔을 보면서 프라이슨은 쓴웃음을 짓고는 탁자에 놓인 쿠키를 하나 집어 들면서 중얼거렸다.

"저 서두르는 모습까지… 역시 아무리 봐도 부전자전이란 말야?"

"카렌?!"

허둥대면서 접객실로 뛰어들어 간 로엔을 네 쌍의 시선이 주시했다. 물론 굳이 누구누구인지는 설명할 필요가 없으리라 믿어 의심치 않는 바이다. 그 네 쌍의 시선 중 로엔에게 익숙한 한 쌍의 시선이 있었다. 바로 카렌이었다.

"아, 로엔 이제야 왔네?"

카렌의 말에 로엔은 말없이 씨익 웃어주었고, 카렌도 그 미소에 마주 화답이라도 하듯 같이 씨익 웃어주었다. 그 모습을 눈 꼴시라는 듯 못마땅한 얼굴로 바라보던 제딘이 기어이 한마디 비꼬기 시작했다.

"어이, 이봐들. 닭살 돋는 장면은 그만들 연출하지 그래? 이쪽도 나름대로 감격의 상봉이지만 참고 있는 중이라고."

대충 상황에 맞지 않는 말이기도 했지만 저게 어디 친구와 감격의 상봉을 한 아들에게 아버지가 할 말인가? 그런 생각을 하니 울컥하기는 했지만 애써 그 기분을 억누른 로엔이 제딘에게 구토가 올라올 만큼 이상야릇한 미소를 씨익~ 하고 지어주고는 카렌에게 말했다.

"카렌, 중년들은 중년들끼리 놀으라 하고 우린 밖에 나가서 맛있는 거라도 먹으면서 이야기하도록 할까?"

문장으로만 보면 단순히 권유지만 말투는 협박에 가까웠다. 원래 로엔의 성격이 이렇다는 것을 너무나 잘 알고 있는 카렌은 식은땀을 흘리며 고개를 끄덕였다.

"좋아! 그럼 가자! 내가 이 근처 맛있는 음식집은 잘 알고 있으니까!"

그러면서 카렌의 손을 끌고 밖으로 나가 버리는 로엔. 그런 로엔을 황당한 표정으로 바라보던 제딘이 시아나와 스아딘에게 말했다.

"저 녀석, 그럼 우리도 나가볼까? 마침 이곳이 예전의 우리가 잘 놀던 곳이기도 하니 예전 추억이라도 되살려 보자고."

아까 로엔과 똑같은 말투에 역시 아버지와 아들이구나 하는 생각을 하는 스아딘과 시아나였다.

"그런데 내가 여기에 있는 건 어떻게 알고 찾아온 거야?"

빨대로 시원한 크림소다를 한 모금 마신 로엔이 딸기 파르페를 행복한 표정으로 먹고 있는 카렌에게 물었고, 카렌은 입에 들어 있는 것을 다 삼킨 다음 당연하다는 듯한 표정으로 대답했다.

"아, 예전에 우리가 살던 저택에 가보니 텅 비어 있더라구. 그래서 혹시나 하고 시아나님하고 스아딘님이 오는데 따라와 본 건데 마침 네가 있었어. 그뿐이야."

"결국은 찍었다는 이야기냐?"

로엔은 자신의 말에 끄덕거리는 카렌의 말에 한심하다는 표정을 짓다가 물었다.

"그런데 왜 여기에 온 거야? 단지 날 만나기 위해서라고 하기에는 이유가 약한데?"

그 말에 파르페를 다시 한 입 가득 떠넣고 있던 카렌은 입 안에 있는 것을 녹여 삼키고는 로엔의 물음에 대답했다. 물론 다 먹어치운 파르페의 주문도 잊지 않았다.

"뻔하잖아. 나이트 길드에 지원을 요청하기 위해서지. 아, 여기 파르페 큰 거 하나 추가요!"

"여전하구나, 그 엄청나게 먹어대는 건……."

로엔이 질린 듯한 표정으로 일곱 번째로 파르페를 주문하는 카렌에게 말했고, 카렌은 행복한 듯한 표정으로 스푼을 입에 물고는 로엔의 말에 답했다.

"어쩔 수 없잖아. 맛있는걸."

마치 여자 같은 소리를 늘어놓으며 카렌은 마침 나온 파르페를 한 입 떠서 입 안에 넣었고, 금세 행복하다는 표정을 지으며 파르페의 맛을 음미했다.

"아아, 맛있어~♡"

진심으로 행복하다는 표정을 지어 보이는 카렌을 바라보던 로엔은 피식 웃어버렸다. 그렇게 잠시 카렌을 바라보다가 로엔이 문득 궁금해진 게 있는 듯 카렌에게 물었다.

"아참, 궁금한 게 있는데 스아딘과 시아나가 여기에 지원을 요청하러 왔다는 것은 토라 재건 운동의 중심이 마법의 탑이라는 거야?"

물론 주위를 의식해 목소리를 낮춰서 말한 것이기에 주변에는 들리지 않을 정도의 성량이었다. 하지만 카렌은 충분히 알아들은 듯 고개를 끄덕였고 로엔은 카렌의 반응에 역시 고개를 끄덕이며 중얼거렸다.

"그랬군. 마법병단을 구성한다고 해도 실 전투 병력이 없기 때문에 여기에 도움을 받으러 온 건가. 과연, 여기라면 2만 5천에 달하는 기사단의 병력과 10만의 병력으로도 세이레인 30만의 병력에 대적할 최강의 전투 부대를 양성할 수 있을 테니."

마치 마법의 탑 쪽의 사정을 손바닥 위에서 내려다보고 있는 것처럼 훤히 꿰뚫고 있는 실로 잘나기 짝이 없는 로엔이었다. 물론 앞에서 파르페를 먹고 있는 카렌은 행복감에 젖어 그런 걸 신경 쓰지도 않았지만 말이다.

실제로 로엔이 말한 대로였다. 나이트 길드의 편제는 다섯 개 기사단, 25,000명으로 구성되는데 이 한 개의 기사단의 전투 능력은 열 배 병력의 정예군단에 필적할 정도의 전투력을 자랑했다. 실제 각국에서 입수한 정보로는 적어도 두 배의 신성 기사단, 혹은 아사신 길드와 싸운다 해도 절대 지지는 않을 것이라는 분석도 있었던 만큼 나이트 길드의 기사단은 그야말로 최강이었다. 그중에서도 나이트 길드의 최정예 기사단인 중앙 기사단은 개개인의 전투력이 국가가 보유하는 기사단 중 최강이라고 알려진 세이레인 신성 기사단의 최정예 '디바인 나이트'의 기사 세 명과도 평수를 이룰 수 있을 만큼 강력한 전투력을 가지고 있었다. 그리고 그 실질적인 수장인 제디스틴 리스나르트는 알려지지는 않았지만 영광의 '듀크 오브 소드 마스터' 이스카 폰 블릭스조차 깨뜨린 실질적인 대륙 최강의 기사인 것이다.

"…로엔?"

"으, 응? 왜 그래, 카렌?"

잠시 상념에 잠겨 있던 로엔은 카렌이 부르는 소리에 상념에서 깨어났다. 카렌은 그런 로엔을 보고는 한심하다는 표정을 짓고는 로엔에게 말했다.

"나참, 대체 무슨 생각을 그렇게 하고 있었던 거야?"

"아아, 미안해. 그런데 무슨 말이 하고 싶어서 부른 거야?"

로엔의 말에 카렌은 잠시 망설이다가 곧 결심한 듯 입을 열었다.

"나, 도와주겠어? 토라를 재건할 수 있도록……."

"……."

카렌의 말에 로엔은 대답을 하지 않았다. 로엔이 침묵하자 당황한 카렌은 사정하는 듯한 어조로 로엔에게 말했다.

"도와주지 않을 거야? 아직도… 예전의 그 일 때문에 화나 있는 거야?"

"……."

여전히 침묵하는 로엔. 그런 로엔의 태도에 카렌이 실망한 듯 풀이 죽어서 고개를 숙였다. 그 모습을 묵묵히 바라보던 로엔이 갑자기 피식 웃더니 카렌에게 말했다.

"너, 아직도 그 일 신경 쓰고 있는 거냐? 난 다 잊었는데 말야."

그 말에 카렌이 고개를 들어 로엔을 바라보았다. 카렌의 눈에 피식피식 웃고 있는 로엔의 얼굴이 들어왔고 그제야 놀림당했다는 것을 깨달은 카렌이 자리에서 벌떡 일어나며 외쳤다.

"로, 로엔, 너어!"

"쿡쿡쿡쿡, 푸하하하하하~!"

주변 사람들의 시선을 깔끔할 정도로 무시한 로엔의 웃음이 석양이 비치는 하늘을 배경으로 청량하게 울려 퍼졌다.

"결론부터 말하면 이미 너희들이 도움을 요청해 오면 도와주기로 아버지와 이야기가 다 끝나 있는 상태야. 다시 말해서 걱정하지 않아도 된다는 이야기지."

어느샌가 나타나 자꾸 달라붙기 좋아하는 강아지 같은 두 여자를 양손으로 밀어내며 로엔이 말했고 카렌은 이해한 듯 고개를 끄덕였다.

"카아악! 좀 달라붙지 좀 마! 안 그래도 더워 죽겠는데!"

[아이잉~ 좋으면서 왜 그래요.]

[맞아맞아. 우리 같은 미녀들한테 둘러싸여 있는 것도 흔치 않은 경험이라니까요?]

그 말에 참다못한 로엔이 충격적인 대사를 내뱉었다.

"난 솔직히 너희들보다 내 앞에 앉아 있는 카렌이 더 좋아."

순간 좌중에는 썰렁하기 짝이 없는 정적만이 감돌았고, 로엔은 좌중의 분위기에 뭔가 잘못되었다는 것을 느끼고는 변명을 하기 위해 입을 열었다.

"그, 그러니까 이건……."

그 순간 카렌이 의자를 뒤로 밀면서 한 발자국 정도 뒤로 물러났고 동시에 에바와 유스는 로엔의 양팔을 꽉 잡고는 서로를 바라보며 말했다.

[설마 주인님이 그… 말하기 차마 부끄러운… 이라고는…….]

[더 이상 주인님이 마의 길로 빠지지 않도록 우리가 잘 이끌어야 해!]

에바와 유스는 오래간만에 의기투합한 듯 서로를 바라보며 굳은 의지를 다졌고 그 모습을 식은땀을 흘리며 바라보던 로엔이 입을 열었다.

"누가 XXX라는 거야! 난 건전한 레트니아 대륙의 24세 청년이라구!"

[유스, 그렇게 부정하니 진짜 같다.]

[아무래도 그렇지? 강한 부정은 긍정이라잖아.]

"너희드을—!!"

로엔이 온몸을 부들부들 떨면서 두 여자의 모습을 노려보자 그녀들은 화들짝 놀라면서 이런 말들을 주고받아 로엔의 복장을 터지게 한 다음 사라졌다.

[야, 로엔님, 화났다. 도망가자.]

[로엔님! 로엔님이 아무리 그런 말 하기 부끄러운 취미를 가지고 있다 해도 우리는 일편단심 로엔님뿐이에요. 그럼 저흰 갈게요~♡]

두 여자가 사라지는 것을 잠시 온몸을 부들부들 떨면서 바라보던 로엔. 갑자기 한쪽에 벗어 든 망토와 건틀렛을 집어 들더니 하늘에 대고 그 둘을 흔들어대면서 뭐라고 발악해 대기 시작했다.

"이~ @%$%($$$@@#&·&·$%@$@#@%#@@한 것들이~!! 우워어어~!"

카렌은 그런 로엔을 머리통에 커다란 땀방울을 하나 달고 바라볼 뿐이었다.

"그렇게 해서 마법의 탑을 지원할 기사단은 북부 기사단, 서부 기사단, 중앙 기사단의 세 개의 기사단이며 지휘, 통솔은 나이트 길드 마스터인 나, 프라이슨 에션트가 한다. 이의있나?"

"......"

좌중에는 침묵만이 감돌았다. 나이트 길드에서 긴급 소집되어 이루어진 간부 회의에서 한 자리를 차지하고 앉은 로엔도 조용했고, 프라이슨의 옆에 앉아 있던 전대 마스터 제디스틴 리스나르트 역시 아무런 말도 하지 않았다.

프라이슨은 좌중을 둘러본 후 엄숙하게 선언했다.

"그럼 이상으로 간부 회의를 마친다."

잠시 후, 다른 간부진들이 우르르 썰물처럼 빠져나가고 난 다음 로엔이 자료를 정리하고 있는 프라이슨에게 말했다.

"형도 참 고생이네요. 보고 있으니 실권은 아버지가 잡고 있고 형은 항상 일만 하고 있는 것 같아요."

로엔의 말에 프라이슨이 웃으며 대답했다.

"어쩔 수 없잖아. 명색이 마스터니 해야 할 일은 해야지. 그건 그렇

고 오래간만에 대련이나 한번 해볼까? 한동안 대련을 안 했더니 몸이 굳어버린 것 같아. 어때? 한번 해볼래?"

프라이슨이 제의하자 로엔은 피식 웃고는 의자에서 몸을 일으키며 말했다.

"또 저번처럼 두들겨 맞으려구요? 하긴 몸이 굳어진 데는 살살 마사지해서 풀어주는 게 최고지. 형의 생각이 이해는 가요."

"녀석, 말하는 것 하고는. 이번에는 그렇게 쉽게 호락호락 당하지는 않을 거다. 그동안 수련은 하지 못했어도 이미지 트레이닝은 꾸준히 해왔으니까."

로엔 역시 지지 않고 맞받았다.

"이미지 트레이닝에서도 역시 두들겨 맞았죠?"

"어, 그걸 어떻게 알았냐? 아무래도 연습 부족인가 봐."

그걸 또 재치있게 받아주는 프라이슨. 역시 다섯 개의 기사단을 통솔하는 마스터답게 남을 포용하는 능력도 뛰어났다.

"그럼 가자. 네 말대로 마사지나 받아야겠다."

"오늘을 봐주지 않을 겁니다. 각오 단단히 하세요."

"너야말로 각오 단단히 하는 게 좋을 거다. 중간에 지쳐 버리고 말테니."

그렇게 악의없는 농담을 주고받으며 둘은 회의장을 빠져나갔다.

그렇게 자유 대련장으로 향한 둘은 자유 대련장에서 엄청난 걸 볼 수 있었다.

"화염, 그리고 어둠! 지옥에서 영원히 타오르는 불길처럼 끝없이 태워 없애 버려라! 파이어 · 헬 · 인페르노!"

"물, 그리고 빛! 차가움을 숨긴 찬란한 광휘여! 아쿠아 · 아스트랄 ·

프리즈 라이트!"

시아나와 카렌의 마법이 충돌하자 엄청난 충격파가 생겨났고 주변에서 구경하던 모두는 무게 중심을 약간 낮추어 그 충격파를 견뎌내야 했다.

"크윽, 뭐야, 저 마법은? 저렇게 엄청난 마법도 있었나?"

마법에 대한 소양을 약간은 갖추고 있었던 듯 프라이슨이 몸을 가누며 중얼거렸고 그 의문은 옆에 있던 로엔이 해결해 주었다.

"마력합체술 '시그마' 예요. 제가 개발한 마법이니 모르는 게 당연하죠."

그 말에 프라이슨은 잠시 멍하니 바라보다가 의아한 듯 로엔에게 물었다.

"네가 개발한 마법인데 왜 저 두 사람들은 뻥뻥 잘만 써대냐?"

"제가 저기 저 녀석, 제 친구인 카렌에게 가르쳐 준 마법이니까요. 그러나 저러나 카렌 녀석, 용케도 마력 소모를 줄일 수 있는 방법을 찾아낸 모양이네."

그러다가 로엔은 이곳에 온 목적을 생각해 내고는 프라이슨에게 말했다.

"이거 사람들이 너무 많아서 본래의 목적은 실행이 불가능하겠는데요? 형의 체면도 좀 살려줘야 할 것 아니에요?"

프라이슨은 로엔의 말에 피식 웃고는 로엔에게 대답했다.

"아서라. 니가 나보다 실력 좋다는 건 여기 있는 사람들 전부 알고 있을 테니까."

"그럼 상관없겠지만요. 그럼 시작할까요?"

로엔은 프라이슨에게 그렇게 말하고는 마법 후에 으레 찾아오기 마런인 체력 소모로 인해 거칠어진 호흡을 가다듬고 있는 카렌에게 다가가 어깨를 가볍게 두드려 주며 말했다.

"멋진 퍼포먼스였다. 수고했어."

"응? 퍼포먼스라니? 무슨 헛소리를 하는 거야?"

카렌의 반응에 폼 한번 멋지게 잡아보려고 했던 로엔은 순식간에 개폼만 잡아버린 게 되어버렸고 주변에서 들려오는 킥킥거리는 소리에 이마에 굵은 핏줄이 잡히려는 것을 애써 누르며 로엔이 카렌에게 말했다.

"에구, 너한테 뭘 바란 내가 바보지. 됐어. 나하고 프라이슨 형하고 대련 좀 할 테니 좀 쉬면서 내 화려한 검술이나 잘 감상해 두라구."

"너."

이상하다는 표정을 지으며 카렌이 로엔에게 말했고, 로엔은 또 무슨 소리를 하려나 하는 불안한 마음을 애써 감추며 카렌을 바라보았다.

"왕자병 걸렸냐? 왜 안 하던 짓을 하려고 그래?"

"……."

"푸하하핫!! 캑! 끄윽, 끅."

결국 주위에서 둘을 지켜보던 한 사람이 폭소를 터뜨려 버렸고 그 웃음소리에 로엔이 그쪽을 싸늘하게 쳐다보자 그는 애써 웃음을 참으려다 결국 사레들리고 말았다. 어쨌거나 기분 다 잡쳐 버린 로엔은 카렌을 째려보며 말했다.

"너, 좀 있다가 보자. 에이, 내가 이런 녀석을 친구라고 두고 있다니."

그런 다음 로엔은 프라이슨을 바라보고는 험상궂은 표정을 지으며 말했다.

"형, 대련 안 해요? 안 그래도 스트레스 쌓이려고 하는데… 스트레스 풀어야죠."

"그래, 그래."

프라이슨은 쓴웃음을 짓고는 대련할 공간을 만들어주기 위해 옆으로 비켜서는 카렌을 지나쳐서 로엔과 적당한 거리를 두고 섰다. 그러자 로엔은 양손을 앞으로 모으고는 고개를 숙여 연장자에 대한 예의를 표시했고, 프라이슨 역시 양손을 앞으로 모아줌으로서 그에 대한 답례를 해주었다. 그리고 두 사람은 거의 동시에 검을 천천히 뽑아 들었다.

스르릉—

잘 닦여져 시퍼렇게 날이 선 검날이 나타났고 이를 지켜보는 좌중은 긴장해서 숨소리 하나 내지 않았다.

"먼저 할까요?"

"아아, 좋을 대로."

로엔의 물음에 프라이슨이 답했고, 로엔은 고개를 끄덕이고는 짧은 기합 소리와 함께 앞으로 돌진하며 프라이슨의 가슴을 향해 검을 찔렀다.

"하!"

차앙—!

프라이슨이 로엔의 찌르기를 위로 쳐내자 금속과 금속이 부딪치는 맑은 소리가 울려 퍼졌고 그 여파로 로엔의 검이 엉뚱한 방향으로 찔러져 가는 것을 틈타 프라이슨은 로엔의 팔을 목표로 빠른 베기를 시도했다.

"쳇! 그동안 많이 늘었네요?"

로엔은 표정을 가볍게 찌푸리며 팔을 크게 반원을 그리며 밖으로 휘둘러 프라이슨이 휘두르는 검의 사정 범위에서 벗어났고 거의 동시에 로엔의 왼발이 프라이슨의 배를 사정없이 걷어차 버렸다.

"컥—!"

방심했던 듯 로엔의 발차기를 그대로 맞아버린 프라이슨은 약간 비틀거리면서 뒤로 두어 발짝 물러났고 곧 이어 비스듬히 자신의 옆구리를 찌르는 로엔의 검을 쳐내면서 맞받아 응수했다.

"늘기는! 이렇게 얻어맞기만 하는데? 하압!"

프라이슨이 큰 동작의 올려베기를 시도하자 로엔도 두 발짝 정도 물러나며 프라이슨의 검을 피했고 곧 이어 내려치기가 이어질 것을 예상한 듯 검을 두 손으로 잡고 자신의 머리 위로 떨어지는 프라이슨의 검을 그대로 맞받아 쳤다.

카앙—!

다시 맑은 금속성이 울려 퍼지며 프라이슨이 한 걸음 뒤로 물러났고, 로엔은 충격으로 무릎이 꿇리는 것을 곧바로 튕기듯 일으켜 세우며 프라이슨에게 돌진하며 찌르기를 시도했다.

"방심하면 곤란해요!"

"이, 이런!"

곤란한 듯 프라이슨이 급히 자신의 목을 검신으로 가림과 동시에 로엔의 검이 프라이슨의 검과 충돌했다.

카앙—!

다시 맑은 금속성이 울려 퍼졌고 주위에서 관전하던 사람들은 마른침을 꿀꺽 삼키며 충돌의 결과를 지켜보았다. 프라이슨의 검신이 맞닿은 프라이슨의 목에서 얇은 상처가 두 가닥 생겼고, 로엔의 검은 그 프라이슨의 검 끝 약 2㎝ 정도 되는 부분의 검신에 막혀 있었다.

"휴우, 너, 이번에는 정말로 죽는 줄 알았다."

"저야말로 이걸 막을 줄은 몰랐는데요?"

프라이슨이 자신의 검으로 로엔의 검을 밀어내며 말하자 로엔이 씨익 웃으며 맞받았고, 프라이슨은 고개를 절레절레 젓더니 검을 검집에 집어넣으며 말했다.

"정말로 목숨이 날아가는 줄 알았어. 정말 대단했다. 그 돌진 찌르기."

"이번에 새로 생각해 낸 거예요, 내려치기를 막은 다음 그 반동으로 돌진해서 베거나 찌르는 건."

로엔 역시 검을 집어넣으며 말했고, 프라이슨은 고개를 끄덕이고는 말했다.

"역시 내 올려베기를 뒤로 물러나며 피한 건 도박이었군? 내가 내려치기를 할 거란 걸 예상하고……."

"뭐, 그런 거죠. 또 할까요?"

로엔이 웃는 얼굴로 그렇게 묻자 프라이슨은 고개를 저으며 투덜거렸다.

"됐어. 더 하다가는 내 목숨이 몇 개라도 부족해질 테니."

"헤헤헤."

그렇게 둘의 대화가 끝날 즈음 주변에서 환성이 울려 퍼졌다.

"이야아! 마스터, 마지막의 방어는 멋졌어요! 그렇게 많이 늘었을 줄 몰랐는데요?"

"저번처럼 또 얻어터지는 건 아닌가 했는데… 그동안 수련 많이 했나 보죠?"

주위에서 킬킬거리며 놀리자 프라이슨은 얼굴이 붉어지면서 그쪽을 향해 소리쳤다.

"시끄러! 너희들도 못 이기는 건 마찬가지잖아!"

"그걸 아니까 저희는 대련을 안 하잖아요? 하하하하!"

"맞아맞아. 얻어터질 걸 뻔히 알면서도 대련하는 건 세상에 우리 마스터밖에는 없을 거라니까?"

그 말을 들은 프라이슨은 곧바로 그쪽으로 달려가서는 티격태격하기 시작했고 로엔은 카렌에게 가다가 카렌 뒤쪽에 제딘이 있는 것을 발견하고는 실실 웃어주며 제딘에게 물었다.

"어땠어요, 제 돌진 찌르기?"

"도대체 그게 뭐냐? 기습적인 공격은 좋지만 헛점이 너무 많잖아. 프라이슨처럼 막지 않고 피한 다음 공격하면 어찌 할생각이냐?"

제딘의 불평에 로엔의 볼이 잔뜩 부풀어 올랐다. 잠시 그렇게 부풀어 오른 얼굴로 제딘을 바라보던 로엔은 고개를 팩 하고 돌려 버리고는 카렌의 팔을 붙잡고는 말했다.

"흥! 도대체가 칭찬해 주는 걸 못 보겠다니까. 가자, 카렌! 내가 파르페 사줄게."

"야, 자, 잠깐만."

"나 저런 아버지하고 같은 공기를 마신다는 것부터가 싫다구. 어서 가자, 어서."

"그러니까 난 아직 할 일이 끝나지 않았다니까?"

그런 말들을 나누면서 대련장 밖으로 나가는 로엔과 로엔에게 끌려가는 카렌을 보며 제딘은 피식 웃고는 중얼거렸다.

"녀석, 삐쳤군. 확실히 그 찌르기, 나라고 해도 막기 힘들지도……."

다음날, 로엔과 카렌, 시아나, 스아딘, 제딘, 프라이슨은 마스터 집무실에 모여 앞으로에 대해 이야기를 나누고 있었다.

　"그러니까 아버지는 중앙 기사단으로 나머지 두 기사단이 집결하는 대로 마법의 탑으로 향할 테니 전 카렌과 함께 먼저 마법의 탑으로 가라는 말이죠?"

　확인하듯 로엔이 재차 묻는 말에 제딘은 고개를 끄덕이고는 이해하지 못하겠다는 표정을 짓는 로엔에게 부연 설명을 했다.

　"그래. 거기 가서 네가 해줘야 할 일이 있다. 현재 마법의 탑의 객관적인 전력과 얼마나 오래, 또 어느 정도의 병력을 뒷받침해 줄 수 있을지를 판단하는 거다. 이게 중요한 일이란 건 말하지 않아도 알고 있을 거라 믿는다."

　로엔은 고개를 끄덕여 제딘의 말에 긍정을 표했고, 제딘은 프라이슨을 돌아보며 물었다.

　"서부 기사단과 북부 기사단이 여기로 오는 데 걸리는 시간은?"

　제딘의 물음에 프라이슨은 잠시 생각에 잠겼다가 대답했다.

　"우리 기사단의 진군이 빠르긴 하지만 진형을 유지하며 오려면 기껏해야 트롯의 속도밖에는 내지 못할 테니 전령이 가는 시간을 감안하면 적어도 사흘 내지 나흘은 걸릴 것 같습니다."

　"너무 늦어. 이번 일은 신속하게 시작해야 한다."

　제딘은 프라이슨의 대답에 그렇게 말하고는 잠시 생각에 잠겼다가 말했다.

　"북부 기사단과 서부 기사단에 다시 전령을 보내라. 전령이 도착하는 즉시 산개해서 각기 전속력으로 여기까지 오는 데 하루의 기간을 준다고."

"하지만 그건……."

프라이슨은 제딘에게 뭐라 말하려다 입을 다물었다. 제디스틴 리스나르트가 어떤 사람인지 잘 알고 있는 까닭이었다.

제딘은 싸늘한 어조로 계속해서 입을 열었다.

"트롯이 아닌 갤럽으로 온다면 하루 안에 충분히 올 수 있는 거다. 게다가 집단적인 행동을 한다면 아무리 우리가 하는 일이라고 해도 세 이레인 쪽에서 제동을 걸려 할지도 몰라. 그러니 내 말에 토 달지 마라, 프라이슨."

프라이슨은 제딘의 말에 한숨을 내쉬며 고개를 끄덕였다. 제딘의 말에 눌려서가 아니고 제딘의 말이 맞기 때문이었다. 나이트 길드의 전대 마스터 제디스틴 리스나르트, 그의 전략·전술적 능력은 레트니아 대륙의 그 누구라도 한 수 접어줘야 될 정도로 엄청났다.

제딘이 말했다.

"그럼 이만 회의를 마치지. 마법의 탑에서 온 사람들과 로엔은 좋은 말들을 준비해 줄 테니 빨리 돌아가도록."

로엔은 카렌과 함께 자신의 방으로 돌아가면서 투덜거렸다.

"대체 그렇게 혼자 다 해먹으려면 왜 마스터 자리에서 물러난 거야? 정말 우리 아버지지만 너무 황당한 인간이라니까."

"하지만 다 맞는 말이잖아."

카렌의 말에 로엔의 얼굴은 더욱 찌푸려졌다.

"그러니까 더 이러는 거잖아. 틀린 말이었으면 그 자리에서 프라이슨 형이 제동을 걸고도 남는다구. 프라이슨 형은 아버지라고 해서 꼬리 말고 물러날 사람이 아니니까."

로엔은 자신의 방문을 신경질적으로 열어젖혔고, 이맘때쯤이면 으레 나타나기 마련인 두 괴생물체(?)가 나타나지 않는 것에 약간 의아해했다.

　"응? 둘 다 어디 갔나?"

　"누구 말하는 거야?"

　로엔의 말에 카렌이 더 의아한 표정으로 물었고, 로엔은 가볍게 두 손을 더 정확하게 말하면 두 손에 끼워져 있는 건틀렛을 카렌에게 보여주며 말했다.

　"너도 알잖아, 정체 불명의 두 여자들 말야."

　"아아."

　카렌은 알겠다는 듯 고개를 끄덕이다가 문득 방 안에 뭔가 이상한 게 있는 것을 느끼고 고개를 그쪽으로 돌리며 말했다.

　"…에? 저게 뭐지?"

　"뭐가?"

　로엔 역시 고개를 그쪽으로 돌렸고, 곧 자기 침대 위에 뭔가 시커먼 분위기가 도는 보라색 물체가 있다는 걸 알아채고는 조심조심 침대 가까이로 다가갔다.

　그때였다.

　"까꿍~!"

　"와아악!"

　갑자기 그 보라색의 물체가 확 튀어 오르자 로엔은 기겁하며 그 물체를 주먹으로 사정없이 후려 갈겨버렸고, 그 물체는 로엔의 왈살스런 주먹에 그대로 얻어맞고는 그대로 땅바닥에 내팽겨쳐지며 상당히 독특한 음향 효과를 연출했다.

"꽥!"

그렇게 철퍼덕 엎어진 물체는 잠시 동안 움직이지 않았고, 로엔은 그 물체가 작동을 멈췄는지 알아보기 위해 탁자 위에 있던 펜을 가지고 그 물체를 꾹꾹 찔러보기 시작했다. 그 물체는 로엔이 펜으로 찌를 때마다 몸을 움찔움찔 떨다가 갑자기 벌떡 일어서며 큰 소리로 외쳤다.

"야, 이 경로사상이라고는 물 말아먹은 @$# 자식아! 노인네를 그렇게 인정사정없이 후려 패도 되는 거냐?! 네놈은 지금까지 그렇게 배웠어? 그렇게 배웠어?"

그 보라색 물체(?)가 하는 말에 로엔은 잠시 생각에 잠겼다가 자신있게 대답했다.

"네!"

"……."

그 대답에 그 20세 중반 정도의 얼굴로 보이는 인간으로 더 자세히 말해서 성별은 남자로 밝혀진 보라색 물체는 할 말을 잃은 듯 멍하니 서 있다가 구석으로 가서 쭈그려 앉으며 뭐라 중얼거리기 시작했다.

"세상에… 요즘 아무리 성천계가 천사들 타락으로 시끄럽다고는 하지만… 환상계마저 이렇게 타락하게 될 줄은… 말세야, 말세. 중얼중얼."

그때 어느 정도 정신을 수습하고 상황 파악에 성공한 카렌이 그에게 가서 물었다.

"그런데… 대체 누구신지?"

"아, 맞아. 정말로 당신 누구예요?"

카렌의 물음에 생각난 듯 로엔도 그에게 물었고, 그는 로엔의 말에 갑자기 벌떡 일어나더니 로엔의 앞으로 성큼성큼 걸어가더니 말했다.

"너, 정말로 내가 누군지 기억나지 않는 거냐?"

"저~ 언혀 모르겠는데요?"

로엔의 자신감마저 엿보이는 대답에 그는 잠시 멍하니 로엔의 얼굴을 바라보다가 곧 정신을 차리려는 듯 고개를 도리도리 돌리더니 엄지손가락으로 자신의 가슴을 가리키며 힘찬 목소리로 말했다.

"난 세계 최강의 대마법사 아스나트 이프론님이시다!"

"아… 스나트 이프론? 아! 그 할 일 진짜 없는 마법사 말이지?!"

"하, 할 일 없는 마봅사라고라?"

카렌이 생각난 듯 박수를 치며 외친 말에 잔뜩 폼 잡으며 자신의 소개를 했던 이프론의 얼굴이 순식간에 팍삭 찌그러지고 말았다. 얼마나 당황했는지 혀까지 꼬여 발음조차 이상하게 나올 지경이었다.

잠시 그런 자세로 가만히 있던 이프론은 득달같이 카렌에게 달려들어 두 손으로 카렌의 멱살을 쥐고 흔들며 외쳤다.

"야, 임마! 내가 도대체 어딜 봐서 할 일 없는 마법사야?! 너, 그 말이 고.고.하고 우.아.한 데다가 미.적.센.스.까지 갖춘 이 최.강.의 대.마.법.사. 아스나트 이프론님에게 진정 어울리는 말이라고 생각하는 거냐?"

"하, 하지만 할 일이 없으니까 그동안 그렇게 많은 책을 썼던 거 아니에요?"

캑캑거리면서도 할 말은 다 하는 카렌의 말에 이프론이 그 자세로 잠시 멍하니 서 있다가 중얼거렸다.

"그, 그런가? 오래 살았더니… 이젠 사고력까지 감퇴되는 건가."

카렌과 로엔의 눈에는 이 아스나트 이프론이라는 남자가 그 전설에 나오는 것처럼 대단하게 보이지 않았다. 꼭, 바. 보. 처. 럼. 보였던 것이었다. 아니, 이 둘은 자신들의 눈앞에 있는 이 아스나트 이프론이란 남자는 바보라고 확신할 수 있었다.

"그런데 도대체 무슨 일로 또 온 거예요?"

예전에 한 번 이프론을 본 적이 있다는 것을 어떻겐가 기억해 낸 로엔이 이프론에게 물었고, 이프론은 그 말에 자기 이마를 탁 치며 말했다.

"아, 내 정신 좀 봐! 분명 리스나르트 군이었지, 너?"

"그런데요?"

전혀 그렇게는 보이지 않지만 일단은 연장자라는 사실에 존댓말을 써주는 로엔에게 이프론이 말했다.

"아아, 레리엘하고 알미사엘 좀 빌려간다고 말하려고."

"그게 누군데요?"

전혀 듣지도 보지도 못한 이름에 로엔이 어리둥절하며 반문하자 잠시 이프론은 황당한 표정으로 로엔을 바라보다가 다시 자기 이마를 탁 치고는 중얼거렸다.

"아, 그렇지. 이렇게 말하면 알 리가 없지. 좋아, 다시 말해 주지."

"네, 네."

이제는 거의 포기해 버린 로엔이 한숨을 쉬면서 대답했고, 이프론은 그 모습에 눈살을 찌푸리면서 말했다.

"녀석, 경로사상은 물 말아먹었군. 뭐, 그건 내 알 바가 아니니. 그러니까 내 말은 네 망토와 건틀렛에 깃들어 있던 두 여자를 좀 빌려간다는 거야. 이제 알겠냐?"

그제야 로엔은 이해했다는 듯 고개를 끄덕이다가 다시 궁금해진 것이 있는지 이프론에게 말했다.

"근데, 남의 물건을 멋대로 빌려가려면 그에 대한 대가가 있어야 하는 게 아닌가요?"

"응? 그, 그렇지."

무심결에 그렇게 대답해 버린 이프론. 곧 자신이 잘못 대답했다는 것을 깨닫고는 속으로 '아뿔싸!'를 외치고 말았다. 그렇게 이프론이 식은땀을 삐질삐질 흘리며 로엔을 바라보는 것을 로엔은 일명 '눈빛초롱초롱공격'이라는 전설(?)의 공격을 이프론에게 가함으로서 이프론을 벼랑 끝으로 내몰았고, 결국 이프론은 자신의 패배를 인정하며 품속에 손을 집어넣었다.

"뭐예요, 이건?"

이프론이 기역자로 구부러진 검은색의 이상한 물체를 내밀자 무언가 보석이나 대단한 마법 무구를 기대하고 있던 로엔이 인상을 찡그리며 물었고, 이프론은 그런 로엔을 탐탁지 않다는 듯한 표정으로 바라보면서 말했다.

"'아나콘다 핸드건'이라는 거다. 네 녀석은 백날 설명해도 알아듣지 못할 테니 직접 시범으로 설명을 해주지."

그리고는 무언가 중얼중얼 외우자 카렌과 로엔은 주변의 풍경이 일그러짐과 동시에 약간의 현기증이 일어나는 것을 느꼈고 정신을 차려 보니 주변 풍경이 완전히 변해 있는 것을 깨달을 수 있었다.

"여, 여긴?"

카렌의 물음에 이프론이 '에헴' 하는 헛기침 소리를 내면서 대답했다.

"너희가 있던 그 도시에서 약간 떨어진 숲이다. 곧바로 공간 이동으로 전이한 거지."

"고, 공간 이동이면 차원계 마법이잖아요! 정말 대단하다!"

"헤헤, 대마법사라 불리는 이 몸에게는 이 정도야 장난이지. 차원 이동도 할 수 있다구."

카렌의 감탄에 코가 1m는 더 높아진 이프론이 뽐내며 말했고, 로엔은 그런 이프론을 왠지 역겹다는 표정으로 바라보면서 한숨을 내쉬었다.

"예, 알겠으니까 그 아나 뭐인가 하는 거, 얼마나 대단한 건지 좀 보여줘 봐요."

"좋아! 이 몸이 직접 개조한 아나콘다 핸드건의 위력을 보여주마!"

호기로운 외침과 함께 이프론이 그 아나콘다 핸드건을 두 손으로 잡고는 약 100보 정도 떨어진 좀 굵은 편인 나무에 대고는 그대로 쐈다.

타앙―!

총성이 크게 울리면서 이프론이 발사한 탄환은 멋지게 그 나무에 명중했고, 잠시 후 그 나무는 쩌저적 하는 기분 나쁜 소리를 내면서 쓰러져 버렸다. 이프론은 엄청난 위력에 입을 다물지 못하고 있는 둘에게 의기양양한 목소리로 말했다.

"어떠냐, 이 아나콘다 핸드건의 위력이! 하! 하! 하!"

그야말로 잘난 체의 결정체라고 할 수 있는 아스나트 이프론 군이었다.

"대체… 뭐였지? 보이지도 않았어."

"마법도 아니고 말야."

로엔의 중얼거림을 맞받기라도 하듯 카렌 역시 중얼거렸고, 로엔은 굉장하다는 걸 느꼈는지 이프론에게 말했다.

"이야! 정말 굉장한데요? 이거 저 준다는 거죠?"

"아아, 그렇지. 그런데 주의해야 할 게 있어."

"뭔데요?"

막 그 아나콘다 핸드건을 받아 품속에 집어넣으려던 로엔이 의아한 표정으로 물었고, 이프론은 오른손 검지손가락을 치켜들며 그 물음에 답해 줬다.

"탄환의 수가 제한되어 있으니까 정말 위험한 경우가 아니면 쓰지 않도록 해. 내가 방금 한 발을 썼으니까… 이제 열두 번 쓸 수 있겠군."

"애개개? 겨우 그거밖에 쓰지 못하는 거예요?"

이프론의 말에 로엔이 실망스런 표정으로 말하자 이프론은 뚱한 표정을 짓더니 손을 내밀며 말했다.

"그래? 싫으면 도로 내놔. 나도 힘들게 구한 거니까."

그러자 로엔의 안색이 싸악 변하더니 아나콘다 핸드건을 뒤로 숨기며 말했다.

"아녜요, 아녜요. 이거라도 좋아요."

"진작 그럴 것이지. 자."

이프론은 그렇게 중얼거리면서 하나의 물건을 더 내놓았다. 약간 길쭉한 찌그러진 사각형의 모습을 보면서 로엔이 말했다.

"이건 또 뭐예요?"

"새 탄창이다. 그 핸드건, 탄환을 다 쓰면 자동으로 탄창이 빠지게 만들어놓았으니 탄환을 다 쓰고 그 탄창으로 갈아 끼우면 13발을 더 쓸 수 있게 되지."

"그렇군요. 잘 쓸게요."

로엔은 그 탄창도 받아 핸드건과 같이 품속에 집어넣었고, 그 모습을 바라보던 카렌이 이프론에게 물었다.

"저한테는 뭐 없어요?"

"뭐?"

이프론이 황당한 얼굴로 카렌에게 되물었고, 카렌은 거리낌없이 하고 싶은 말들을 주욱 읊어 나갔다.

"그러니까… 로엔은 제 친구고, 거기다 둘도 없이 친한 친구인데다가 서로 없으면 죽고 못 사는 사이도 되고… 에, 그러니까 그게 무슨 말이냐면… 로엔과 내가 한 몸이니 내가 로엔이고 로엔이 나다. 다시 말해서 그 이야기는 로엔의 물건은 내 물건이고 내 물건은 로엔의 물건도 되니까 그게 좀 더 자세히 말하자면……."

"아아악~! 결론만 말해! 결론만!"

숨도 쉬지 않고 끊임없이 이어지는 카렌의 말에 이프론이 머리를 쥐어뜯으며 비명을 질렀고, 카렌은 작전 성공이라는 듯 씨익 웃고는 마침내 이프론이 원하는 결론을 말했다.

"뭐, 결론은 저도 뭐 좋은 것 있으면 좀 달라는 거죠."

태연한 얼굴로 저런 뻔뻔스런 말을 하는 카렌을 보며 로엔은 잠시 회의에 빠졌다. 내가 저런 놈을 정말 친구라고, 그것도 둘도 없는 친구라고 두고 있었단 말야? 그런 생각을 하는 로엔의 입에서는 절로 한숨이 새어 나왔다.

하지만 그건 로엔의 사정이고, 이프론은 단호하게 카렌의 말을 거절했다.

"싫어! 내가 뭐가 좋아서 너한테 내 물건을 줘야 되는데?"

그 말에 다시금 카렌의 입꼬리가 음흉하게 말려 올라갔다.

"방금 이야기했잖아요. 로엔은 제……."

"아, 알았어! 알았다구! 주면 되잖아!"

이프론은 사정하듯 그렇게 외쳤고, 카렌은 다시 승리의 미소를 지었다. 이프론은 뭐 씹은 표정을 하고는 울며 겨자먹기로 품속을 뒤져서는 얄팍한 책 한 권을 꺼내 카렌에게 넘겨주었다.

"내가 아는 모든 신계·마계 공격 마법과 차원계 마법이 적힌 마법서다. 차원 좌표와 각 차원의 공간 좌표까지 적어두었으니 이걸로 공부하고 마력을 높인다면 차원 이동도 꿈만은 아닐 거다. 단, 신·마계 공격 마법은 가능하면 쓰지 않도록 해라. 천사·악마가 아니라면 자신의 목숨을 깎아먹게 되니까."

"명심하겠습니다."

카렌은 희희낙락한 표정으로 그 책을 받아 들었고, 이프론은 한숨을 쉬며 둘에게 말했다.

"이제 난 가봐야겠다. 에이, 내가 뭐 하러 남아 있었는지. 그럼 너희들 방으로 돌려 보내줄 테니 이만 작별하자."

이프론의 말에 고개를 끄덕이는 로엔과 카렌. 솔직히 둘은 긁어낼 거 다 긁어내고, 뜯어낼 거 다 뜯어낸 뒤라 별로 섭섭할 것도 없었다.

"그럼 살펴가시기 바랍니다, 할 일 없는 마법사님."

"다음에 다시 볼 수 있기를 바랄게요."

앞의 로엔의 비꼬는 대사는 넘어가더라도 뒤의 카렌의 또 보자는 말에 이프론은 기겁을 하며 그 말에 대답했다.

"에구, 다시 보지 않기를 빌겠다. 그럼 디멘셔널·워프 디 어더!"

그 말을 끝으로 카렌과 로엔의 시야에 더 이상 이프론의 모습은 보이지 않게 되었다. 잠시 아까와 마찬가지로 현기증을 느끼던 둘은 정신을 차리고는 자기들이 있는 곳이 로엔의 방임을 깨달았고 덤으로 프라이슨이 눈이 둥그레져서 자신들의 앞에 넘어져 있는 것도 볼 수 있었다.

"어? 형, 왜 그러고 있어요?"

"로, 로엔이냐? 그렇게 갑자기 눈앞에서 불쑥 나타나다니 깜짝 놀랐잖아."

"아아, 그럴 일이 좀 있었어요. 그런데 제 방엔 웬일이시죠?"

로엔의 물음에 프라이슨은 툭툭 털고 자리에서 일어나고는 로엔에게 말했다.

"지금 다들 출발 준비 끝내놓고 너희들 나오기만 기다리는 중이야. 출발 준비 아직 안 끝났냐?"

그제야 자신들이 무엇을 하러 이 방에 왔는지를 깨달은 로엔과 카렌의 안색이 급변하며 허둥대기 시작했다.

"벌써 시간이 그렇게 되었나? 곤란해, 곤란해."

"로엔! 빨리 챙길 거 불러줘!"

"거기 내 옷장에 옷들 다 꺼내주고! 아차, 칫솔하고 소금도 챙겨야지! 거기 스펠북 좀 이리 던져 줘!"

갑자기 정신이 없어진 둘의 모습에 프라이슨은 어이없다는 표정으로 그 난장판을 바라볼 수밖에 없었다.

"휴, 간신히 다 챙겼다."

등에 멜 수 있도록 끈이 달린 가방을 둘러멘 로엔이 카렌과 함께 급히 뛰어나오면서 그렇게 말했고, 그런 그들을 본 시아나가 책망하듯 말했다.

"늦었잖아. 서둘러야 해. 준비 다 되었으면 출발하자."

"네!"

로엔과 카렌은 기운차게 대답하며 말 위에 올랐고 맨 앞에서 말에 올라 있던 스아딘은 그 둘이 말 위에 오르자 그들에게 말했다.

"그럼 출발한다! 이랴!"

스아딘과 시아나가 출발하자 로엔은 밖에 마중 나와 있는 제딘을 바라보았고, 제딘은 로엔에게 말했다.

"다치지 않도록 조심해라. 누가 뭐래도 넌 내 아들이니까."

"헤헤, 아버지야말로 조심하시라구요."

그렇게 짧은 대화를 나누는 둘을 카렌이 재촉했다.

"로엔, 어서 쫓아가야지!"

"알았어! 그럼 다녀오겠습니다!"

로엔과 카렌은 급히 말을 몰아 스아딘과 시아나의 뒤를 쫓았고 그런 그들의 머리 위로 황금색 석양이 찬란하게 내리비치고 있었다.

세이레인 력 1541년의 가을, 세이레인의 왕성의 한가롭게 보이는 아침. 그러나 전혀 한가로워 보이지 않는 사람들이 바쁘게 뛰어다니고 있었다.

"제길! 설마 했던 마법의 탑에서 일을 벌이다니!"

"그래서 마법의 탑을 눌러둬야 한다고 말하지 않았습니까! 게다가 나이트 길드까지!"

"네오토라 황제님, 어서 결단을!"

그리고 그 가운데의 회의장. 여러 사람들이 자신의 의견을 개진하며 길리언에게 결단을 종용했고, 길리언은 묵묵히 자신의 앞에 놓인 서류를 검토하고는 조용히 입을 열었다.

"토라에 주둔 중인 모든 세이레인 군과 기사단을 마법의 탑에서 두 번째로 가까운 요새, 리벡에 집결시킨다."

그것은 개전을 알리는 엄숙한 선언이었다.

역시 회의실. 이쪽은 세이레인 왕성과는 달리 차분하게 가라앉은 분위기였다.

"역시 우리가 이 요새, 티아매트를 제1목표로 삼을 거라는 것, 그리고 그쪽이 그것을 막기에는 이미 늦다는 것 정도는 그쪽도 알고 있는 것이겠죠?"

로엔의 말에 제딘은 고개를 끄덕이고는 말했다.

"하지만 우리는 이 요새를 반드시 수중에 넣어야 한다. 병력을 모아서 훈련을 시키려면 이 마법의 탑에서는 어림도 없는 이야기니까."

"현재까지 세이레인에 선전포고를 한 이후로 이 마법의 탑에 모인 병력은 약 3만. 하지만 그나마 병력이라고 할 수 있는 병사들은 5천도 채 되지 않습니다. 즉, 실 전투 병력은 개전 이전에 모였던 1만 5천과 나이트 길드의 세 개 기사단 1만 5천까지 도합 3만 5천밖에는 되지 않습니다."

프라이슨의 보고에 제딘은 가볍게 인상을 찡그렸다가 다시 물었다.

"좋지 않군. 남부 기사단, 동부 기사단의 상황은?"

"이쪽도 그다지 좋지 않습니다. 이쪽과 합류하려면 적어도 5일은 더 있어야 할 것 같습니다. 오늘 아침 전령을 통해 들어온 보고로는 두 기사단은 합류하는 데는 성공했지만 세이레인 동북부의 케네스 부근의 평야에서 세이레인 신성 기사단과 교전 중이라고 합니다."

제딘의 물음에 대한 답변으로 다시 프라이슨의 보고가 이어졌고, 제딘은 목이 뻐근한 듯 고개를 가볍게 돌린 다음 좌중을 둘러보며 말했다.

"이와 같은 상황이다. 현재까지는 이쪽이 월등한 열세지만 이 티아매트 요새를 우리의 수중에 넣는다면 병력을 기르는 것은 일도 아니다. 이미 저쪽에 워프 게이트가 있다는 것을 알고 있으니 그에 대한 대비만 철저히 한다면 방어는 그리 어렵지 않을 터, 이곳에서 병력을 재편하며 힘을 기른다."

제딘의 말에 모두는 고개를 끄덕여 수긍했고, 제딘이 지도 위에 선명하게 검은색으로 'Tiamat' 이라고 쓰여 있는 곳에 붉은 펜으로 동그라미를 그리며 말했다.

"이곳은 우리의 첫 전투이자, 토라 재건의 시작점으로 역사에 기록될 것이다."

Mission, Impossible

Mission, Impossible

창에 꿰뚫린 복부에서 피가 튄다. 믿을 수 없다는 듯 복부에 꽂힌 창을 바라보던 병사는 괴성을 지르며 창을 뽑으려는 적의 머리를 방패로 내려찍었다. 허망한 얼굴로 쓰러지는 적의 모습을 노려보던 병사는 이내 실 끊어진 인형처럼 바닥에 쓰러진다.

이곳은 전장. 오직 죽고 죽이는 일만이 있을 뿐, 그것 외에는 아무것도 없는 전장. 그 가운데에 쉼없이 번뜩이는 은빛 섬광이 있었다.

아군에게 등을 맡긴 채 가차없이 적을 도살하는 그는 말할 필요도 없이 로엔 리스나르트였다. 치고, 찌르고, 베고, 후린다. 전신에 시뻘건 피를 덮어쓴 악귀 같은 모습에 적병이 움찔하며 천천히 뒤로 물러났다. 아비규환의 장에 잠시의 정적이 흐른다. 그것이 마음에 들었는지 로엔은 적병을 노려보며 이를 갈았다.

"카아렌! 놀지 말고 당장 마법으로 지원해!"

"알았어! 폼생폼사는 생략! 파이어·썬더·라이트닝 플레어!"

순간 로엔의 눈앞에 불꽃을 머금은 번개가 내려꽂혔다. 그 광경에 로엔과 대치 중인 적병들의 얼굴이 순간 탈색되었다.

"마법사?!"

"어째서 이런 곳에 마법사가……!"

비록 적병에 명중하진 않았지만, 카렌의 마법은 충분한 효과가 있었다. 불꽃과 번개라는 두 개의 재액(災厄)은 인간의 근원에 자리한 공포를 자극하기에 부족함이 없었다. 적병들이 당황하는 사이, 로엔이 터뜨린 마법이 그 공포에 치명타를 날렸다.

"파이어·윈드·플레임 웨이브!"

"으아악!"

붉은 화염이 기세 좋게 적병을 밀어 나갔다. 단지 화염이 한차례 몸을 휩쓸고 지나갈 뿐인 마법이지만 경미한, 혹은 심한 화상을 입혀 전투를 힘들게 만들기엔 충분한 화염이었다.

"좋았어! 전 군……."

"대지와 차원의 힘!"

진한 미소를 지으며 전 군 돌격을 외치려던 로엔이 순간 뒤에서 들려온 목소리에 우뚝 멈췄다. 자신감이 넘치는 평소의 카렌의 목소리, 그것을 듣는 순간 말로 형용할 수 없는 불안감이 로엔을 휘감았다. 그리고 그 불안은 한 치의 오차도 없이 들어맞았다.

"차원 합성 마법의 위력을 확실히 느껴보시길! 디멘셔널·가이아·미티어 샤워!"

카렌의 외침이 퍼지는 순간, 로엔은 방향을 바꿔 꽁지가 빠지게 달리며 외쳤다.

"전 군 퇴가—악! 살고 싶으면 죽도록 달려엇!"

콰앙—! 콰앙—!

직경 2m 남짓한 돌 수십 개가 하늘에서 떨어지며 굉음을 일으켰다. 그 순간 일어나는 충격파는 결코 주변의 인간이 받아낼 수 있는 수준이 아니었다. 그것을 바라보며 로엔은 빠드득, 이를 갈며 결심했다.

"카렌, 이 망할 놈. 돌아가면 두고 보자!"

빌렌슈타인 요새의 구석에 위치한 우물에서 로엔은 바가지로 물을 뒤집어쓰며 몸을 떨었다.

"으아, 춥다!"

두어 차례 물을 뒤집어쓴 로엔은 망토에 튄 피가 어느 정도 씻겨 내려가자 몸을 감싸 안으며 다시 한 번 부르르 몸을 떨었다.

"후아, 죽다 살았네. 좀 피곤한걸."

전쟁이 일어난 후로 벌써 5개월이 지났다. 세이레인력 1441년 2월, 전황은 토라 재건군에 좋지도, 나쁘지도 않게 돌아가고 있었다. 티아매트 요새에서 전력을 집중, 세이레인의 1차 침공을 물리친 토라 재건군은 그 후로 5개의 요새를 추가로 점령, 세력권을 넓히는 데 성공했다. 비록 토라 전역의 53개 요새에 비하면 얼마 안 되는 숫자였지만, 초반의 될 대로 돼라는 상태보다는 상당히 양호해진 상황이었다.

마법으로 옷의 물기를 어느 정도 날려 보낸 로엔이 검에 묻은 피를 조심스럽게 닦아내고 있는데, 카렌이 빙글빙글 웃는 얼굴로 그에게 다가왔다.

"아, 로엔, 여기 있었네?"

로엔은 대답하지 않고 천천히 뒤로 돌았다. 얼굴의 살이 떨리는 것이 주변의 사람에게까지 보일 정도로 극심한 감정의 변화였다.

"……?"

그 모습에 카렌이 손을 뒤로 한 채 의아한 표정으로 로엔을 바라보자, 로엔은 단숨에 카렌의 멱살을 낚아채며 고함을 질렀다.

"야, 이 바보 녀석아! 도대체 혼전 중에 미티어 샤워를 쓰면 어쩌자는 거야! 하마터면 박살나는 건 적군이 아니라 가까스로 모아놓은 아군이 될 뻔 했잖아!"

위이잉—

카렌의 귀는 순식간에 바보가 되었다. 어질어질한 듯 카렌이 고개를 빙글빙글 돌리자, 로엔은 길게 한숨을 내쉬며 잡고 있던 멱살을 놓았다.

"하지만……."

"하지만 뭐?"

퉁명스러운 로엔의 대꾸에 카렌은 볼을 부풀렸다. 로엔이 윽박지른 것이 아무래도 마음에 들지 않는 모양이었다.

"멋있잖아, 하늘에서 돌무더기가 떨어지는 것도."

결국 로엔은 패배를 인정하며 고개를 떨어뜨렸다. 그 말대로, 미티어 샤워가 떨어지는 모습은 그야말로 장관이었다. 직경 2m 남짓한 운석 수십 개를 공간의 문을 열어 소환하는 그 마법은, 마법을 넘어 마술의 영역에 든다 해도 과언이 아닐 정도였다. 하지만 문제는 그게 아니었다. 미티어 샤워는 범위에 피해를 입히는 마법이다. 운석이 떨어져 일으키는 충격파의 범위 내에 있는 모든 인명에게 피해를 주는 마법으로, 진형을 유지하고 있는 적에게 쓰면 모를까 아까의 전투 같은 혼전에서는 결코 효율적인 마법이라 볼 수 없었다.

결국 로엔은 카렌을 추궁하는 것을 포기하고 고개를 돌렸다.

"쳇, 멋 두 번만 부렸다간 아군 전멸하겠다."

그 말엔 카렌도 할 말이 없었는지, 둘은 아무런 말 없이 파란 하늘을 올려보았다. 그때 나이트 길드 서부 기사단의 마크를 단 기사가 로엔에게 다가왔다.

"사령관님, 마스터 리스나르트의 전언입니다."

빌렌슈타인 요새에서 로엔의 호칭은 사령관으로 통일되어 있었다. 로엔이 빌렌슈타인 요새 방위사령관이었던 탓도 있었지만, 토라 재건군 총사령관 제디스틴 리스나르트와의 구별을 용이하게 하려는 것도 한몫하고 있었다. 덤으로 제디스틴 리스타르트는 나이트 길드 때의 버릇을 아직도 버리지 못한 사람들 때문에 아직도 '마스터'라 불리고 있었다.

로엔의 얼굴에서 순간 표정이 사라졌다. 그는 냉정한 얼굴로 기사를 바라보았다.

"무슨 일입니까?"

"저와 함께 도착하신 체시아 폰 리테아스님께 빌렌슈타인 요새의 전권을 위임하고, 지금 즉시 티아매트 요새로 오라는 전언이었습니다."

"뭐?"

로엔의 얼굴이 험악하게 변했다. 빌렌슈타인 요새는 최전선으로, 세이레인의 익제큐터 베비디어가 이끄는 5만의 세이레인 군과 대치 중인 전시이기도 했다. 그것을 8천 남짓한 병력으로 겨우 막아내고 있는 상황에서 느닷없이 요새 방위사령관을 호출하는 것이 이해되지 않았던 탓이었다. 하지만 명령은 명령, 로엔에게 그것을 거부할 권한은 없었다.

"알았습니다. 곧 출발하도록 하죠. 그런데 체시아는 어디에……."

"지금 작전 회의실에 계십니다."

명료한 대답에 로엔은 고개를 끄덕이고는 옆의 카렌을 돌아보았다.

"이상의 이유로 난 간다. 나 없는 동안에 잘해낼 수 있겠지?"

"에, 무슨 소리야? 가긴 대체 어딜 간다고…… 악!"

로엔의 주먹이 카렌의 정수리에 작렬했다. 머리를 움켜쥐고 눈물을 글썽이는 카렌을 내려다보며 로엔이 절레절레 흔들었다.

"도대체 뭘 들은 거야? 아버지의 호출이라고 보고하는 것 못 들었어?"

"못 들었단 말야! 아무리 그래도 그렇지, 건틀렛 낀 손으로 때리냐!"

카렌이 항의했지만, 로엔은 못 들은 척 다시 말했다.

"어쨌거나 당분간 요새를 비울 것 같으니까, 나 대신으로 온 체시아의 말 잘 들어. 그리고 가급적이면 차원 합성 마법 쓰지 말고. 알았지?"

완전히 어머니가 집 비울 때 자식에게 문단속 운운하며 주의시키는 모습이었다. 카렌은 이해했는지 고개를 끄덕였고, 로엔은 못미더운 얼굴로 그를 잠시 바라보다가 길게 한숨을 쉬었다.

로엔이 작전 회의실로 들어가자 마침 탁자에 엉덩이를 걸치고 있던 여자가 자리에서 일어났다.

"아, 이제야 왔네? 뭘 하다 늦은 거야?"

레트니아에서 흔히 볼 수 있는 적갈색 머리카락을 쓸어 넘기는 그녀는 바로 체시아 폰 리테아스였다. 구 토라의 수호 기사단 격이라 할 수 있는 아사신 길드의 마스터로, 토라가 멸망하기 전 무던히도 로엔을 괴롭히던 여자였다. 자연히 로엔과는 견원지간, 틈만 나면 서로 으르렁 대는 사이이기도 했다.

로엔은 대답할 가치도 없다는 듯 의자를 하나 빼 앉으며 그녀를 올려다보았다.

"용건이나 듣지. 영양가없는 이야기를 할 정도로 한가하지 않아."

"어머, 어머? 서로 남도 아닌데 그렇게 차갑게 대하기야?"

순간 목을 넘어오려는 온갖 비참하고 파멸적인 단어들을 로엔은 간신히 억눌렀다. 참자, 지금 화내봐야 남는 게 없다. 자기 최면을 걸며 로엔은 싸늘한 얼굴로 그녀를 노려보았다.

"잡소리는 집어치우고 용건이나 이야기해. 왜 아버지가 빌렌슈타인 요새의 전권을 넘기고 티아매트로 오라는 거지?"

장난치듯 웃고 있던 체시아의 표정이 진지해졌다. 그 표정에 로엔이 속으로 안도의 한숨을 내쉬는데 다시 그녀의 얼굴에 빙긋, 미소가 스쳤다.

"내게 들어봐야 별 쓸모도 없는 이야기니, 가보면 알게 될 거야. 아, 이건 미리 말해 줘도 되겠군. 가면 고생 좀 하게 될걸?"

로엔은 의아한 얼굴로 체시아를 바라보았지만, 그녀는 '여기까지가 끝'이라는 표정으로 로엔을 바라보고 있을 뿐이었다. 결국 로엔은 더 묻는 것을 포기하고, 빌렌슈타인 요새의 지휘관을 의미하는 작은 나무패를 그녀에게 던져 주었다.

"에? 이걸로 끝이야?"

그 물음에 로엔은 다시 한숨을 쉬었다.

"그럼 보급도 좋지 않은 상황에 성대한 환영식이라도 해줄 줄 알았나? 뭐, 아무래도 상관없겠지. 잘 지켜보라고."

거기까지 말하고 입구로 걸음을 옮기던 로엔은 문득 생각났는지 다시 체시아에게로 시선을 돌렸다.

"아, 노파심에서 말해 두지만 만약 카렌이 차원 합성 마법을 쓰려고 하면 무조건 군사를 퇴각시키는 게 좋을 거다. 고집 부리다가 아까운 병력 잃지 말고."

"그건 무슨 뜻? 정확한 의미를 이야기해 줬으면 하는데?"

어이없는 표정으로 되묻는 체시아를 힐끔 바라본 로엔은 문득 그녀를 동정하는 얼굴로 고개를 절레절레 저었다.

"귀찮군. 알아서 생각해."

"뭐라고!"

체시아가 뒤에서 뭐라 고함을 질렀지만, 로엔은 무시하고 밖으로 나왔다. 마구간으로 걸음을 옮기던 로엔은 문득 떠오른 생각에 발길을 돌렸다. 단 한 명만이 사용할 수 있는 수단이지만, 말보다 빠른 이동수단이 생각났기 때문이다.

"에? 간다더니 왜 다시 왔어?"

다행히 그 '이동 수단' 은 로엔의 예상 범위 내에 있었다. 의아한 얼굴로 되묻는 카렌을 바라보던 로엔은 카렌이 식사를 마친 듯 젓가락을 내려놓자 용건을 말했다.

"아아, 워프 마법 좀 써달라고. 위치는 티아매트 요새 외곽 아무 데나."

"아, 알았어. 식판 좀 치우고."

식판을 정리한 후 돌아온 카렌은 남아 있는 마력을 가늠해 보는 듯 잠시 눈을 감더니 로엔에게 말했다.

"후우, 아슬아슬하네. 역시 차원계 마법은 마력 소모가 너무 크단 말야. 이거 쓰고 나면, 한 이틀 정도는 차원계 마법은 쓸 생각도 말아야 겠어."

그거 다행이군, 이라는 말이 튀어나오려는 것을 로엔은 간신히 참아 눌렀다. 눈앞의 이 친구가 그런 말을 들으면 어떤 반응을 보일지 눈에 선했던 것이다. 다행히 카렌은 친구의 이상을 눈치 채지 못한 듯, 시동어를 영창하기 시작했다.

"디멘셔널 · 워프 디 어더(Warp The Other)!"

순간 나타난 검은 그림자가 로엔의 몸을 감쌌다. 로엔이 반응할 틈도 없이 그를 먹어치운 그림자는 나타날 때와 마찬가지로 순식간에 사라졌고, 그것을 확인한 카렌은 현기증이 이는 듯 관자놀이를 누르며 의자에 주저앉았다.

"하아, 역시 마력의 소모가 너무 심해."

한편 로엔은,

"꺄아아—! 치한이야아!"

"이 빌어먹을 녀석, 나중에 두고 보자아악—!"

완전히 붉어진 얼굴로, 여자 화장실을 뛰쳐나오고 있었다.

요새 티아매트. 그 티아매트의 중앙에 있는 토라 재건군 총사령부에서 로엔은 사령관실의 의자에 앉아 있었다.

"녀석, 그동안 옆구리가 허전했던 모양이로구나. 여자 화장실에까지 숨어드는 걸 보면."

토라 재건군 총사령관이자 로엔의 아버지인 제디스틴 리스나르트가 실실 웃으며 말하자, 능글맞기라면 조금도 그에 뒤지지 않을 나이트 길드 마스터, 프라이슨 에션트가 맞장구쳤다.

"그러게요. 로엔, 그렇게 허전했으면 형한테 말하지 그랬냐? 그깟 여자 하나 못해줄 것도 없는데."

"으아악! 제발 그마안―!"

로엔은 결국 붉어진 얼굴로 비명을 질러 버렸다. 그 모습에 제딘과 프란은 사령관실이 떠나가라 웃어 젖히기 시작했다. 로엔은 여전히 달아오른 얼굴로 둘을 노려보더니, 말은 안 했지만 역시 웃음을 참고 있는 카이젠을 흘낏 바라보며 말했다.

"그나저나 최전방의 야전 지휘관을 호출한 이유나 말해 봐요. 쓸데없는 헛소리를 늘어놓는다면 가만두지 않을 테니."

로엔이 방금 전의 원한을 담아 내뱉은 엄포에도 제딘이나 프란은 눈 하나 깜빡하지 않았다. 결국 로엔이 한숨을 쉬며 대답을 기다리는데, 그것은 로엔의 예상과는 전혀 뜻밖인 장소에서 돌아왔다.

"요즘 보급이 길어져 전방에서 싸우기 힘드시죠? 정말 수고하십니다."

카이젠의 대답에 로엔은 그를 노려보았다.

"입에 발린 흰소리는 집어치우시죠. 그런 말 하려고 부르지는 않았을 테니."

불쾌한 듯 로엔이 내뱉자, 카이젠은 쓴웃음을 지었다.

"그러도록 하죠. 그럼 본론으로 들어가서, 워프 게이트에 관한 문제입니다."

"워프… 게이트?"

카이젠의 말에 로엔은 문득 불안감이 온몸에 엄습하는 것을 느꼈다. 워프 게이트, 토라 재건군에 있어서 그것은 저주에 가까운 단어였다. 토라 재건군이 이렇게까지 열세에 몰려 있는 것도 사기라 해도 과언이 아닐 워프 게이트의 능력 때문이었다. 그것에 관한 이야기라면 생각할 수 있는 경우의 수는 그리 많지 않았다.

초조하게 몇 가지 가정을 세우며 로엔이 카이젠을 바라보는데, 카이젠은 아까보다 흐려진 얼굴로 본론을 내놓았다.

"현재 우리 군에서 유능한 분들은 대부분 나이트 길드에 계시는 분들입니다."

질질 끄는 카이젠의 목소리에, 로엔은 짜증이 나는 것을 느꼈다. 어차피 뻔한 내용이었다. 그것을 이렇게 길게 늘여 말하는 것은 로엔의 성격에 맞지 않았다.

"그렇기 때문에 이번 세이레인 침투 임무를 나이트 길드 분들에게 위임, 부탁드리고 싶습니다."

마지막의 '부탁드리고 싶습니다'는 거의 우물거리는 수준이었다. 그 유약한 모습에 로엔은 결국 참지 못하고 카이젠을 노려보았다.

"그러니까 지금 전하께서 하시는 말씀은, 지금 우리 나이트 길드에 유능한 사람이 많으니, 그 유능한 사람들로 하여금 소수의 파트를 구성, 세이레인의 수도 세톤에 침투해 우리를 꽤나 골탕 먹이는 저 워프 게이트를 파괴하고 오란 말인가요? 임무 성공률 0퍼센트가 거의 확실할 임무를?"

카이젠은 흐려진 얼굴로 고개를 끄덕였다.

쾅!

내려친 로엔의 주먹이 탁자를 울렸다. 갑작스런 주먹질에 카이젠이 놀란 얼굴로 바라보자, 로엔은 일그러진 얼굴로 그를 바라보았다.

"그 말은 나이트 길드가 사사건건 이 일 저 일 시비 걸고 다니는 꼬라지가 눈에 거슬리니 어서 가서 뒈지란 말과 같은 의미로 받아들여도 괜찮을까요?"

"그, 그게 아닙니다!"

카이젠은 당황한 듯 자리에서 벌떡 일어나며 부정했다. 하지만 로엔은 일고의 가치도 없다는 듯, 일그러진 얼굴로 카이젠을 노려볼 뿐이었다.

답답한 침묵이 내려앉았다. 할 말을 찾지 못한 카이젠도, 일그러진 얼굴의 로엔도 단지 서로를 바라보고 있을 뿐 말을 꺼내지 않았다. 그때 제딘이 권태로운 얼굴로 침묵에 종지부를 찍었다.

"이 임무, 내가 자청한 것이다. 넌 여기서 전체적 전황을 조정하고, 더 이상 전세가 나빠지지 않게만 하면 돼."

"뭐라고요?"

로엔은 자신의 귀를 의심했다. 그 말이 무슨 의미를 가지고 있는지 모를 정도로 로엔은 바보가 아니었다. 제딘은 지금 스스로 사지에 뛰어든다 말하고 있었다. 그 모습을 바라보는 로엔의 입가는 부들부들 떨리고 있었다.

"방금… 뭐라고 하신 거죠?"

"검에 난도질당해도 안 죽더니 이젠 귀까지 썩은 게냐. 내가 간다고 했다."

"아버지, 지금 미쳤어요?"

"안 미쳤다."

"하!"

제딘의 대답에 로엔은 어이가 없다는 듯 입을 딱 벌리며 하늘을 바라보았다. 하지만 그것도 잠시, 로엔은 다시 탁자를 내려치며 버럭 고함을 질렀다.

"안 미치긴 뭐가 안 미쳐요! 지금 죽으려고 작정한 거예요, 뭐예요? 이 나이트 길드 평균치 능력은 되는 기사들이 적어도 수천 명은 버티고 있을 저 세이레인의 수도 세톤에 단신으로 뛰어들려고 하다니 그게 미친 거지, 안 미친 거예요?"

"내가 결정한 일이다. 아무 문제도 없으니 시끄럽게 굴지 마라."

"제기랄!"

시큰둥한 제딘의 대답에 로엔이 입술을 깨물었다. 아무리 날고 기는 나이트 길드의 전대 마스터, 제디스틴 리스나르트라 하더라도 세톤에 뛰어드는 것은 자살 행위나 다름없다는 것을 로엔은 충분히 알고 있었다. 그렇다면 로엔에게 남은 선택은 오직 하나뿐이었다.

"아버지."

제딘은 시큰둥한 얼굴로 로엔을 바라보았다. 로엔은 일그러진 얼굴로 방금 결정한 생각을 꺼내놓았다.

"제가 가겠어요."

그 말에 옆에서 바라보던 카이젠과 프란의 눈이 커졌다. 하지만 제딘은 놀랍지 않는지 담담한 얼굴로 로엔을 바라보았다.

"이것참, 네 말대로 하자면 이건 자살 행위다. 그렇기 때문에 내가 가겠다고 한 거다. 그런데 자살 행위인 걸 뻔히 알면서도 자청하는 이유는 뭐냐?"

"……."

로엔은 대답하지 않았다. 다만, 검을 뽑아 망설임없이 목을 그었을 뿐이었다. 검날이 살을 스치는 차갑고도 날카로운 느낌에 로엔이 인상을 찌푸렸다.

"로엔, 무슨!"

"갑자기 왜……!"

돌발적인 로엔의 행동에 놀란 카이젠과 프란이 기겁해 외치다, 곧 입을 다물었다. 잘 손질된 예리한 검으로 목을 그었음에도 불구하고, 로엔의 목에는 생채기 하나 보이지 않았다. 로엔은 검을 거둔 뒤, 냉정한 얼굴로 제단을 바라보았다.

"적어도, 제가 아버지보다는 살아날 확률이 높거든요. 비록 임무 성공률은 낮을지 몰라도 말입니다."

"휴우."

로엔은 침대에 누워 날카롭게 벼려진 검을 바라보았다. 검신에 비치는 붉은 눈동자에 수많은 상념이 스쳐 지나갔다. 이 검으로 난 얼마나 많은 사람을 죄책감도 없이 죽여 왔을까. 문득 떠오른 생각에 로엔은 피식, 비웃는 미소를 지었다.

"사치스런 소리군. 죄책감이라."

로엔은 검을 도로 검집에 밀어 넣었다. 확실히 현재의 로엔에게 있어, 죄책감이니 뭐니 따진다는 것은 사치일지도 몰랐다. 그렇게 생각하는 것이 당연할 정도로 지금까지 긴박하게, 수많은 일을 헤치며 살아왔다. 하지만 그 마음 한구석에는 쓰라림이 있어, 로엔을 괴롭게 하고 있었다.

기분 탓인지 몸이 으슬으슬해진 것을 느낀 로엔은 이불을 뒤집어썼다. 갓 덮은 이불의 차가운 감각이 로엔을 더욱 우울하게 만들었다. 내일 몇 명의 사람을 대의와 승리라는 가식적인 구호 아래 사지로 밀어 넣어야 한다. 그리고, 그리고…….

"그리고 나 혼자만 살아남고 말이지. 이거 굉장한걸. 그래, 정말로……."

로엔은 몰려드는 자괴감에 끊임없이 이불 속에서 킥킥, 자조의 웃음
을 흘렸다.

전날 어떤 생각을 하며 잠에 들었든 아침은 어김없이 찾아온다. 하
겠다고 나선 임무를 성공적으로 완수하기 위해 로엔은 이리저리 뛰어
다니느라 정신없는 프란을 반쯤 협박해 나이트 길드와 아사신 길드, 두
조직에서 최고의 실력을 자랑하는 이들의 리스트를 받아내는 데 성공
했다. 물론,

"그 정신 나간 임무 수행은 제발 내게 부탁하지 않기를 빈다."

라는 프란의 부탁도 함께 받았다는 것은 여기에서는 논외로 한다.
어차피 프란이나 제딘 등의 간부급 인물들은 애초에 제외하기로 마음
먹은 로엔이었다. 그렇기 때문에 로엔은 프란이 지정해 준 숙소에 틀
어박혀 리스트를 자세히 분석하기 시작했다.

"흐음, 가이에 인디스트로… 침투, 첩보에 능함. 침투에 능하다면
일단 합격이로군. 어디, 단검에 능함. 종합 평가는 A라… 좋군. 다음
은……."

이런 식으로 리스트를 분석하는 데만 꼬박 하루를 보냈다. 마침내
분석을 끝낸 로엔은 굳은 허리를 쭉 펴며 기지개를 켰다.

"그래도 이 정도면 설마 임무 성공률 0%는 나오지 않겠지. 좋아, 가
자."

그 얼굴엔 반드시 성공할 수 있다는 자신감이 배어 나오고 있었다.

프란은 여섯 개의 요새에서 시시각각으로 들어오는 보고서를 처리

하는 와중임에도 반가운 얼굴로 로엔을 맞았다.

"흠, 그러니까 가이에 인디스트로와 크레시 라자루스, 제이 헌터, 그리고 로빈 하이워커, 이 네 사람을 차출해 달라 이거지?"

자신의 이름이 그 목록에 없어서인지, 안도감이 역력한 얼굴로 프란이 물었다. 로엔이 아무 말 없이 고개를 끄덕이자, 프란은 로엔에게 리스트를 돌려주며 말했다.

"좋아. 3일 안으로 요청한 네 명을 볼 수 있게 해주지."

로엔은 의아한 얼굴로 프란을 바라보았다.

"어째서죠? 왜 3일씩이나 되는 시간을 허비해야 한다는 거예요? 이런 기밀을 요하는 일, 빠르면 빠를수록 좋다는 건 형도 알잖아요."

프란은 쓰게 웃으며 로엔의 물음에 대답했다.

"그게, 네가 요청한 네 명은 전부 최전방에 나가 있어. 너처럼 차원마법의 힘을 빌린다면 모를까, 그렇지 않은 이상 하루에 모인다는 건 무리야."

로엔은 정말로 난처한 듯 웃는 프란을 보며 길게 한숨을 내쉬었다. 로엔이 알기로 프란은 거짓말을 하는 일이 없다. 그런 프란이 말한 이상 로엔도 달리 어떻게 해볼 방법이 없었다.

"하는 수 없죠. 그럼 3일 동안은 여기서 형 일이나 도와볼까요? 빈둥거리는 것도 성격에 안 맞으니."

"그래?"

순간 프란의 얼굴이 확 밝아졌다. 로엔의 말이 떨어지기가 무섭게 육중한 무게의 서류 뭉치를 가져온 프란은 아주아주 친절한, 하지만 로엔에게는 악마의 미소로밖에 보이지 않는 얼굴로 로엔을 바라보았다.

"도와준다니 정말 고맙다. 그럼 이것들부터 좀 부탁할게."

로엔은 압도적인 높이를 자랑하는 서류 더미를 질린 얼굴로 바라보다가 이내 피식 웃음을 터뜨리며 고개를 끄덕였다.

"알았어요. 대신 오늘 저녁, 형이 사는 겁니다."

"여부가 있겠냐. 걱정 마라, 최고로 쏘마."

가슴을 탕탕 치는 프란을 보며 가볍게 웃은 로엔은 곧 맨 위의 서류를 집어 들며 검토에 들어갔다.

창밖에 어슴푸레하게 동이 터오고 있었다. 서류의 중요한 부분을 펜으로 체크하던 로엔은 허리가 아픈 듯 등을 쭉 펴며 기지개를 켰다.

"으음, 좀 피곤한데……."

로엔은 침침해진 눈을 비빈 후, 그보다 30분 정도 일찍 일을 마치고 책상에 쓰러진 프란을 바라보았다.

"남한테 일을 잔뜩 떠맡긴 주제에 잘도 자는구만."

로엔은 피식 웃고는 다 끝낸 서류를 프란의 책상에 올려둔 후 집무실을 빠져나왔다. 새벽의 티아매트 요새에는 평화로운 분위기가 감돌고 있었다. 새벽에도 긴장을 팽팽해진 분위기를 느낄 수 있는 다른 요새들에 비하면, 확실히 평화로운 분위기였다. 전쟁의 소란함이 이 곳에는 그다지 영향을 미치지 못하는 것처럼 보였다.

"후우."

로엔은 깊게 심호흡을 했다. 폐부 깊숙한 곳까지 들이마신 차가운 공기가 밤샘으로 인해 몽롱해진 로엔의 정신을 맑게 깨워주었다. 하지만 곧바로 졸음이 몰려오는 것을 느끼며 로엔은 어느새 도착한 숙소의 문을 열었다.

"아, 리스나르트 군인가. 식사는 하지 않은 것 같은데, 어때? 하겠는가?"

"아뇨, 사양하겠습니다. 지금은 너무 피곤해서… 그럼 실례."

이른 아침부터 식당의 개점을 준비하는 아저씨에게 가볍게 목례를 건넨 후, 로엔은 2층의 자기 방으로 올라갔다. 피곤이 가득 쌓인 어두운 얼굴로 로엔이 방의 문을 여는 순간,

"뭐, 뭐야, 이건?"

황당한 목소리가 로엔에게서 흘러나왔다. 로엔의 방, 그중에서도 로엔의 침대에는 한동안 보지 못했던 유스와 에바가 등에 날개를 단 채 쓰러져 자고 있는 것이 보였다. 물론 그것만이라면 로엔에게도 문제는 없었다. 저 둘은 로엔에게 있어 반가우면 반가웠지, 결코 보고 싶지 않은 종류의 것은 아니었다. 문제는 좀 더 다른 것에 있었다.

[으응… 누구시죠?]

치렁치렁한 흑발을 늘어뜨린, 매력적인 여자가 부스스한 얼굴로 고개를 들었다. 그 등에는 유스와 에바와는 다른 순백의, 마치 천사와도 같은 날개가 접혀 있었다.

"……."

로엔과 그녀의 시선이 마주쳤다. 그녀는 멍한 얼굴로 로엔을 바라보더니 이내 고개를 숙이며 미소 지었다.

[아, 안녕하세요.]

그 목소리에 로엔은 깨달았다. 이 여자는 분명 저 골칫거리들과 동류다. 그렇게 깨달은 로엔은 골치가 아픈 듯 두 손으로 머리를 움켜쥐며 신음했다.

"어째서 하나가 더 늘어버린 거야……."

그 신음에는 로엔 본인밖에 이해할 수 없을 스트레스가 담겨 있었다.

잠시 후…

[아, 그러셨군요. 전 알미사엘과 레리엘의 친구인 이즈라핌이라고 합니다.]

그녀, 이즈라핌은 그야말로 청순한 미소를 지으며 자신을 소개했다. 덤으로 유스와 에바는 아직도 잠든 채 일어나지 않고 있었다.

"그런데… 어째서 여기까지 내려오시게 된 거죠?"

대강의 사정을 이해했는지, 로엔이 의아한 얼굴로 이즈라핌에게 물었다. 그러자 그녀는 곤란한 표정으로 시선을 돌렸다,

[저, 그… 그게…….]

대답하기 곤란한지 울상 짓는 이즈라핌. 그 모습은 남자라면 결코 그냥 두지 못할 마력 같은 것이 있었다. 포커페이스를 유지하려 애를 쓰던 로엔은 결국 한숨을 쉬며 그녀에게 말했다.

"뭐, 나중에 유스와 에바에게 물어보면 되겠죠. 곤란하면 대답하지 않아도 됩니다."

[유스와… 에바?]

이즈라핌이 의아한 얼굴로 묻자, 로엔은 아차 하는 얼굴로 볼을 긁적였다. 그녀는 천계의 존재, 로엔이 최근에 붙여준 그녀들의 이름을 알고 있을 리가 없었다.

"아뇨, 제가 잘못 말했습니다. 레리엘과 알미사엘을 말한 겁니다."

[그렇군요.]

로엔이 의외라 생각할 정도로 그녀는 쉽게 납득했다.

침묵이 흘렀다. 로엔은 더 이상 그녀에게 궁금한 것이 없었고, 이즈라핌 역시 특별히 그에게 묻고 싶은 것이 없어 보였다. 잠시 이즈라핌을 바라보던 로엔은 무안한 얼굴로 책을 한 권을 꺼내 읽기 시작했다.

비록 그 격이 다른 존재라고는 하나, 그녀 역시 이성임은 분명했다. 이러니저러니 해도 로엔도 남자, 그녀가 이불로 가린 목 아래의 부분 같은 곳에 신경이 쓰이는 것은 당연했다. 유스와 에바의 육탄 공세는 그녀들의 평소 행동이 과격한 탓에 뿌리칠 수 있었지만, 이런 분위기가 되면 로엔도 정신 연령 22세의 신체 건강한 청년이 가질 법한 본능이 자연스럽게 고개를 드는 것이었다.

조용히 시간이 흘렀다. 피곤에 지쳐 어느샌가 잠에 곯아떨어졌던 로엔이 눈을 떠보니, 침대에는 이즈라핌 한 사람만이 남아 있는 것이 보였다. 잠시 멍한 얼굴로 그녀를 바라보던 로엔은 문득 머리를 스쳐가는 생각에 망토를 툭툭 치며 시비를 걸었다.

"에바, 거기 있는 거 다 아니까 좀 나와봐."

로엔의 부름에 빛이 모여들며 여성의 실루엣을 갖춰 나갔다. 이윽고 소환이 끝났는지 에바는 기지개를 켜며 로엔을 바라보았다.

[주인님, 무슨 일이라도…….]

나오기만 하면 달라붙기 바쁘던 평소의 에바와는 판이하게 다른 태도였다. 하지만 이 편이 대화에는 훨씬 편했기에 로엔은 굳이 문제 삼지 않고 침대를 가리키며 물었다.

"저 여자는 누구야? 너희들 친구라 하던데, 여긴 왜 데려온 거지?"

[아아, 이즈라핌요?]

에바는 어쩐지 시큰둥한 표정으로 침대를 바라보았다.

[오래간만에 휴가가 나서 맛있는 걸 먹고 싶다고 하기에 여기로 데려온 거예요. 성천계의 요리는 아무리 잘 쳐줘도 맛이 암울하거든요.]

"그, 그래?"

로엔이 황당한 얼굴로 되묻자, 에바는 크게 하품을 하더니 고개를 끄덕였다. 그 모습에 로엔이 의아한 얼굴로 바라보자, 에바는 괜찮다는 듯 손사래를 치며 말했다.

[신경 쓰지 마세요. 단지 힘을 너무 쓴 탓에 모두 지친 거니까요. 그런데 이제 들어가서 자도 될까요?]

로엔은 고개를 끄덕였고, 그녀는 다시 한 줄기 빛으로 화해 허공으로 사라졌다.

어떻게 지나갔는지도 모를 정도로 하루가 빠르게 지나갔다. 유스와 에바는 언제 그랬냐는 듯, 다시 활기를 되찾아 예전처럼 귀찮을 정도로 로엔에게 달라붙었다.

"그러니까 달라붙지 좀 말란 말야! 제발 밥 좀 먹자!"

[이잉, 사랑이 식었어잉~]

[애초에 주인님이 네게 사랑이란 걸 하긴 했냐?]

에바가 징징대자 기다렸다는 듯 유스가 태클을 건다. 그러자 에바는 가슴을 펴며 유스를 사납게 노려보기 시작했다.

[너어 그 말, 나에 대한 도전이라고 봐도 되겠지?]

[흐응, 도전할 쪽이 누구인지, 대상이 좀 바뀐 것 아냐?]

일촉즉발. 싸늘하게 공기가 내려앉는다. 유스와 에바가 발하는 살기는 조금만 무도에 견식이 있는 사람이라면 기겁해 달아날 정도의 수준이었다. 하지만 이런 일을 늘 겪어온 로엔은 조용히 한숨만 내쉬었다.

"둘 다 그만 조용히 해. 민폐잖아."

로엔의 한마디에 유스와 에바는 약속이나 한 듯 입을 다물었다. 로엔이 한심한 표정으로 둘을 바라보는데, 그 모습을 지켜보던 이즈라핌은 재미있는 듯 작게 쿡쿡거리며 웃었다. 그게 또 자극이 된 듯, 유스와 에바가 동시에 이즈라핌을 노려보며 툭 내뱉었다.

[웃지 마.]

그 한마디가 멋지게 싱크로하는 것에 감탄하던 로엔은 이즈라핌을 바라보았다.

"이곳의 야채 수프는 추천 요리입니다. 맛있게 드셨으면 좋겠군요."

[아, 예. 감사합니다. 정말 맛있네요.]

일단 맛있는 것을 먹으러 왔다는 것을 기억한 로엔은 이 식당의 추천 메뉴라 할 수 있는 야채 수프와 라비니어스풍 소스를 얹은 파스타를 추천했고, 로엔의 예상대로 이즈라핌은 그것들을 맛있게 먹어치웠다. 물론 에바는 그 왕성한 식욕을 과시하며 여섯 그릇 째에 돌입했고, 유스는 두 그릇이라는, 평소대로의 양으로 식사를 마쳤다.

후식으로 나온 사과 주스를 마시던 유스가 문득 생각난 것이 있는지 냅킨을 접는 로엔에게 물었다.

[아, 그런데… 언젠가 해주신다던 특제 요리, 언제쯤 먹을 수 있는 거예요?]

특제 요리란 말에 귀가 번쩍 뜨였는지, 에바와 그 옆의 이즈라핌이 행동을 멈추며 로엔을 바라보았다. 갑자기 집중되는 시선이 부담스러운 듯, 로엔은 멋쩍게 웃으며 대답했다.

"음, 일단은 오늘 저녁으로 생각하고 있거든? 내일부터는 나도 바빠지니까……."

[에? 오늘 저녁요?]

재차 이어지는 에바의 물음에 로엔은 고개를 끄덕였다. 그 대답에 에바는 그 즉시 식사를 중단하고는 냅킨으로 입을 닦았다.

"더 안 먹어?"

갑작스런 에바의 행동이 의아한 듯 로엔이 묻자, 에바는 당당한 태도로 그 자리에서 선언했다.

[주인님의 요리를 조금이라도 더 먹으려면 여기서 그만 먹어야 해요.]

"그런 이유였냐."

로엔은 이마를 손으로 덮으며 탄식했다.

잠시 후, 카운터에서 계산을 마친 로엔이 테이블 쪽으로 돌아섰다. 돌아가자는 말을 하려던 로엔은 테이블의 상황을 보고는 긴 한숨을 쉬었다.

"또냐?"

유스와 에바, 이즈라핌이 앉은 테이블에 세 명의 남자들이 다가가 있었다. 이런 곳에서는 언제나 나타나기 마련인 시시껄렁한 건달들이 분명했다. 분명 그들에게는 승리한다는 확신이 서 있었을 테지만, 그러기에는 상대가 너무 나빴다.

"어이, 아가씨들, 정말로 예쁜데~ 우리 같이 좀 놀아보지 않겠어?"

전형적인 대사를 지껄이며, 건달들이 그녀들에게 지분거리기 시작했다. 다가가 그들을 제지하려던 로엔은 문득 마음이 바뀌었는지 팔짱을 끼며 상황을 지켜보기 시작했다.

난처한 표정의 이즈라핌을 사이에 두고, 유스와 에바는 심각한 얼굴로 토론하기 시작했다.

[난 한동안 고생을 좀 했으니 에바, 네가 하면 안 될까? 그동안 쌓인 스트레스도 풀 겸 겸사겸사 좋은 일 같은데, 안 그래?]

유스의 제안에 에바는 귀찮은 듯 고개를 저었다.

[귀찮은 건 나도 똑같아. 그러니까 그냥 이즈에게 맡겨 버리자.]

둘의 대화가 자신들과 놀아준다는 뜻으로 들렸는지, 그녀들 앞의 건 달들은 입이 귀밑까지 찢어졌다. 그것을 한심한 눈으로 바라보던 유스 는 고개를 끄덕이며 이즈라핌을 돌아보았다.

[이즈, 네가 처리해. 우린 먼저 나가 있을게.]

[내가……?]

돌아오는 물음에 유스가 고개를 끄덕였다. 이즈라핌은 더욱 난처한 듯 어깨를 움츠렸지만, 그런 것은 상관없다는 듯 유스와 에바는 로엔에 게로 걸음을 옮겼다.

"어, 어디 가는 거야? 우리랑 안 놀아?"

당황한 듯한 건달의 물음에 에바는 정말로 귀찮아하는 얼굴로 이즈 라핌을 가리켰다.

[우리 말고 저기 앉은 쟤가 같이 놀아줄 거야. 됐지?]

"그, 그래?"

에바의 페이스에 말려들었는지 건달은 당황한 얼굴로 고개를 끄덕 였다. 로엔이 건달들의 바보 같은 모습에 키득키득 웃고 있는데, 유스 가 다가와 로엔에게 말했다.

[자, 이제 가죠?]

"응? 이즈라핌은 어쩌고?"

로엔의 얼빠진 질문에 유스는 이즈라핌을 힐끔 보더니 싱긋 웃으며 대답했다.

[아아, 금방 끝날 거예요. 불쌍하게 되었네요, 저 녀석들.]

[쟤, 보기엔 약해 보여도 사실 우리하고는 비교가 안 될 정도로 강한 애거든요.]

에바가 맞장구치자, 유스가 팔짱을 끼며 다시 고개를 끄덕였다.

[그럼, 그럼. 칼만 잡으면 천사가 달라지는 게, 괜히 디바인 나이트가 아니라니까?]

"그, 그래?"

상황에 따라가지 못한 채 얼떨결에 고개를 끄덕이던 로엔은 문득 머리를 스치는 생각에 의아한 얼굴로 유스를 바라보았다.

"디바인 나이트라니……? 이즈라핌, 세이레인 신성 기사단 소속이야?"

로엔의 질문에 그녀들은 멍한 얼굴로 로엔을 바라보았다. 그것도 잠시 그녀들은 느닷없이 배를 움켜잡고 웃기 시작했다.

[세, 세이레인… 꺄하하하하하!]

[세이레인 신성 기사단이래~! 나, 나를 웃기다니! 상상조차 모, 못했어. 아하하하~!]

"자, 잠깐! 왜 웃는 거야?! 내가 뭘 잘못했길래!"

로엔은 당황한 얼굴로 유스와 에바에게 외쳤다. 하지만 그것도 들리지 않는지, 그녀들은 이젠 아주 괴로운 얼굴로 신나게 웃어대고 있었다. 그렇게 한참을 웃어대던 유스는 간신히 진정했는지 거칠게 숨을 쉬며 로엔에게 말했다.

[아, 죄송해요 로엔님. 그 약해 빠진 세이레인 신성 기사단을 생각하니 너무 웃겨서… 아무튼 이즈라핌이 속한 디바인 나이트는 세이레인의 디바인 나이트가 아니에요. 성천계 최강의 투천사단, 저 악마들에게서 악마라고까지 불리는 디바인 나이트를 말하는 거예요.]

로엔은 이해한 듯 만 듯한 표정을 지었다.

"그럼 세이레인의 디바인 나이트는?"

[세이레인의 디바인 나이트는 약 1200년 전에 이프론님이 원 디바인

나이트의 이름만 빌려 세이레인에 만든 기사단인데, 그때와 지금의 디바인 나이트를 비교하면 정말 웃음밖에 안 나오거든요.]

이번에는 에바가 대답했다. 그 말에 로엔은 의아한 듯 다시 질문을 던졌다.

"그럼 과거의 디바인 나이트는 강했다는 말이야?"

[물론이죠. 그때만 해도, 지금은 전 대륙을 다 뒤져도 보이지 않는 진정한 소드 마스터, 즉 검기를 다룰 줄 아는 자가 세 명이나 있었는걸요. 그렇지 않은 사람도, 가장 약한 축에 드는 기사가 그… 이스카라고 했나? 그 정도 실력은 되었으니까요.]

유스의 대답에 로엔은 벌린 입을 다물 줄 몰랐다. 검기. 그것은 극한까지 단련된 가장 순수한 힘을 검에 실었을 때 나타나는 현상을 말했다. 그것을 다룬다는 것은 이미 검을 다룬다는 경지를 넘어 의지만으로 기적을 일으키는 영역에 도달했음을 말하는 것으로, 로엔으로서는 올려다 볼 수도 없는 까마득한 높이의 경지였다.

상상할 수도 없는 영역에 대한 이야기를 들은 탓에 혼란스러웠던 로엔의 머리 속이 차츰 제자리를 찾아갔다. 고개를 흔들어 검기에 대한 생각을 떨친 로엔이 이즈라핌 쪽의 상황을 보려 고개를 돌리는데, 로엔의 코앞을 무언가 육중한 중량을 가진 것이 스쳐 지나갔다.

"으악—!"

로엔의 것인지, 날려간 건달의 것인지 알 수 없는 비명이 식당에 울려 퍼졌다. 황급히 정신을 차린 로엔이 이즈라핌 쪽을 돌아보았을 때, 로엔은 다시 한 번 경악해야 했다.

흩날리는 흑발, 표정을 읽을 수 없는 차가운 얼굴. 얼음같이 차가운 두 눈에서는 황금빛의 광채가 강렬히 폭사되고 있었다. 그것은 마치 전신(戰神)의 강림이었다.

　식당은 섬뜩하면서도 강렬한 분위기에 압도되어 있었다. 로엔의 등줄기를 타고 오르는 차가운 감각. 경험으로 로엔은 이것이 무엇인지 알고 있었다. 이즈라핌에게서 발산되는, 마음의 밑바닥에 깔린 공포를 자극하는 그것은 분명 살기였다. 로엔이 내뿜는, 단지 죽인다는 생각의 집합이 아닌, 존재 자체를 지워 버릴 듯한 강렬한 살기. 섬뜩한 느낌에 몸을 떨던 로엔은 문득 이것과 비슷한 것을 대한 적이 있다는 것을 떠올렸다. 그때도 이와 같은 느낌이었다. 존재, 아니, 영혼을 위협하는 듯한 살기. ‘존재한다’는 사실 자체를 박탈하려는 듯한 느낌은 분명 그때의 그것과 같았다. 꽉 다문 로엔의 입에서 괴로운 한마디가 새어 나왔다.

　“데이탄 · 헬 · 마스터…….”

　의외의 한마디였는지, 유스와 에바가 놀란 얼굴로 로엔을 바라보았다. 그 순간 건달들과 대치하고 있는 이즈라핌이 오른손을 천천히 올렸다.

　“으, 으아아…….”

　겁에 질린 채 떨고 있는 건달에게 오른손이 향했다. 그 손의 검지가 건달을 가리키는 순간,

　“크아악!”

　강렬한 충격파가 건달을 덮쳤다. 건달은 무엇이 어떻게 되지도 모른 채 날려가 식당의 벽에 충돌해 그대로 실신했다. 이즈라핌이 남은 한 명의 건달을 향해 시선을 돌리자 그는 겁에 질려,

　“괴, 괴물이다!”

　라는 아우성을 남기며 허겁지겁 식당 밖으로 달아났다.

건달들이 사라지자, 이즈라핌의 눈에서 발산되던 황금의 빛은 식당을 압도하던 살기와 함께 씻은 듯 사라져 버렸다. 그녀는 이전과 다름없는 청순한 모습으로 로엔에게 다가와 고개를 숙였다.

[소란을 피워 죄송합니다. 인간계엔 아직 익숙지가 않아서……]

"아, 아하하하……."

고개를 숙이는 이즈라핌을 향해 로엔은 어색하기 그지없는 표정으로 웃었다. 그러다 자신에게 집중되는 식당 안에 있는 사람들의 시선을 느꼈는지 로엔은 이즈라핌과 유스, 에바를 끌고 재빨리 식당을 빠져나왔다.

[그러고 보니 주인님, 특제 요리 만들어주신다고 했잖아요. 장 안 보실 거예요?]

로엔이 빠른 걸음으로 숙소를 향하는데, 문득 생각난 듯 에바가 로엔에게 물었다. 그제야 이 구제불능 천사들에게 식사를 만들어주기로 한 것을 생각해 낸 로엔은 걸음을 멈추고 유스와 에바를 돌아보았다.

"아, 그랬었지. 유스, 에바, 특별히 뭐 먹고 싶은 게 있어?"

유스와 에바는 잠시 서로를 바라보았다. 그것도 잠시, 다시 시선을 이즈라핌에게 돌린 둘은 각자 고개를 갸웃하며 생각에 잠겼다.

[이즈가… 아마 해산물을 좋아했던가?]

[그랬을걸? 그것도 새우라면 환장을 하던 걸로……]

유스와 에바는 다시 이즈라핌을 바라보았고, 그녀는 작게 고개를 끄덕였다. 그 모습에 로엔은 자신이 할 수 있는 가장 자신있는 새우 요리를 떠올리기 시작했다.

"새우, 새우라… 앗차!"

순간 로엔은 큰일 났다는 얼굴로 고개를 들었다. 유스와 에바, 이즈라핌이 의아한 얼굴로 그를 바라보자 로엔은 정말로 난감한 듯 시선을 그녀들에게 돌렸다.

"지금은 전쟁 중이잖아. 시장의 유통이 원활하지 못한 이상, 이런 내륙에서 새우를 구하기는 정말 힘들거든."

[아, 그거라면 걱정 않으셔도 돼요.]

로엔의 말에 에바가 앞으로 한 걸음 나섰다. 로엔이 의아한 얼굴로 그녀를 바라보자, 에바는 가슴을 펴며 씩 웃었다.

[제가 누굽니까. 이래 봬도 저 망할 망토에 갇히기 전까지는 '차원의 레리엘'이라 불리던 천사입니다. 비록 금제에 묶여 제 실력을 쓰지 못한다 해도, 혼자서 차원을 도약하는 것쯤은 얼마든지 가능하다고요. 어쨌든 바다에 가서 싱싱한 새우를 사 올 테니, 그 점은 걱정 놓으시라고요!]

기운차게 말한 에바는 공간에 스며들듯 그 자리에서 사라졌다. 그녀가 서 있던 자리를 미덥지 못한 얼굴로 로엔이 바라보는데, 바로 그 자리에 다시 에바가 나타났다.

[아, 참! 돈 가져가는 걸 깜빡했네. 주인님, 새우 살 돈 좀 주세요.]

뒤통수를 긁적이며 씨익 웃는 에바를 로엔은 어처구니없는 얼굴로 바라보았다.

상당히 불안했지만, 어쨌거나 에바가 싱싱한 새우를 사 온 덕분에 로엔은 걱정없이 요리를 시작할 수 있었다. 먼저 새우 껍질을 벗겨 살짝 데친 후, 밀가루를 반죽해 면을 뽑는다. 그것이 즐거운 듯 로엔이 콧노래를 부르며 요리를 하는데, 그것을 본 유스가 쿡쿡 웃으며 한마디를 건넸다.

[주인님, 잘 어울리는데요? 가정주부 같아요.]

"…뭐?"

마침 양념을 섞던 로엔은 뜨악한 얼굴로 유스를 바라보았다. 유스는 옆에 있던 에바를 바라보았고, 에바는 로엔을 보며 씨익 웃더니 당연하다는 듯 고개를 끄덕였다. 그것을 본 로엔의 얼굴이 약간 일그러졌다. 잠시 유스와 에바를 노려보던 로엔은 갑자기 분위기를 깔며 그녀들에게 말했다

"너희들, 저녁 굶고 싶지?"

그 순간 유스와 에바의 얼굴이 180도 바뀌었다. 방금 전까지만 해도 눈을 감고 고개를 끄덕이던 에바는 황급히 고개를 세차게 저으며 아까의 말을 부정했다.

[아, 아뇨, 아녜요! 주인님, 전혀 안 어울려요, 진짜라니까요?]

칭찬인지 욕인지 알 수 없는 한마디였다. 로엔은 가볍게 한숨을 내쉰 후, 미리 씻어둔 파를 잘게 썬 후 살짝 데쳐내 따로 모아두었다. 그냥 넣어도 되지만, 이쪽의 맛이 더 담백하기 때문에 로엔이 선호하는 요리 방식이었다. 물이 끓은 후 양념을 넣고 새우를 넣은 후 조금 더 끓였다가 면을 넣어 익힌 후 데친 파를 얹는 것으로,

"다 됐다!"

로엔 리스나르트 특제 새우 라면이 완성되었다. 이 새우 라면은 로엔 리스나르트 비장의 일품으로, 제딘을 따라 아카데미를 전전하던 시절 요리 아카데미의 고명한 선생들조차 인정한 최고의 명품이었다. 그 냄비를 탁자의 가운데에 놓은 로엔은 면과 건더기를 위한 접시와 국물을 덜기 위한 그릇을 늘어놓고는 자신있게 모두를 바라보았다.

"원래부터 자신있는 요리였지만, 오늘은 그중에서도 최고일 거라고 확신한다! 후회없다, 일단 먹어봐!"

로엔의 말에 세 명의 천사는 두근거리는 가슴을 안고 자리에 앉았다. 로엔이 손수 덜어주는 새우 라면을 앞에 놓은 후 네 명은 각자 수저를 잡으며 말했다.

[잘 먹겠습니다!]

이미 내놓기 전 맛을 본 로엔은 맛에 대해선 논할 가치도 없다는 듯 천사들을 바라보았다.

[이거……! 괴, 굉장히 맛있어요!]

쫄깃하게 익은 면발을 한 가닥 먹어본 에바가 깜짝 놀란 표정으로 로엔을 바라보며 외쳤다. 그 옆의 유스는 아무 말도 없이 다만 흐뭇한 미소를 지으며 자신의 몫을 평정하고 있을 뿐이었다. 마지막으로 이즈라핌은,

[……]

가장 위에 놓인 새우를 한 입 먹는 순간, 그녀의 시간이 정지했다. 젓가락의 움직임도, 표정의 변화도 없었다. 부들부들 떨리는 손가락이 현재 그녀의 기분을 말해 주고 있었다. 하지만 로엔은 그것을 눈치 채지 못한 듯, 의아한 얼굴로 자신의 몫을 한 입 먹어보았다. 처음에 확인한 그대로의 맛. 결국 궁금증을 참지 못한 로엔은 이즈라핌에게 물었다.

"저기, 맛이 없습니까?"

[아, 아뇨! 맛있어요!]

이즈라핌은 화들짝 놀라며 로엔의 물음에 답했다. 혹시나 맛이 없다면 어쩔까 고민하던 로엔은 이내 안도의 한숨을 쉬며 부드럽게 웃었다.

"불기 전에 드세요. 라면은 불면 맛없어요."

[네.]

그러더니 이즈라핌은 정말로 행복한 듯 라면을 먹기 시작했다. 그 모습에 이미 자신의 몫을 다 해치웠는지 새로 접시에서 라면을 덜어가던 유스가 로엔에게 말했다.

[너무 맛있어서 그러는 거예요.]

"뭐?"

로엔이 황당한 얼굴로 유스를 바라보자, 그녀는 빙긋 웃으며 설명을 계속했다.

[성천계의 음식은 이곳에 비하면 지옥이라 생각될 정도로 맛이 없거든요. 밋밋하고, 어떻게 만든 건지 도저히 이해할 수 없는 음식들… 제가 처음 이곳의 음식을 먹어봤을 때도 저랬어요. 아무래도 성천계의 맛없는 식사에 길들여져 있다가 여기의 음식을 먹어보는 것은 상당한 충격이니까…….]

"컬쳐 쇼크라는 건가……."

로엔은 납득한 듯 고개를 끄덕였다.

식사가 끝났다. 뒷정리를 끝낸 로엔은 세 천사의 사이에 끼어 포커를 즐겼다. 자신에게 돌아오는 패를 받은 로엔의 입꼬리가 슬쩍 치켜 올라갔다.

[열 대 더.]

에바가 꽤 괜찮은 패가 나온 듯 배팅을 올렸고, 로엔은 포커페이스를 유지한 채 그것을 받았다.

"열 대 받고 열 대 더."

[전 포기.]

로엔의 말에 유스는 한숨을 쉬며 패를 덮었다. 로엔이 이즈라핌을 흘낏 바라보자, 그녀는 조심조심 자신의 패를 보며 말했다.

[그거 받고… 30대 더요.]

[저도 죽을게요.]

전혀 그럴 것 같지 않은 얼굴로 엄청난 말을 하는 이즈라핌에게, 에
바는 끔찍한 표정을 지어 보이더니 이내 패를 덮어버렸다.

"난 콜."

로엔은 자신의 패를 믿음직하게 바라보며 콜을 선언했다. 마지막 히
든 패가 돌아간 후 로엔이 자신 만만한 얼굴로 이즈라핌을 바라보았다.

"그럼 카드 펴죠. 전 로열 스트레이트."

10, J, Q, K, A의 일렬 조합이 그 모습을 드러냈다. 과연 이거라면
로엔이 자신을 가진다 해도 무리는 아니었다. 하지만 그 자신감은 이
번에 한해 상대가 나빴다.

[전… 쓰리 카드인데요. 여기 페어가 하나 더 있거든요? 이건 뭐라
고……?]

의아한 얼굴로 카드를 펴는 이즈라핌을 바라보며, 로엔의 얼굴이 참
담하게 일그러졌다. 판을 뒤엎어 버리고 싶은 충동을 간신히 억누른
로엔은 이를 악물고 이즈라핌에게 팔을 내밀었다.

"풀 하우스라는 겁니다. 자, 때리쇼."

다음날, 로엔은 아직까지 쓰려오는 듯한 왼팔을 붙들고 1층의 식당
에서 식사를 하고 있었다. 가련해 보이는 겉과는 달리 한 번 전투적으
로 돌입하면 두렵게 변해 버리는 천사, 이즈라핌이 후려치는 팔은 아무
리 '불변' 의 로엔이라 해도 견딜 수 있을 만한 충격이 아니었다. 비록
고통은 사라졌지만, 이즈라핌을 볼 때마다 어제의 느낌이 새록새록 솟
아오르는 것을 느끼며 로엔은 참담한 얼굴로 미트볼을 찍었다.

"아야야, 유스, 혹시 신관들이 쓰는 치료 마법 알아?"

은은하게 저려오는 듯한 물론 심리적인 통증이다 팔이 신경이 쓰이는지 로엔이 유스에게 묻자, 그녀는 고개를 가로저었다.

[아뇨. 비록 성별이 여성이긴 하지만, 저희는 성천사 계열이 아닌 투천사 계열로 분류돼서 치료 마법은 쓸 수 없어요.]

"성천사는 또 뭐야?"

로엔이 고개를 갸웃하자, 이번에는 에바가 포크로 파스타를 빙글빙글 돌리며 대답했다.

[성천계의 천사는 크게 두 가지로 나뉘는데, 먼저 저와 유스, 이즈 같은 대악마 전투를 전문으로 하는 투천사가 있어요. 그리고 나머지 하나로 일반 사무와 개인적인 직업, 혹은 빛의 라님이나 달의 루나님 등 신들을 보좌하는 임무를 가지는 성천사라고 하는 계열이 있는데, 솔직히 저와 유스, 이즈 같은 경우는 좀 특이한 경우예요. 보통 투천사는 여기의 성별로 남자, 성천사는 여자들이 맡는 게 일반적이거든요.]

"그랬군."

로엔은 미트볼을 입에 넣으며 고개를 끄덕였고, 에바는 다시 식사에 집중하기 시작했다. 로엔이 그것을 바라보며 저 음식들이 대체 다 어디로 가는 걸까라는 영양가없는 상상에 빠져 있는데, 문득 뒤에서 누군가의 기척이 느껴졌다. 로엔은 슬그머니 허리에 있는 검에 손을 가져갔다가 상대에게 살기가 없다는 것을 알아채고는 다시 포크를 들며 말했다.

"프라이슨 형이 불러서 온 거겠지?"

"……."

로엔의 뒤에 선 자는 대답하지 않았다. 로엔은 살짝 인상을 찌푸리고는, 의자를 돌려 자신의 뒤에 선 자에게로 시선을 돌렸다. 아무렇게나 자른 듯한 짧은 금발에 대륙에서 흔히 볼 수 있는 갈색 눈동자에는, 감정이라 할 만한 것이 보이지 않았다. 언뜻 보기에 단순한 미소년처럼 보였지만, 그 묘하게 부드러운 턱 선에서 로엔은 그, 아니, 그녀의 성별이 여성이라는 것을 충분히 짐작할 수 있었다. 그녀의 허리에는 단검이 네 자루 꽂혀 있어 로엔은 고개를 갸웃하면서 그녀를 바라보았다.

"시프나 아사신 계열인가. 뭐, 아무래도 상관없지. 용건은?"

"워프 게이트 파괴."

내용은 짧았고, 목소리는 조용했다. 긴 대화를 좋아하지 않는 듯한 간결한 내용에 만족한 듯, 로엔은 미소 지으며 말을 이었다.

"이름, 그리고 소속은?"

"가이에 인디스트로. 아사신 길드 1급."

반드시 필요한 단어만 꺼내는 가이에의 태도에 로엔은 솔직하게 감탄했다. 하지만 곧 생각난 것이 있는지 로엔은 다시 고개를 갸웃하며 그녀에게 물었다.

"좋군. 그런데 어째서 내가 받아본 리스트에는 성별이 반대로 적혀 있던 거지?"

"……!"

가이에의 얼굴에서 처음으로 감정이라 할 만한 것이 스쳐 지나갔다. 작은 흔들림에 불과했지만, 눈치 빠른 로엔이 충분히 알아볼 수 있을 만큼의 흔들림이었다.

"아아, 놀라지 말도록. 그 정도쯤은 금방 알 수 있는 거니까."

거기까지 말한 로엔은 아직도 가이에가 서 있다는 것을 깨달았다.

"아, 그렇지. 이른 아침부터 찾아온 손님을 세워두다니, 실례했군."

가이에는 무표정하게 로엔이 권한 의자에 앉았다. 뉴 페이스의 등장에 에바와 유스, 이즈의 시선이 그녀를 향했지만, 가이에의 얼굴에 더이상의 변화는 없었다. 감정을 극도로 죽이는 아사신 길드의 훈련을 극한까지 수련한 것처럼 보였다.

"식사는 했나?"

"……."

로엔의 물음에 그녀는 대답하지 않았다. 반드시 필요한 질문에만 대답하는 습관이 이미 몸 전체에 배어버린 듯, 그녀는 공허한 시선을 창밖으로 던졌다. 그 옆모습을 바라보며 로엔은 속으로 길게 탄식했다.

'이번 임무는 팀워크가 필수인데, 친해지려면 시간깨나 필요하겠군.'

물론 그것이 앞으로의 일에 비하면 새 발의 피에 불과하다는 것을 지금의 로엔은 알 도리가 없었다.

이즈라펌은 숙소에 두고—물론 유스와 에바는 망토와 건틀렛으로 돌아갔다—임시 사령부 건물에 출석한 로엔을 처음 보는 사람이 반갑게 맞았다.

"이야, 반갑습니다. 당신이 그 유명한 전대 마스터의 아들, 로엔 리스나르트님 맞지요? 저는 중앙 기사단에 소속된 제이 헌터라고 합니다."

자신을 제이라고 소개한 남자는, 로엔의 손을 붙잡더니 크게 붕붕 흔들었다. 그 경박한 태도에 로엔이 눈살을 찌푸리는데, 제이는 로엔의 뒤에 선 가이에를 보더니 미간을 찌푸리며 고개를 갸웃했다.

"뭡니까, 이 곱상한 게 맘에 안 들게 생긴 남자 녀석은?"

"……."

대답할 가치를 느끼지 못했는지, 가이에는 대답하지 않았다. 그 모습에서 자신이 여자라는 것을 밝히고 싶어하지 않는다는 것을 읽었는지, 로엔은 일단 웃으며 가이에를 소개했다.

"이번 임무에서 함께 일하게 될 동료입니다. 이름은 가이에 인디스트로. 당분간은 함께 행동해야 할 테니, 가급적 좋은 관계로 지내주시기 바랍니다."

제이는 로엔의 말이 마음에 들지 않는지 다시 미간을 좁혀 가이에를 바라보았다. 그것도 잠시, 제이는 곧 넉살 좋게 웃으며 가이에에게 인사를 건넸다.

"제이 헌터요. 잘 지내봅시다."

"가이에 인디스트로."

로엔 때와는 달리 한 소절로 가이에는 자신의 인사를 끝내 버렸다. 그 모습에 제이는 황당한 얼굴로 가이에를 바라보았다.

"이보쇼, 자신의 소개 정도는 제대로 하는 게 예의 아니오?"

"……."

묵묵부답. 제이는 한참 동안 가이에를 노려보다가 한마디 했다.

"나원참, 사람 하고는. 맘대루 하슈."

"……."

"쳇, 무슨 재미로 사는지 몰라."

여전히 반응이 없는 가이에를 노려보던 제이는 결국 포기했는지 로엔에게로 시선을 돌렸다.

"아, 그런데 그 철옹성으로 알려진 세이레인 왕도, 세톤에 어떻게 잠입할 것인지 계획은 세워놓으셨소? 내 생각에는 영 불가능할 것 같은데……."

로엔은 그의 말에 일단 고개를 가로저으며 대꾸했다.

"그런 이야기는 지금보다는 일단 멤버가 전부 다 모인 다음에 하는 게 좋을 것 같습니다만."

"그렇군요. 과연 댁과는 이야기가 잘 통해서 좋수다."

"…그렇습니까."

특유의 그 넉살 좋은 웃음을 띠는 제이를 로엔은 떨떠름한 얼굴로 바라보았다. 그때 언제 왔는지 프란의 목소리가 로엔의 뒤에서 들려왔다.

"자, 요전에 부탁한 넷 중 먼저 두 사람… 어? 둘은 벌써 만났잖아?"

의외라는 듯한 프란의 물음에 로엔은 대답없이 고개만 끄덕였다. 프란은 상황 파악이 다 끝났는지 씩 웃으며 로엔의 등을 두드렸다.

"뭐, 다시 안내할 수고를 던 나야 좋지. 각자 소개나 하도록 해요. 난 바빠서 이만."

무책임한 말을 남기고, 프란은 총총걸음으로 문밖으로 사라졌다. 로엔은 어이없는 얼굴로 그 등을 바라보다가 이내 고개를 돌려 프란을 따라온 두 사람을 바라보았다.

"이번 작전의 지휘를 맡은 로엔 리스나르트입니다. 잘 부탁드립니다."

"크레시 라자루스다."

"난 로빈 하이워커. 잘 부탁한다."

로엔을 바라보는 둘의 얼굴에는 예의상 마지못해 인사를 한다는 표정이 역력히 드러나 있었다. 그 시선은 '아버지를 등에 업고 벼락 출세한 애송이'에 대한 경멸 이외의 무엇도 아니어서, 로엔은 골치가 지끈거리는 것을 애써 억누르며 그들과 악수를 나눴다.

잠시 후, 로엔은 네 사람을 앞에 두고 작전의 브리핑을 시작했다.

"그러니까 일단은 세톤 내로 잠입하는 게 일차 과제인데, 그것에 대해서는 제가 일단 생각해 둔 게 있습니다. 그럼 두 번째로……."

"잠깐."

로빈 하이워커가 브리핑을 하는 로엔의 말을 끊었다.

"그 생각이라는 게 무엇인지 말해 주지 않겠나? 일단 서로 간에 대해 믿음이 없으면 안 되니까 말이지."

분명 옳은 말이었지만, 그 표정은 '실현성없는 생각 하나 떠올려 놓고 딴에는 계책이라 생각하는 모양이군' 이라 말하고 있었다. 그것은 그 옆에 있는 크레시도 마찬가지여서 로엔은 길게 한숨을 쉬며 황금색 카드를 한 장 꺼내 로빈에게 건넸다.

"이게 무엇인지는 하이워커 씨도 아시리라 믿습니다만."

"이건!"

무심코 옆에서 그 카드를 넘겨보던 크레시가 굳은 얼굴로 로엔을 바라보았다. 그 모습에 로엔은 미소 지으며 크레시에게 말했다.

"라자루스님도 알고 계시는 듯하군요. 이건……."

"리더스 카드……."

"빙고. 정답입니다. 덧붙여 저 리더스 카드는 진품임을 보증할 수 있습니다."

자신만만하게 웃는 로엔의 얼굴을 바라보며, 로빈과 크레시의 얼굴이 믿기지 않는다는 듯 일그러졌다. 리더스 카드. 로엔이 세이레인에 체류하던 당시 길리언이 준 황금의 카드로, 저것을 가지고 있다는 것은 세이레인 내의 프리 패스포트를 가지고 있다는 것과 동일한 의미를 지닌다. 마술적 제약이 걸려 있어 절대 복제가 불가능하며, 정체가 밝혀

지지 않는 이상 세이레인의 검문은 걱정할 필요가 없다는 것을 의미했
다. 세이레인에서도 후작 이상의 고위 귀족들이나 한 장씩 발급받는
카드를 로엔이 가지고 있으니, 로빈과 크레시가 놀라는 것도 무리는 아
니었다.

"그런데……."

아직도 믿기지 않는 듯 리더스 카드를 바라보던 로빈이 로엔을 바라
보았다.

"이게 어떻게 진품이라는 것을 믿을 수 있지?"

로빈으로서는 당연한 질문이었다. 세이레인의 고위 귀족가문이나
가지고 있을 리더스 카드를 로엔이 가지고 있다는 것은 로빈으로서는
당연히 믿을 수 없는 이야기였다. 로엔이 그것에 대해 설명을 하려던
찰나 답답할 정도로 입을 닫고 있던 가이에가 한마디를 꺼냈다.

"진품."

그곳에 있는 모두의 시선이 일제히 가이에를 향했다. 가이에는 몇
마디를 더 꺼낸 후, 자기 볼일은 끝났다는 듯 입을 다물었다.

"카드 후면 왼쪽 상단, 마법진."

그 말에 다시 모두의 시선은 로빈의 손에 들린 리더스 카드로 이동
했다. 카드 후면의 마법진을 유심히 바라보던 로빈은 곧 고개를 끄덕
이며 카드를 로엔에게 돌려주었다.

"아사신 길드에서도 알아주는 실력자인 가이에의 말이니 믿을 수 있
겠지."

로엔은 무언가 마음에 안 드는 듯한 표정으로 리더스 카드를 집어넣
었다. 그 모습을 유심히 바라보던 제이가 궁금한 것이 있는 듯 로엔에
게 물었다.

"그런데… 그 리더스 카드, 어디서 난 겁니까?"

로엔은 아차 싶은 얼굴로 제이를 바라보았다. 이 카드를 보여주면 그에 대한 해명도 해야 한다는 것을 간과한 것은 분명 로엔의 실수였다. 로엔은 속으로 긴장을 억누르며 주위를 둘러보았다. 의혹의 시선. 다만 가이에만이 그 특유의 무표정을 유지하고 있을 뿐이었다.

"듣고 보니 그렇군. 내가 알기로 그 카드는 세이레인의 후작 이상의 작위를 받은 사람만이 한 장씩 가질 수 있다고 들었는데……."

"그 리더스 카드의 출처를 분명하게 말해 주지 않겠나, 리스나르트 군?"

로빈에 이어 크레시가 심각해진 얼굴로 로엔을 바라보았다.

"……."

잠시 침묵하던 로엔은 길게 한숨을 내쉬었다. 언젠가는 해야 할 이야기였다. 차라리 지금 해두는 편이 더 낫다고 생각한 로엔은 카드를 받은 이유를 천천히 설명하기 시작했다.

"이 카드는 5년 전에 아버지와 관련한 일로 세이레인의 철혈군주, 길리언 아스나드 폰 미드가르드 네오토라에게 받은 것입니다. 되었습니까?"

물론 그중의 절반은 거짓말이었다. 길리언에게 받은 것은 사실이었지만, 지금 로엔이 가지고 있는 리더스 카드는 5년 전의 것이 아닌 작년에 납치당했을 때 받은 것이었다. 굳이 그것을 말해 의심받을 필요는 없다는 판단 하에, 로엔은 5년 전의 것이라 바꿔 말한 것이다. 하지만 그 노력도 소용없었는지, 로빈이 곧바로 로엔을 추궁했다.

"그 말은 자네가 세이레인의 첩자일 가능성이 있다는 걸 인정한다는 말인가?"

로빈의 말은 명백하게 의도 확장이 되어 있었다. 로엔은 고개를 가로저었고, 로빈은 재차 로엔에게 물었다.

　"그걸 어떻게 믿지? 자네가 세이레인의 첩자가 아니라는 것을 말야."

　로엔은 속으로 한탄하며 멤버 선정에 실패했다는 것을 인정했다. 능력은 좋을지 몰라도, 그 성격들은 하나같이 엉망인 탓이었다. 로엔은 오늘 몇 번째로 내쉬는 것인지도 기억나지 않는 긴 한숨을 쉰 후 로빈의 물음에 답했다.

　"제가 만약 세이레인의 첩자라면 뭐 하러 중요한 정보 하나 떨어질 것도 없는 최전선, 그것도 가장 많은 병력이 몰린 빌렌슈타인에서 미쳤다고 몇 달간 죽을 고생을 하면서 싸우겠습니까. 그리고 분명히 전 말했습니다. '아버지'와 관련된 일이라고 말입니다. 그럼 제가 하이워커님의 발언을 아버지를 세이레인의 첩자라 의심한다고 생각해도 괜찮을지요."

　"그, 그건……."

　로엔의 반격에 로빈은 눈에 띄게 당황해 말을 더듬었다. 쓸데없는 말다툼으로 귀중한 시간을 계속 잡아먹는 것에 로엔이 한심해하고 있는데, 다시 가이에의 입이 열렸다.

　"시간 낭비. 브리핑 계속."

　로엔이 박수 치며 팔짝팔짝 뛰고 싶을 만큼 절묘한 타이밍이었다. 로빈이 일그러진 얼굴로 입을 다물었고, 로엔은 속으로 가이에에게 박수를 보내며 브리핑을 계속했다.

　"인디스트로님의 말씀대로 브리핑을 계속하도록 하지요. 그럼 다음은……."

긴 로엔의 설명이 끝났다. 그 설명에 로엔을 제외한 모두는 이해는 했지만, 납득은 하지 못한 표정으로 로엔을 바라보았다.

"무모해, 너무 무모해. 어째서 이런 무모한 작전을 벌이게 된 건지 좀 들어볼 수 있겠나, 리스나르트 군?"

로엔이 설명한 작전은 이러했다. 일단 리더스 카드에는 소유자가 누구인지 적혀 있지 않았다. 그걸 이용해 세이레인의 수도 세톤까지 잠입한 다음, 그 세톤의 외곽 지역에 집을 하나 구해 그곳에서 틈을 보아 세톤 왕성 내로 잠입해 워프 게이트를 부수고 탈출한다는 작전이었다. 허술하기 짝이 없는 작전이었지만, 이 방법 외에는 로엔으로서도 다른 방법을 찾을 수가 없었다. 일단 세이레인의 왕도 세톤에 잡히지 않고 침투한다는 것부터가 불가능한 작전이었다. 그걸 해결한 후에도 쌓인 문제는 산처럼 남아 있었다. 로엔은 카렌을 불러 세톤 왕성 내로 워프 시켜 달라 하고 싶었지만, 카렌의 실력은 여러 명을 워프시킬 수 있을 정도로 뛰어나지 않았다. 로엔은 차원 마법을 배워두지 않은 것이 후회되는지 입맛을 다시며 로빈에게 말했다.

"전황은 이쪽에 상당히 불리합니다. 저쪽은 워프 게이트를 통해 병력과 물자를 빠르게 보충할 수 있는데 반해, 이쪽은 물자와 병력의 부족은 물론, 적을 막아내는 것조차 버거운 실정입니다. 그런데 이 상황에서 워프 게이트란 희대의 전략 무기를 없애 버린다면……."

"저쪽의 병참선이 수십 배, 아니, 수백 배 길어지는 결과가 되겠군요. 보급에 부담이 되는 건 물론이고, 이제 우리를 치기 위해서도 많은 거리를 행군해야 할 테니……."

로엔의 말을 제이가 이어받았다. 로엔은 제이에게 빙긋 웃어준 후, 다시 말을 이었다.

"이 계획은 아버지가 제안한 것으로 원래 아버지가 직접 침투하려 했었습니다. 하지만 이런 시기에 군의 최고 수뇌부인 아버지를 잃게 된다면 앞으로의 전쟁 수행에 막대한 타격을 입을 것이 분명하기에, 아버지 대신 제가 가기로 결정한 것입니다."

이 말에는 다들 수긍했는지 로엔을 바라보며 고개를 끄덕였다. 로엔은 다 끝났다는 생각에 길게 한숨을 쉰 뒤 해산을 선언했다.

"이것으로 작전 브리핑을 마치도록 하겠습니다. 출발은 내일 아침 아홉 시 정각에 이 건물 앞에서 출발하는 것으로 하겠습니다. 그럼 이만."

돌아오는 길에 로엔은 다시 긴 한숨을 쉬며 자조적으로 중얼거렸다.

"후, 힘들다. 이렇게 팀워크이 맞지 않는 팀 만들기도 어려운데… 응?"

문득 뒤에서 느껴지는 인기척에 로엔이 돌아보니 뒤에서 가이에가 로엔을 따라 걸어오는 것이 보였다. 무슨 볼일이라도 있는 듯 그 시선은 로엔을 향하고 있었다.

"가이에, 제게 무슨 볼일이라도……?"

그 물음에 굳게 닫혀 있던 가이에의 입이 열렸다.

"쉴 곳."

언제나차럼 간단명료한 대답이 로엔에게 돌아왔고, 로엔은 피식 웃으며 가이에에게 말했다.

"하하, 좋습니다. 절 따라오세요. 방 하나 정도는 잡아드릴 수 있으니까."

"……."

가이에는 대답없이 고개만 살짝 끄덕였다. 이래서야 제이가 답답해하는 것도 무리가 아니라고 생각하며, 로엔은 숙소를 향해 걸음을 옮졌다.

"이제 돌아오는 겁니까?"

반갑게 맞아주는 여관 주인에게 손을 흔들어준 로엔은 마스터에게 다가가 물었다.

"방 하나 잡을 수 있을까요?"

"네? 방이야 물론 있습니다만… 이미 방은 잡아놓지 않았습니까?"

의아한 듯 마스터가 반문하자 로엔은 가이에를 흘깃 바라보며 말했다.

"아아, 일행이 늘어서요. 한 명이 묵을 작은 방이면 충분합니다만."

"그럼 2층 끝 방으로 가시면 됩니다. 여기 열쇠."

로엔은 여관 주인이 내미는 열쇠를 받아 다시 가이에에게 건네며 말했다.

"들었죠? 2층 끝 방이랍니다."

"…고마워요."

어디선가 들린 환청에 로엔은 천장을 향해 고개를 두리번거렸다. 하지만 그것이 환청이 아니라는 것을 깨달은 로엔은 황급히 시선을 가이에에게 돌렸지만, 그녀는 이미 2층의 계단으로 걸음을 옮기고 있었다. 그 뒷모습을 멍한 얼굴로 바라보던 로엔은,

"에이, 잘못 들었겠지."

라며 새끼손가락으로 귀를 후볐다.

로엔이 자신의 방으로 들어가니 이즈라핌이 침대 위에 쓰러져 자고 있는게 보였다.

"천사란 족속은 알 수가 없군. 하루 종일 자는 건가?"

그런 감상을 말하며, 로엔은 프란에게 뺏은 책을 보기 시작했다.

그렇게 얼마의 시간이 지났을까, 문득 들려온 부스럭거리는 소리에 로엔이 시선을 돌리니 부스스한 얼굴로 눈을 비비는 이즈라핌의 모습이 보였다.

"잘 잤어요?"

[아, 네, 덕분에요. 그런데 제가 얼마나 잔 거죠?]

그 말에 로엔은 무심코 시계를 바라보았다. 여관 주인의 취향인 듯 고풍스런 디자인의 벽걸이 시계는 오후 두 시를 가리키고 있었다.

"글쎄요. 아마 일곱 시간 정도는 자지 않았을까요?"

[일곱 시간? 아아, 다섯 에르나 자버리다니… 참…….]

어깨를 으쓱하며 로엔이 답하자, 그녀는 난처한 듯 고개를 숙였다. 익숙하지 않은 '에르'라는 단어에 로엔이 고개를 갸웃하는데, 이즈라핌이 머리를 쓸어 넘기며 로엔에게 말했다.

[이제 돌아가야겠네요.]

"네?"

아쉬워하는 듯한 목소리에 로엔이 얼빵한 얼굴로 반문했다. 그 모습에 이즈라핌은 부드럽게 미소 지었다.

[성천계로 돌아가야 할 시간이거든요. 맡은 자리를 오랫동안 비우면 안 되니까요.]

"그래요?"

로엔이 다시 반문하자, 이즈라핌은 고개를 끄덕였다. 그러다가 무언가가 생각이 났는지 그녀는 다시 로엔을 바라보며 말했다.

[맛있는 식사를 대접받아서 그에 대한 보답이라도 해드리고 싶은데… 특별히 뭔가 가지고 싶으신 것이라도 있나요?]

"네?"

갑작스런 질문에 놀란 것인지, 로엔은 다시 멍한 얼굴로 반문했다. 가까스로 이즈라핌의 질문을 이해한 로엔은 턱을 쓰다듬으며 생각에 잠겼다.

"갖고 싶은 것이라… 뭐, 지금으로선 그다지 가지고 싶은 것은 없네요."

[그러신가요?]

로엔의 대답에 이즈라핌은 약간 섭섭한 표정을 지었다. 그 모습을 바라보며 고개를 갸웃하던 로엔은 순간 머리를 스치는 생각에 이즈라핌에게 말했다.

"아, 실례가 되지 않으신다면 한 가지 부탁을 드려도 될까요?"

[네? 아, 네.]

이즈라핌이 고개를 끄덕이자 로엔은 생각하던 것을 주저하며 말을 꺼냈다.

"천사라면… 혹시 차원 마법 쓰실 수 있나요?"

[네, 사용할 수 있습니다.]

이즈라핌은 다시 고개를 끄덕였다. 거기에 자신을 얻은 로엔은 안색에 활기가 도는 것을 느끼며 다시 그녀에게 물었다.

"그럼 혹시 다섯 명 정도를 원하는 지역으로 워프시키는 마법이 가능하신가요?"

[그, 그건…….]

이즈라핌은 곤란한 듯 고개를 가로저었다.

[저는 차원을 관리하는 천사가 아니라서…….]

"그래요? 그럼 하는 수 없죠."

로엔은 긴 한숨을 내쉬며 고개를 끄덕였다. 그 모습에 곤란한 듯 시선을 돌리던 이즈라핌은 무언가 생각난 게 있는지 손가락을 가볍게 튕기며 로엔을 바라보았다.

[아, 이건 어떨까요?]

"네?"

낙담하던 로엔이 고개를 갸웃거렸다. 그녀는 로엔 쪽으로 오른팔을 내밀며 간단히 무언가를 중얼거렸다. 그 순간 그녀의 손에 하얀 광채가 모여들기 시작했다.

"이건……?"

로엔이 놀란 얼굴로 물었지만, 이즈라핌은 대답하지 않았다. 대신 그녀는 그녀의 손에 모여든 빛이 실체화한 물건을 로엔에게 내밀었다.

[이걸 드리도록 하겠습니다.]

"…검?"

로엔의 말대로 그것은 하나의 검이었다. 반투명한 우윳빛 날에 힐트가 없는 길이 80㎝ 정도의 수수한 디자인. 로엔이 그것을 받아 들자 이즈라핌은 작게 미소 지으며 검에 대한 설명을 시작했다.

[천사들 중에서도 일곱의 세라핌과 디바인 나이트만이 사용하는 최고의 검입니다. 이것을 능가할 만한 검은 아마 신검 외에는 존재하지 않겠지요.]

"네, 그런데… 귀중한 검 아닙니까? 이런 검을 함부로 줘도 괜찮은 가요?"

로엔은 얼떨떨한 표정으로 검을 바라보며 물었다. 이즈라핌의 검은 마치 검이 아닌 예술품이라 생각될 정도의 명검이었다. 무게가 거의 느껴지지 않을 정도의 완벽한 중심에 사용자에 손에 딱 맞는 듯한 느낌까지, 로엔이 지금까지 본 모든 검과 비교하더라도 이 검은 최고라 말할 수 있었다.

이즈라핌은 걱정하지 말라는 듯 흘러내린 머리를 쓸어 넘기며 웃었다.

[전 다시 만들면 됩니다. 고위의 악마와 싸우다 보면 검이 부러지는 일은 흔하니까요.]

"그렇군요."

로엔이 고개를 끄덕이며 다시 검을 바라보는데, 이즈라핌이 설명을 계속했다.

[신성한 힘과 마력이 깃든 검이라, 악마와 같은 타락한 존재와 싸울 때 유용할 겁니다. 그 검에 깃든 마력으로 신계 마법도 쓸 수 있지만, 로엔은 신계 마법을 모를 테니 그 기능은 아마 무용지물이 되겠지요.]

"그런가요?"

로엔은 검을 바라보며 아쉬운 표정을 지었다. 그러나 곧 카렌이 가진 책에 생각이 미친 로엔은 곧 아쉬운 표정을 떨쳐 내며 빙긋 웃었다.

[그럼 정말로 이별이군요. 다시 만날 수 있다면 좋겠습니다만…….]

"잠깐, 유스… 아니, 레리엘과 알미사엘에게 인사하지 않고 가도 됩니까?"

인사를 건네는 이즈라핌을 황급히 제지하며 로엔이 말했다. 그녀는 단지 살짝 미소 지을 뿐, 고개를 가로저으며 로엔에게 말했다.

[그러고 싶지만 더 이상은 시간이 없군요. 로엔… 리스나르트라고 했던가요? 무가, 리스나르트에 지금처럼 계속 축복이 깃들기를 기원하겠습니다.]

그 말만을 남긴 채, 이즈라핌은 유스나 에바가 사라질 때처럼 한 줄기 빛으로 화해 대기로 녹아들었다. 그 모습을 멍한 얼굴로 바라보던 로엔은 문득 고개를 숙여 손에 들린 검을 바라보았다. 성천계의 천사들 중에서도 정점에 위치한 일곱 명의 세라프가 사용한다는 최고의 검, 거기에…

"이프론이 최강이라던 그 신계 마법이라 이거지?"

로엔은 진한 미소를 지으며 평소 사용하던 검 대신 이즈라핌의 검을 허리에 찼다. 그것을 보며 만족스럽게 웃은 로엔은 자신의 검을 헝겊에 잘 감싼 뒤 식당으로 내려갔다.

점심때가 꽤 지난 시간임에도 1층의 식당에는 많은 사람이 식사를 하고 있었다. 앉을 자리를 찾아 고개를 두리번거리던 로엔은 구석의 자리에서 가이에가 식사하는 것을 발견하고는 그쪽으로 다가갔다.

"자리가 없어서 그런데 합석 좀 해도 될까요?"

가이에는 로엔을 힐끔 쳐다보더니 말없이 고개를 끄덕였다. 로엔은 멋쩍게 웃으며 가이에의 맞은편에 앉았고, 이내 주문을 받으러 온 종업원에게 손가락을 치켜들었다.

"T본 스테이크 하나 부탁합니다. 후식은 밀크 티가 좋겠군요."

"T본 스테이크에 밀크 티 주문 받았습니다."

종업원이 돌아간 뒤, 로엔은 가이에를 바라보았다. 조용히 식사를 하는 모습이 평소의 성격을 그대로 드러내는 것 같아, 로엔은 말을 걸어볼 생각을 버리고 테이블을 두드리며 작게 노래를 시작했다. 로엔이 막 두 소절의 노래를 마쳤을 무렵, 가이에가 로엔을 바라보았다. 왠지 짜증이 섞인 듯한 얼굴로 가이에는 짧게 한마디를 내뱉었다.

"노래, 괴로우니 그만."

"…뭐?"

로엔의 얼빠진 반문을 가이에는 무시했다. 자신의 식사가 나올 때까지 로엔은 멍청한 얼굴로 가이에에게서 시선을 떼지 못했다.

　다음날, 로엔의 포함한 다섯 명의 침투조는 토라 재건군 임시 사령부 건물 앞에 모였다. 다른 사람들보다 조금 일찍 나온 로엔은 프란을 협박해 다섯 필의 말을 얻어내는 데 성공했다. 그것이 즐거운지 휘파람을 부는 로엔을 묵묵히 바라보던 제딘은 조금은 걱정스러운 듯 로엔에게 다가가 물었다.

　"성공… 할 수 있겠지?"

　"물론이죠. 아버지가 가는 것보다 백 배 나을 거라 자신할 수 있어요."

　유난히 자신감 넘치는 로엔의 태도에 제딘은 가볍게 인상을 찌푸렸다. 그러더니 제딘은 옆의 크레시를 돌아보며 한마디 당부를 건넸다.

　"저런 녀석이니, 고삐 풀린 망아지처럼 날뛰지 못하게 잘 부탁하네."

　"하하, 맡겨주십시오."

　크레시가 웃으며 대답하자, 로엔은 부루퉁한 얼굴로 제딘을 쏘아보았다. 제딘은 피식 웃음을 터뜨린 후 자신의 검을 뽑아 로엔에게 건넸다.

　"내가 특별히 도와줄 만한 것은 없는 것 같군. 그럼 이 검이라도 가져가거라. 지금 네가 쓰는 것보다는 훨씬 나을 테니."

　로엔은 제딘의 검을 받아 잠시 살펴보더니, 이내 그것을 다시 돌려주며 말했다.

　"이런 말씀 드리기는 죄송하지만, 제 검이 더 좋아요. 마음만 받을게요."

"그럴 리가 있겠냐. 이 검은 대륙의 명장 코바 엣지가 혼을 불어넣은 열두 자루의 검 중 주신 오딘을 상징하는 검이다. 네 검이 아무리 좋다 한들, 신검의 영역이 아닌 이상 이 검을 능가할 리가 없어."

제딘의 반박에 로엔은 어깨를 으쓱했다. 제딘이 아무래도 믿지 못하는 듯하자, 로엔은 이즈라핌에게 받은 순백의 검을 뽑아 제딘에게 건넸다.

"직접 사용해 보고 그런 말씀을 하시죠."

"흐음……."

로엔의 검을 받아 든 제딘은 낮게 신음을 흘렸다. 로엔이 내민 이즈라핌의 검이 분명 자신의 검과 동등, 아니, 그 이상의 격을 지니고 있다는 것을 직관으로 알아챘기 때문이다. 대륙 최고의 검사라 칭해지는 만큼 제딘은 검의 가치를 누구보다 잘 알고 있었다.

"힐트가 없다니 특이한 검이로군. 어디, 중심은 잘 잡혀 있는 것 같고……."

로엔의 검을 몇 번 휘둘러 본 제딘은 다른 손에 자신의 검을 들더니 아무 망설임 없이 로엔의 검을 후려쳤다.

카앙―!

청량한 금속성이 대기를 울렸다. 그와 함께 내려친 제딘의 검은 가운데에서 허무하게 두 조각으로 부러져 바닥에 떨어졌다. 그것을 본 프란의 눈이 튀어나올 듯 커졌다.

"저, 저, 저……."

"확실히 좋은 검이군. 이 정도라면 어디 가서 검 때문에 졌다는 소리는 듣지 않겠구나."

부러진 자신의 검을 바라보던 제딘은 아무렇지도 않은 듯 검을 로엔에게 돌려주었다. 로엔이 어깨를 으쓱하며 자신의 검을 수납하자 옆에 있던 프란이 떨리는 목소리로 제딘에게 물었다.

"저, 마스터의 검… 그, 라그나로크 시리즈 아니었습니까?"

"아아, 라그나로크 시리즈, 개벽의 오딘이다."

"에에엣?!"

담담하게 대답하는 제딘의 목소리에, 프란뿐 아니라 그곳에 있는 모든 사람의 시선이 제딘에게 집중되었다. 라그나로크 시리즈. 그것은 대륙 역사상 최고의 검장(劍匠)이라 불리는 코바 엣지가 말년에 자신의 혼을 불어넣어 만들었다는 열두 개의 검을 일컬었다. 개벽의 오딘, 태양의 라, 달의 루나, 별의 세레스, 뇌전의 토르, 천공의 세이레인, 대지의 가이아, 심연의 레이가르, 절망의 디스피어, 분노의 세트, 홍염의 이프리아, 빙해의 텐타리온으로 구성된 열두 개의 검은 그 하나하나가 신검의 영역에 든다 알려진 최고의 검이었다. 그중에서도 최고라 일컬어지는 개벽의 오딘을 부러뜨렸으니, 주위의 사람들이 놀라는 것도 무리는 아니었다. 하지만 제딘 본인은 담담한 얼굴로 부러진 검날을 주워 검집에 넣은 뒤, 반 토막 난 검을 그 위에 꽂으며 말했다.

"언젠가는 다시 붙을 날이 오겠지. 검사에게 검은 단지 수단일 뿐, 실력만 있다면 어떤 검을 사용해도 상대를 제압할 수 있다."

제딘의 대답에 프란은 더 말하지 못한 채 입을 다물었다. 소지자가 저렇게 담담한 태도를 보이고 있는 상황에 다른 사람이 왈가왈부해 봐야 쓸데없는 소리일 뿐이었다.

프란이 보낸 사람이 말 다섯 필을 끌고 나타났다. 그 모습을 본 로엔은 프란을 바라보며 빙긋 웃어주었다.

"아, 프란 형, 이런 힘든 시기에 다섯 필이나 빼줘서 정말 고마워요."

로엔의 말에 프란은 이를 빠드득 갈더니 로엔의 목을 휘어잡으며 정수리를 쥐어박기 시작했다.

"그럼 당연히 고마워해야지! 내가 이 말들을 빼오느라 얼마나 고생했는지 알기나 해!"

"아야야! 폭력 반대! 폭력 반대!"

로엔이 아등바등 프란의 손에서 빠져나오려 했지만, 프란의 팔은 점점 더 강력하게 조여들 뿐이었다. 그때 옆에서 들려온 제딘의 목소리가 프란을 얼어붙게 만들었다.

"뭘 하는 거냐, 프라이슨. 아직 처리해야 할 서류가 산더미처럼 남았을 텐데?"

순간 프란의 얼굴이 새하얗게 탈색되었다. 떨리는 목소리로 제딘을 돌아본 프란은 정말로 애처로운 목소리로 제딘에게 말했다.

"저, 마스터께서도 서류는……."

"무슨 소리냐. 난 다 끝내고 오는 길이다."

"컥!"

시큰둥한 제딘의 대답에 프란은 시체가 되었다. 축 처진 채 안으로 들어가며, 프란은 끊임없이 같은 말을 중얼거렸다.

"그 많은 서류를 벌써… 마스터는 괴물이야… 그 많은 서류를……."

그 모습을 한심한 듯 바라보던 제딘은 다섯 마리 중 한 마리의 고삐를 잡아 로엔에게 건네며 말했다.

"너무 시간을 끄는 것도 좋지 않으니 이제 출발해라."

"그러죠. 그럼 제가 돌아올 때까지 몸 건강히 계셔야 해요."

로엔이 훌쩍 말에 오르며 대꾸하자, 제딘은 피식 웃으며 아들을 바라보았다.

"누가 누굴 걱정해야 하는 것인지 모르겠구나. 녀석, 내 걱정은 말고 너나 조심하거라."

"이제 출발할 시간이다, 리스나르트 군."

어느새 말에 오른 로빈 하이워커가 로엔의 옆에 와서 말했다. 고개를 끄덕인 로엔은 말머리를 돌리며 큰 소리로 외쳤다.

"그럼 출발합니다! 첫 번째 목표는 아이젠헤르츠 요새를 공격하는 세이레인 군을 우회해 무사히 세이레인 영내로 진입하는 겁니다!"

"길 안내는 내게 맡겨두라구!"

제이가 쾌활하게 웃으며 먼저 말을 달려나갔다. 그 뒤를 따라 로엔을 비롯한 네 명의 말이 죽음이 기다리는 길을 향해 내달리기 시작했다.

Warp Gate

Leteniaga Slagaa

The Second Impact
Warp Gate

세이레인의 수도 세톤, 거대한 도시의 빈민가 한구석에 힘없이 주저 앉은 다섯의 그림자가 보였다. 그들은 말할 것도 없이 로엔 일당이었 다.

"이제 이틀째인가?"

"앞으로 이틀만 더 이런 상황이 이어진다면 아마 지쳐서 죽어버릴 거야."

지친 목소리로 제이가 중얼거리자 로빈이 맞장구쳤다. 로엔과 크레 시 역시 말은 안 했지만, 심정만큼은 그 둘과 마찬가지였다. 다만 가이 에만이 단검에 묻은 피를 닦아내며 무표정, 무반응으로 일관할 뿐이었 다.

그간의 상황은 다음과 같았다. 침투조는 일단 로엔이 지닌 리더스 카드를 이용, 세톤 영내에 잠입하는 데에는 성공했다. 하지만 외곽에

아지트로 삼을 곳을 물색하는 와중, 때마침 가이에를 알아본 아사신 길드의 배신자가 한 밀고에 로엔 일당은 쫓기고 또 쫓겨, 이런 빈민가 구석의 으슥한 골목에까지 쫓겨나게 된 것이었다. 어찌어찌 그 배신자를 죽이는 것은 성공했지만, 로엔들에게 있어 상황은 악화일로로 치닫고 있었다. 경비대만으로 로엔들을 잡지 못한 세이레인 측은 마침 세톤에 주둔 중이던 최고의 기사단 '디바인 나이트' 까지 투입해 세톤을 이 잡듯 뒤지기 시작했다.

"하하… 누구 말을 빌자면 약해 빠진 디바인 나이트에게 쫓기는 신세라니, 처량하군."

힘없이 투덜대던 중, 로엔은 문득 머리를 스치는 생각에 이마를 쳤다. 상황에 따라 막강한 전력이 될 수도 있는 '누구' 의 존재를 지금까지 간과하고 있었던 탓이다.

"아, 깜빡했다."

여전히 힘없이 중얼거리는 로엔에게 모두의 시선이 집중되었다. 하지만 그것을 신경 쓸 힘조차 없는 로엔은 허공에 시선을 둔 채 유스와 에바를 불렀다.

"유스, 에바, 잠깐만 나와주지 않겠어."

힘없는 부름에 로엔의 건틀렛과 망토이 빛나기 시작했다. 그 광경에 놀랐는지, 로빈이 눈을 크게 뜨며 로엔에게 물었다.

"그 망토, 마법구였냐?"

로엔은 담담하게 고개를 가로저었다. 그사이에 망토와 건틀릿에서 새어 나오던 빛은 차츰 평소 로엔을 무던히도 귀찮게 하던 두 천사의 모습으로 실체화되고 있었다.

"에, 여자잖아?"

얼빠진 표정으로 말하는 제이의 목소리에는 힘이 없었다. 이 상황에 도움이 될 무언가를 기대했지만, 그 예상 범위 내의 무언가가 아니었던 탓이었다. 아무튼 유스와 에바는 실체화가 끝나기 무섭게 로엔에게 달라붙어 애교를 부리기 시작했다.

[아앙~ 드디어 불러주셨네요. 에바, 정말로 기뻐요.]

[저도요! 좀 자주 좀 불러주시지. 때문에 이즈랑 작별 인사도 못했잖아요~]

여전히 정신없는 두 천사의 말에 로엔은 귀찮은 듯 팔을 내저으며 그녀들에게 말했다.

"자, 그런 이야기는 나중에 하고 너희들, 힘을 개방하면 어디까지 쓸 수 있지?"

심각한 로엔의 물음에 그녀들의 표정이 굳었다. 심각한 얼굴로 입가에 손을 대며 에바가 대답했다.

[지금은 금제가 해방된 상태니, 원래 천사였던 당시 쓸 수 있던 모든 힘을 다 낼 수 있습니다.]

"뭐? 처언~사?"

에바의 대답에 무책임한 목소리가 로엔의 옆에서 들려왔다. 그 목소리의 주인공인 제이는 마치 비꼬는 듯한 목소리로 말을 이었다.

"그런 게 진짜 있었단 말야?"

"자기들이 천사라니, 그렇다고 믿어주는 게 예의 아니겠나, 헌터 군."

로빈이 제이의 말을 받아 한마디 보탰다. 거기에 이어 이번에는 크레시가 자신의 감상을 늘어놓기 시작했다.

"난 천사라면 무척 청순한 이미지를 생각하고 있었네만… 내 생각이 틀렸던 걸 인정하지 않을 수 없군. 하지만 저런 꼬리 아홉 개 달린 여우를 보는 듯한 천사라면 나로서는 사양하고 싶다네."

현실감이 결여된 듯 제각기 한마디씩 하는 일행들을 잠시 흘겨본 유스가 다시 로엔에게 시선을 옮기며 말했다.

[명령이라면 따릅니다만. 전력의 개방은 권해 드릴 수 없습니다. 세계에 허락되지 않은 힘을 사용하는 것에는 반드시 대가가 따릅니다. 저희의 전력이라면 이 도시, 아니, 이 나라를 멸하는 것도 문제없습니다만, 분명 그 이상의 대가를 세계가 가해올 것입니다.]

"그 대가가 뭔지 구체적으로 알 수 있을까?"

호기심 어린 로엔의 물음에 유스는 단호한 얼굴로 대답했다.

[데몬 게이트 개방에 의한, 이 차원의 멸망입니다.]

순간 로엔의 표정이 얼어붙었다. 유스가 말하는 것, 그것이 무엇인지 모를 정도로 로엔은 멍청하지 않았다. 데몬 게이트. 인간과는 격이 다른, 파괴를 추구하는 존재들이 득실대는 악의 결집체와 세계를 이어주는 문이 바로 데몬 게이트였다. 그것이 개방된다는 것은 상상조차 할 수 없는 끔찍한 파멸의 폭풍이 대륙에 휘몰아치는 것을 의미했다.

[물론 이건 최악의 경우를 상정했을 때의 이야기입니다.]

로엔의 긴장을 풀어주려는 듯 유스가 부연설명을 했다. 굳은 표정으로 다시 로엔이 유스를 응시하자, 그녀는 오른손을 검지를 들어 올리며 이야기를 계속했다.

[하지만 방금 말씀드린 대로, 어떤 결과가 되었든 그 대가는 돌아옵니다. 저희가 사용하는 것은 세계의 마나가 아닌 아우터 플레인(Outer Plain)의 상위 마나입니다. 세계가 용인할 수 있는 수준이라면 얼마를 사용해도 상관없지만, 그 이상으로 올라간다면 어떤 일이 일어날지 저

희도 장담할 수 없습니다.]

"그런가. 하지만, 예전에 쫓길 때 사용한 것은……."

[그건 이 세계의 마나를 끌어모아 사용한 것입니다. 그렇기 때문에 연속 사용은 할 수 없습니다.]

유스의 대답에 로엔은 고개를 끄덕였다. 그때 머리를 스친 생각에 로엔은 다시금 유스에게 물었다.

"그럼 위력을 줄인다면 세계의 마나를 끌어 쓰는 것이라 해도 연속해 사용할 수 있다는 거야?"

[물론입니다. 다만 위력은 형편없이 약해질 겁니다.]

"그거면 충분해."

로엔은 안도한 듯 고개를 끄덕였다. 그 모습에 옆에서 상황을 따라가지 못한 제이가 로엔에게 물었다.

"저기, 아까부터 이해할 수 없는 말을 하고 있는데, 어쩌실 셈이죠?"

"이럴 생각입니다."

제이에게 씩 웃어준 로엔은 유스와 에바에게 명령했다.

"너희의 역할은 적의 주의를 최대한 끌어주는 거야. 그 세계인가 뭔가 하는 것이 용인하는 선에서 무슨 수단을 써도 좋으니 최대한 난동을 부려줘. 수비대가 나오면 수비대를 밟아주고, 기사단이 나오면 기사단을 밟아버려. 혹시라도 마법사들이 나온다면 더 확실하게 밟아주도록 하고. 내 말 알겠지?"

"어쩔 셈인지 대충 알 만하군. 그런데 믿어도 되는 것인가?"

의혹을 지우지 못하는 크레시의 물음에 로엔은 득의의 미소를 띠며 대답했다.

"물론입니다. 최대한 화려하게 가줄 테니, 기대해도 좋을 겁니다."

시간이 흘러 땅거미가 진 후로도 한참이 지난 밤, 로엔 일행은 아직도 근처를 이 잡듯 뒤지고 있는 세이레인 경비대를 피해 왕성 앞까지 도달하는 데 성공했다. 네 명의 기사가 성문을 철통같이 지키는 것을 확인한 로엔은 유스와 에바를 바라보며 고개를 끄덕였다.

"그럼 부탁한다. 최대한 소란을 피우는 거다."

유스와 에바는 쾌활하게 웃으며 고개를 끄덕였다.

[문제없어요. 맡겨만 주세요.]

[저희가 어떻게 하는지 잘 봐두시라고요~]

그렇게 말한 뒤, 유스와 에바는 보무도 당당하게 성문으로 걸어가기 시작했다. 그 모습에 경비를 서던 기사들이 긴장한 모습으로 검을 뽑아 들었다.

"누구냐! 정체를 밝혀라!"

진한 살기가 배인 엄포였다. 하지만 그 정도는 전혀 신경 쓰이지 않는 듯, 유스와 에바는 계속 그들에게 다가가며 특유의 애교 가득한 말투로 말하기 시작했다.

[아아잉~ 왜 그러세요~]

[저희는 단지~]

그렇게 말하는 유스와 에바의 손에 작게 빛나는 구체가 생겨났다. 그것을 힘껏 던지며 에바가 신나는 목소리로 외쳤다.

[난동을 부리러 왔을 뿐이에요~]

"으아악!"

에바가 던진 구체가 성문에 충돌하며 대폭발을 일으켰다. 그 폭발에 휘말린 기사들은 비명을 지르면서 나가떨어져 그대로 실신한 듯 일어

나지 못했다. 거기에 아직 구체를 쓰지 않은 유스가 자신의 몫을 던지
며 윙크했다.

[이건 덤~!]

다시금 일어난 대폭발에 성문은 완전 난장판이 되어버렸다. 믿을 수
없는 광경에 입을 다물지 못하던 제이가 허탈한 듯 중얼거렸다.

"대단해. 정말 천사였던 모양이군요. 설마 생전에 천사를 볼 수 있
을 줄은……."

"이럴 때가 아닙니다. 어서 안으로 들어가죠."

로엔의 재촉에 모두는 재빨리 뛰어 성문 안으로 돌입했다. 성문 바
로 안의 길은 세 갈래로 나뉘어 있었다. 로엔이 머리 속에 암기한 왕성
의 지도를 재빨리 떠올리기 시작했다. 세이레인 왕성의 지도, 그중에
서 워프 게이트가 있을 만한 큰 방은 단 하나!

"오른쪽입니다!"

로엔의 외침에 침투조는 서둘러 오른쪽으로 뛰어갔다. 유스와 에바
가 성문 근처에서 난동을 부리는 사이 조금이라도 더 워프 게이트로
다가가려던 로엔 일행은 성문에서의 소란에 황급히 뛰어나오던 십여
명의 기사와 맞닥뜨리고 말았다.

"침입… 컥?!"

맨 앞에서 로엔을 가리키며 외치려던 기사가 곧바로 날아간 가이에
의 단검에 목이 꿰뚫려 쓰러졌다. 그것을 신호로 다섯 명의 침투조가
빠르게 그들에게 달려들었다.

"침입자다―!"

누군가의 외침이 복도를 타고 울려 퍼졌다. 그 목소리에 다급해진
로엔은 그와 대치한 기사에게 있는 힘껏 검을 내리찍었다.

카앙—!

"아악!"

비스듬하게 세워 로엔의 검을 빗겨내려던 기사는 그대로 검과 함께 양단되어 피분수를 뿜으며 쓰러졌다. 자신이 했음에도 믿기지 않는지 잠시 그 기사의 시체를 바라보던 로엔은 이내 정신을 차리고는 혼자 세 명을 상대하는 가이에 쪽으로 달려들었다.

"크악!"

예상치 못한 방향에서 로엔의 검에 찔린 기사가 비명을 지르며 쓰러졌다. 당황한 기사들이 로엔 쪽으로 고개를 돌리는 순간 가이에의 단검이 오른쪽 기사의 목을 꿰뚫었고, 남은 한 명의 기사는 불리하다 생각했는지 황급히 뒤로 물러났다. 하지만 그 노력도 헛되이, 가이에가 내던진 단검이 순식간에 기사의 레더 아머를 뚫고 심장에 꽂혔다.

순식간에 다섯 명 대 열두 명으로 줄어들자, 세이레인의 기사들은 한 명을 집중 공격하는 것을 포기하고 수를 나눠 일 대 다의 싸움으로 몰아가기 시작했다. 로엔은 자신에게 달려드는 세 명의 검을 간신히 막아내며 돌파할 틈을 찾기 시작했다.

카앙—!

운이 좋게도 로엔의 검에 충돌한 한 기사의 검이 부러졌다. 그것을 전혀 예상치 못한 로엔이 중심을 잃고 휘청거리는데, 기회를 놓치지 않고 다른 기사의 검이 로엔의 목을 노렸다. 회색 검광이 로엔의 목을 베어내려는 순간,

"당할까 보냐—!"

망토를 감아쥔 로엔의 팔이 기사의 검을 쳐냈다. 예상치 못한 방어에 기사가 검을 회수하지 못하는 틈을 타, 로엔의 검이 섬전처럼 기사

의 심장을 관통했다.

"렌!"

비명조차 지르지 못한 채 쓰러진 기사의 이름을 외치며, 다른 한 명의 기사가 로엔에게 검을 내질렀다. 그것을 피하며 기사를 베어버리려던 로엔은 급소를 노리고 들어온 발차기에 공격을 포기하고 뒤로 물러날 수밖에 없었다.

"쳇!"

발차기를 시도한 기사는 뒤로 물러나며 휘두르는 로엔의 검을 황급히 허리를 돌려 피해냈다. 하지만 무리하게 자세를 바꾼 탓에 넘어지는 것은 어쩔 수 없었고, 그 틈을 타 로엔은 다시금 자신을 노리는 다른 기사의 검을 쳐냈다.

"얕볼 수 없겠는데?"

능숙한 기사들의 합공에 로엔은 비릿한 미소를 지으며 내뱉었다. 위기에 처한 지금의 상황이 로엔에게 있어서는 오히려 즐거운 것처럼 보일 정도였다. 로엔은 어깨를 젖혀 기사의 검을 피해낸 다음, 그 틈을 노려 주먹질을 하는 기사의 팔을 잡아채 그의 어깨를 베었다.

"으아악—!"

기사의 어깨에서 뿜어 나오는 피가 로엔을 적셨다. 어깨에서부터 잘려진 기사의 팔을 내던진 로엔은 쉴 틈도 주지 않고 이어지는 기사의 검을 빗겨내며 그의 복부를 걷어찼다.

"큭! 가, 강해!"

"이제 알았냐?"

고통스러운 얼굴로 물러나는 기사의 외침에 로엔이 비아냥댔다. 그 말이 끝나는 순간, 로엔의 몸이 쾌속으로 기사에게 파고들었다.

"커억—!"

번득이는 은빛 검광. 그것에 가슴을 꿰뚫린 기사가 믿을 수 없다는 얼굴로 로엔을 바라보았다. 냉정한 얼굴로 로엔이 검을 뽑아내자 기사는 가슴에서 피분수를 뿜으며 천천히 쓰러졌다.

로엔이 얼굴의 피를 닦아내며 다른 사람들을 돌아보자 나머지 사람들 역시 상황은 거의 끝난 상태였다. 과연 A급에 랭크된 실력자들답게 제각기의 특기를 적절히 사용해 기사들을 쓰러뜨리고 있었다.

모든 기사들이 쓰러진 후, 로엔은 약간 거칠어진 숨을 정돈하며 앞의 복도를 노려보았다.

"자, 다시 서두르죠. 시간이 너무 지체되었어요."

"아아, 그렇군. 다시 출발하도록 하지."

크레시가 고개를 끄덕이는 것을 신호로 로엔 일행은 다시 워프 게이트가 있는 방으로 달려가기 시작했다. 그러던 중, 로엔의 옆에서 달리던 크레시가 지나가는 듯 말했다.

"확실히 마음에 들지는 않지만 실력 하나만큼은 인정해 주도록 하지."

"가급적이면 다른 부분도 마음에 들었으면 좋겠군요."

씨익 웃으며 말하는 로엔의 대꾸에 크레시 역시 웃음으로 받아주고는 더욱 속도를 높여 앞으로 달려나갔다.

5분 정도를 더 달렸을 때, 로엔 일행은 다시금 한 무리의 병사들과 마주쳤다. 하지만 이들은 기사단이 아닌 단순한 경비 병력일 뿐이어서 로엔들은 힘들이지 않고 그들을 제압할 수 있었다.

"이 상태라면 앞으로 10분 후 워프 게이트에 도착할 수 있을 겁니다."

"오, 마이 갓! 대체 세이레인 왕성은 얼마나 크다는 말입니까?"

로엔의 말에 제이가 질린 듯 비명을 질렀다. 그것을 핀잔하듯 크레시가 검을 떨쳐 피를 털어내며 말했다.

"이 정도는 충분히 예상 가능한 것 아닌가? 왜 그렇게 호들갑인지."

"네, 네. 댁은 충분히 예상할 수 있어서 좋겠수다."

제이의 비아냥에도 크레시는 화를 내지 않았다. 비록 남을 얕보는 경향은 있지만 언제 무엇을 해야 하는가를 정확히 꿰뚫는 판단력, 그것이 크레시의 가장 큰 무기였다.

제이와 크레시를 보고 있던 로빈이 한심하다는 듯 거기에 한마디를 보탰다.

"지금은 그런 말다툼을 하고 있을 때가 아니오. 최대한 빨리 워프 게이트가 있는 곳으로 이동해서 그것을 부수는 게 우리의 목숨도 보장할 수 있는 길임을 알아야 하오."

그 말에는 동의하는지 모두는 고개를 끄덕이며 다시 길을 재촉하기 시작했다.

다시금 10여 분을 달린 로엔 일행은 워프 게이트가 있을 것이라 예상되는 방의 복도에 도착했다. 벽에 기대어 안을 살짝 살펴본 로엔은 곤란한 듯 일행에게 고개를 돌리며 말했다.

"기사가 넷… 그것도 디바인 나이트의 마크인가. 이거 힘들겠는데요?"

로엔의 대답에 복도를 살핀 크레시 역시 난감한 듯 작은 목소리로 대꾸했다.

"확실히 곤란하군. 저 넷을 동시에 처리하지 못한다면 몰살당하는 것은 이쪽이 될 거다. 특별한 계책을 세우지 않으면……."

크레시의 말에 다들 난감한 얼굴로 고민하는데, 침투한 후로 내내 입을 닫고 있던 가이에가 그 무거운 입을 열었다.

"마법."

"아, 그거라면 가능할지도."

"과연 가이에인가. 역시 해결사 역할을 해주는군."

가이에의 말에 얼굴색이 밝아진 모두는 무언가 생각났는지 안색을 침울하게 바꿨다. 먼저 로빈이 난처한 얼굴로 고개를 설레설레 저었다.

"난 마법을 모르는데, 누구 이 상황에 도움이 될 마법 아는 사람 있나?"

로빈의 질문에 다들 고개를 저었다. 물론 마법을 알고 있는 한 사람, 로엔만은 자신만만한 얼굴로 고개를 끄덕였다.

"여기서 반경 10미터에 걸쳐 무음 주문을 걸도록 하겠습니다. 요컨대 소리만 밖으로 나가지 않으면 되는 거 아니겠습니까."

"로엔 군, 마법을 알고 있었나?"

"차원계, 신·마계를 제외한 다른 모든 계열의 마법은 일단 마스터했습니다. 지금은 그게 중요한 게 아니니 그 이야기는 다음에 하도록 하죠."

로빈은 로엔의 말에 고개를 끄덕였고, 잠시 마나의 움직임을 느끼던 로엔은 마나를 법칙에 따라 회전하며 시동어를 읊었다.

"윈드·사일런스."

순간 로엔을 중심으로 반경 10m 내의 공간에 흐르던 대기의 움직임이 멈췄다. 더불어 갑자기 막혀오는 숨에 당황한 로엔은 빨리 처리해야 한다 판단했는지 황급히 기사들에게로 달려갔다.

"······!"

방의 입구를 지키던 기사들은 갑자기 막혀오는 숨에 목을 붙잡고 괴로워하고 있었다. 갑작스런 로엔의 등장에 놀라 검을 뽑는 기사를 재빨리 베어버린 로엔은 상황이 종료된 것을 확인하고는 급히 마력의 흐름을 차단했다. 제어가 풀려 다시 유통되는 공기에 모두는 급히 심호흡을 하며 투덜거렸다.

"후아, 숨 막혀 죽을 뻔했네."

"하아, 리스나르트 군, 이런 마법이었다면 미리 이야기를 해줘야 할 것 아닌가."

크레시의 책망에 로엔은 고개를 숙였다.

"죄송합니다. 이 주문은 저도 처음 써보는 것이라… 저도 이런 부작용이 있는 줄은 몰랐습니다."

"몰랐다면 하는 수 없지. 하지만 앞으로는 주의해 주게."

"그러도록 하죠. 그럼 들어갈까요?"

고개를 까닥한 로엔은 방의 문고리를 잡았다. 지금껏 토라 재건군을 수없이 괴롭히던 원인이 이 문 너머에 있었다. 두근거리는 가슴을 진정시키며 문고리를 쥔 손에 힘을 넣은 로엔은 단숨에 문을 젖히며 안으로 들어갔다.

"이, 이런······."

방 안의 광경, 그 모습에 로엔은 당황한 듯 한 걸음 물러났다. 그것을 바라보며 로엔의 바로 정면에 서 있던 남자가 짙은 미소를 지었다.

거대한 워프 게이트. 그 앞으로 세이레인 신성 기사단 '디바인 나이트'의 문장을 단 기사들이 도열해 있었다. 그 수는 어림잡아 백 이상, 그리고 그 가운데에,

"아아, 정말로 반갑군, 로엔 군. 1년 만인가?"

세이레인의 철혈군주, 길리언 아스나드 폰 미드가르드 네오토라가 서 있었다.

"어, 어떻게……."

로엔이 당황한 얼굴로 묻자 길리언은 양팔을 활짝 펼치며 웃었다.

"양동 작전이란 것 정도는 알 수 있었지. 다만 저쪽의 소란이 너무나 과격해 알아채는 데 시간이 좀 걸렸지만 말이지."

길리언의 말이 끝나는 동시에, 거대한 폭음과 함께 건물이 진동했다. 소리가 들려오는 방향을 바라보며 길리언은 다시금 웃음 지었다.

"뭐, 저렇게 아직도 난동을 부리고 있지만… 왜 그런 표정을 하는 거지? 충분히 예상할 수 있는 것 아닌가. 구 토라의 잔당들과 너희들 나이트 길드가 전쟁을 수행하는 데 가장 거치적거리는 것은 바로 워프 게이트, 그것만 생각한다면 너희가 여기로 올 것이라는 것을 떠올리는 것은 일도 아니야. 설마, 예상하지 못했다는 것은 아니겠지. 아니면……."

길리언의 눈이 가늘어졌다.

"로엔 리스나르트, 내가 널 과대평가한 것인가."

"……."

로엔은 이를 악문 얼굴로 다만 길리언을 노려볼 뿐이었다. 그 모습이 마음에 들지 않았는지, 길리언은 표정을 굳히며 로엔을 바라보았다.

"좀 더 즐겁게 해줄 거라 생각했건만… 뭐, 아무래도 상관없나. 그럼 죽어주실까."

조용한 한마디였다. 하지만 그 한마디는 로엔들에게 있어 사형 선고와 같은 한마디였다.

"전원 돌격! 쥐새끼들을 말끔히 쓸어버려라!"

이스카의 외침을 신호로 도열한 디바인 나이트들이 로엔에게도 달려들었다. 그 모습에 크레시가 황급히 뒤로 물러나며 외쳤다.

"일단은 좁은 곳으로 유인한다! 로엔, 마법으로 견제를!"

"파이어 · 윈드 · 파이어 월!"

로엔의 시그마가 소환한 화염이 화려하게 불타올랐다. 갑작스런 마법에 적들이 주춤한 틈을 타 로엔들은 유리한 장소를 찾아 전력을 다해 물러났다. 가까스로 유리하게 싸울 수 있을 만한 복도를 찾은 로엔 일행이 거칠어진 숨을 돌릴 틈도 없이, 그들을 뒤쫓아온 세이레인 신성 기사단, 디바인 나이트들이 나타났다.

"빨리도 오는군. 이거나 먹어라! 선더 · 일렉트릭 쇼크웨이브!"

로엔의 영창에 소환된 번개가 앞 열의 기사들을 강타했다. 마법을 쓰지 못하는 디바인 나이트들은 로엔의 마법에 당황한 듯 보였으나, 이내 잘 훈련된 기사들답게 전열을 재정비하고 로엔 일행을 압박하기 시작했다.

"자기 몸은 재주껏 지켜요! 그럼 저 먼저 돌진합니다!"

로엔은 무책임한 소리를 외치며 앞으로 달려갔다. 로엔의 급소를 노리고 세 개의 검이 동시에 날아들었으나, 로엔은 망토를 휘둘러 그것을 떨치며 한 기사의 허리를 깊게 베었다.

"크악―!"

"우선 하나!"

하지만 그걸로 끝이었다. 이어지는 디바인 나이트들의 합공은 로엔이라 해도 결코 가볍게 받을 수 있는 수준이 아니었다. 로엔은 수없이 찔러드는 검을 바쁘게 막아내면서 몸 안의 마력을 억지로 끌어올렸다.

"먹고 꺼져엇! 파이어 · 헬 · 인페르노!"

지옥의 화염이 한 기사의 몸을 화려하게 불태웠다. 하지만 그것을 지켜볼 여유는 로엔에게 존재하지 않았다. 마법을 외치는 중에도 로엔의 몸을 스쳐간 검이 셋이었다. 보통 상황이라면 전투를 속행할 수 없을 부위들이었다. 로엔은 처음으로 자신의 몸이 불변이라는 것에 감사하며, 두 손으로 움켜진 검을 사선으로 힘껏 베었다.

카앙―!

"거, 검까지!"

"대체 저 검이 어떤 검이기에!"

은빛 섬광이 로엔의 앞에 있던 기사를 갈랐다. 막아드는 검조차 반토막 내는 무서운 위력에 로엔 앞의 기사들은 눈에 띄게 당황하며 물러나기 시작했다. 그 순간 로엔의 마법이 다시금 기사들을 강타했다.

"파이어 · 헬 · 인페르노!"

"으아악―! 뜨거워―!"

셋의 기사가 온몸에 심한 화상을 입으며 쓰러졌다. 그것을 망연한 얼굴로 바라보던 기사들은 이내 표정이 일그러지더니 이를 악물고 로엔에게 달려들기 시작했다.

"네놈이 감히 아인트를! 죽어라!"

"젠장, 이게 아닌데!"

로엔은 기대하던 것과 정반대의 상황에 검을 쳐내며 정신없이 물러났다. 그때 분노에 사로잡힌 한 기사의 검이 피할 여유도 없이 로엔의 목으로 날아들었다.

"크악―!"

고통의 비명을 지른 것은 로엔이 아니었다. 정신을 차린 로엔이 기사에게 고개를 돌려보니, 그의 목에는 가이에의 단검이 꽂혀 있었다. 다시 두 걸음 물러난 로엔이 가이에를 흘깃 바라보니, 그녀는 넷의 기사를 상대로 몸에 자잘한 상처를 입은 채 힘겹게 싸우고 있었다. 그 상태에서 자신에게 단검을 던질 시간을 낼 수 있었다는 것에 감탄하며, 로엔은 다시 검을 꽉 움켜쥐었다. 로엔은 마음을 독하게 먹었다. 그는 한 명이라도 더 죽이기 위해 자신에게 날아오는 검을 모두 무시한 채 적의 급소만을 노리고 검을 휘둘렀다.

"크윽—!"

몸 이곳저곳에서 느껴지는 충격에 로엔이 이를 악물었다. 아무리 불변의 신체를 지닌 로엔이라 해도, 여러 곳에서 동시에 받는 타격은 쉬이 감당할 수 있는 것이 아니었다. 고통을 참아내는 로엔의 얼굴이 점차 일그러졌다.

"내가… 내가 질 것 같으냐!"

로엔은 크게 고함을 지르며 내려치는 적의 검을 올려 베기로 튕겨낸 후, 그대로 검을 끌어 내려 눈앞의 기사를 베어버렸다.

"으아아—!"

기사의 몸에서 튀어 오르는 선혈을 온몸으로 뒤집어쓰며 괴성을 지르는 로엔의 모습은 실로 악귀 그 자체였다. 전신을 새빨갛게 물들인 채 살기등등한 얼굴로 로엔이 노려보자, 기사들은 기가 질린 듯 주춤거리며 뒤로 물러났다. 그 때문에 약간의 여유가 생겼는지 가이에와 로빈, 크레스, 제이는 두어 걸음씩 뒤로 물러나며 거칠어진 숨을 골랐다.

"…대단."

"정말 대단하군. 어쩌면 살아서 돌아갈 수 있을지도 모른다는 희망이 생기기 시작했어."

로엔은 잠시 전황을 둘러보았다. 쓰러진 것은 약 20여 명. 하지만 그보다 훨씬 많은 기사들이 로엔 일행을 포위한 채 대치하고 있었다. 그것을 바라보며 로엔이 초조한 듯 중얼거렸다.

"시간을 끌수록 불리한데……."

로엔의 말에 모두가 동의하는 듯 고개를 끄덕였다. 하지만 별 뾰족할 수가 있을 리 없었다. 무모하게 저 포위망을 돌파하려 했다가는 워프 게이트는커녕 이 자리에서 모두 죽음을 맞을 수도 있었다.

잠시 정적이 흘렀다. 로엔 일행도, 디바인 나이트들도 서로의 틈만 엿볼 뿐, 쉬이 움직이지 못하고 있었다. 방금까지만 해도 이 공간을 지배하던 치열한 전투의 열기 대신 냉랭한 침묵의 공기가 내려앉기 시작했다.

꿀꺽, 누군가 마른침을 넘기는 소리가 났다. 이대로 대치하는 것도 상황에 도움이 되지 않을 거라 생각한 로엔이 다시금 검을 힘껏 움켜쥐었다. 그 순간,

콰앙―!

[아, 저기 있다!]

[로엔님! 저희가 왔어요~]

요란한 폭음이 울리며 유스와 에바의 반가운 목소리가 들렸다. 예상치 못한 상황에 기사들은 눈에 띄게 당황하기 시작했다.

"뭐지! 뒤에도 적인가!"

"당황하지 마라! 수로는 우리가 훨씬 우세다!"

하지만 기사들의 대응은 이미 한 박자 늦어 있었다. 잠시 흔들린 그 찰나의 틈을 놓치지 않고, 로엔이 질풍처럼 기사들에게 달려들었다.

"좋았어!"

"단숨에 포위망을 돌파하는 거다!"

그 뒤를 로빈과 크레시, 제이와 가이에가 뒤따랐다. 지금이 아니면 더는 기회가 없다. 이 사실을 누구보다 잘 알고 있는 로엔은 당황한 한 기사가 로엔을 노리고 휘두르는 것을 팔로 강하게 쳐올리며 그의 가슴을 베어버렸다. 뒤늦게 다른 기사가 휘두르는 검을 간발의 차이로 피해내면서, 로엔은 유스와 에바가 서 있는 곳에 도착하는 데 성공했다.

"좋았어!"

로엔이 만들어낸 길을 따라 워프 게이트로 향하는 길을 돌파하는데 성공한 모두는 조금이나마 안도한 듯 여유있게 기사들을 바라보았다. 하지만 그들에게 허용된 시간은 얼마 되지 않았다. 로엔은 얼굴의 피를 대충 닦아낸 후, 칭찬을 바라는 어린아이의 얼굴로 로엔을 바라보는 유스와 에바에게 말했다.

"나이스 타이밍. 내친 김에 하나 더 부탁하지. 이들을 저지해 줘!"

[옛 써!]

[존명.]

알 수 없는 대답들에 로엔은 순간 황당한 표정을 지었지만, 이내 긍정의 뜻이라 알아들었는지 다른 사람들을 돌아보며 말했다.

"시간이 없으니 서둘러요!"

로엔의 외침에 모두는 에바와 유스를 뒤로하고 워프 게이트를 향해서 달렸다. 하지만 그것도 잠시, 로엔 일행은 지원을 위해 달려오던 십여 명의 기사들과 마주쳤다.

"모두 죽일 필요 없으니 그냥 돌파만 해요!"

"오케이!"

제이가 멋진 돌진 베기를 선보이며 두 명의 기사를 단숨에 베었다.

그 뒤의 가이에는 단 한 개의 단검으로 하나의 목숨과 셋의 여유를 앗아가는 묘기를 선보였고, 그들이 터준 길을 따라 나머지 세 명이 달려갔다.

"좋았어! 이대로 워프 게이트까지 돌진이다!"

로엔을 필두로 다시 워프 게이트가 있는 방 앞에 도착한 모두는 제이의 제안으로 거친 숨을 몰아쉬며 잠시 휴식을 취했다. 약간의 시간이 지난 후 호흡이 완전히 정돈된 로빈이 자리에서 일어나며 말했다.

"이제 들어가지. 더 이상 시간을 끌 수는 없으니."

그의 제안에 모두는 고개를 끄덕이며 자리에서 일어났다. 크레시는 굳게 닫힌 방문을 바라보며 굳은 얼굴로 말했다.

"모두들 마음 단단히 먹게. 저 안에는 지금까지 상대했던 누구보다 강한 존재들이 우리를 기다리고 있을 테니까."

말하지 않아도 알고 있었다. 육중한 방문의 안, 그 안에는 대륙 최강의 검사 이스카 폰 블릭스를 비롯, 세이레인에서도 최강이라 불리는 기사들이 워프 게이트를 지키기 위해 포진해 있을 것이라는 것은 쉽게 상상할 수 있었다.

꿀꺽, 긴장으로 입에 고인 침을 삼킨 로엔이 결의를 다지며 한 걸음을 내딛었다.

"그럼 가죠."

로엔은 기습에 대비하며 조심스럽게 방문을 열어젖혔다.

"용케도 그 기사들을 뚫고 여기까지 왔군. 그 실력과 용기에 경의를 표해주지."

박수를 치며 그들을 맞는 자는 대륙 최강의 검사 '더 듀크 오브 소드 마스터' 이스카 폰 블릭스였다. 그리고 그의 뒤에는 일곱 명의 기사들이 저마다의 자세로 로엔을 노려보고 있었다. 바로 '오딘을 수호하는 일곱의 별', 세이레인의 일곱 팰러딘이었다.

로엔은 이스카의 말에 긴장을 감추려는 듯 허세를 부리며 되받아쳤다.

"성격에 안 맞으실 텐데 잘도 그 따위 역겨운 소리들을 지껄이실 수 있군요. 이쪽이야말로 당신의 두꺼운 얼굴과 썩어 빠진 혓바닥에 경의를 표하는 바입니다."

"저 건방진 자식이!"

"쓸데없이 나서지 마라!"

하이엔 폰 클라인시커가 발끈해 나서는 것을 이스카가 제지했다. 도발이 먹히지 않자 로엔은 혀를 차며 인상을 찌푸렸다.

"어차피 이 자리에서 죽을 녀석들이다. 목숨을 몇 초쯤 연장해 준다고 생각해라."

"웃기는군."

이스카의 말에 크레시가 코웃음 쳤다. 팔짱을 낀 채 노려보는 크레시를 바라보던 이스카는 알 수 없다는 얼굴로 크레시에게 물었다.

"여유인가? 어떻게 이런 상황에서도 여유를 부릴 수 있는 건지 궁금해지는군."

"물론 살아 돌아갈 자신이 있으니까."

순간 이스카는 멍한 얼굴로 크레시를 바라보았다. 하지만 그것도 잠시 이스카는 왕성이 떠나가라 크게 웃어 젖히기 시작했다.

"크하하하하! 나를 웃겨 죽일 생각인가, 너희들! 이거 정말로 재미있군. 계속되는 전투로 지친 그 몸을 가지고 나를 이길 수 있다고 말하는 건가? 그래, 백 번을 양보해서 이곳에서 이긴다고 하자. 하지만 만신창이가 분명한 몸으로 이 성을 빠져나갈 자신이 있다고? 이거 정말로 재미있군 그래. 크하하하하!"

이스카는 정말로 즐거운 듯 광소를 터뜨렸다. 하지만 그 웃음은 이어진 크레시의 한마디에 급속도로 냉각되었다.

"죽일 수 있다면 닥치고 나와서 실력을 보이라구. 말로만 지껄여 대지 말고."

"빌어먹을 새끼. 넌 내가 친히 그 썩어 빠진 혓바닥을 뽑아내 주마."

이스카는 살기가 가득 배인 목소리로 크레시에게 말했다. 그때 로엔이 한심한 얼굴로 한 걸음 앞으로 나오며 말했다.

"상대를 잘못 찾고 있잖아, 이스카. 알고 있을 텐데? 네 상대는……."

순간 로엔의 몸이 섬전처럼 이스카에게 몰아쳤다.

카앙—!

"큭!"

두 개의 섬광이 교차하며 이스카와 로엔의 검이 충돌해 검극을 울린다. 일그러진 이스카의 얼굴에 웃음으로 맞받으며, 로엔이 이죽거렸다.

"바로 나라고."

"빌어먹을 리스나르트……. 모두 쳐라!"

이스카의 외침을 신호로 워프 게이트가 있는 방은 검광이 난무하는 전장으로 변했다. 서로의 검을 밀어낸 이스카와 로엔은 한 발짝씩 뒤로 물러났다. 이스카에게 여유를 주고 싶지 않았는지, 물러나기가 무섭게 다시 돌진하며 로엔이 외쳤다.

"오늘로 너의 이름에서 듀크 오브 소드 마스터란 글자를 지워주겠다!"

"웃기는 소리!"

이스카와 로엔의 검이 불꽃을 튀겼다. 라그나로크 시리즈조차 부러 뜨린 로엔의 검에 맞서는 이스카의 검 역시 보통의 검은 아니었다.

"예전의 빛을 지금 갚아주겠다!"

고함을 지르는 이스카의 검이 섬광이 되어 로엔의 옆구리로 날아갔다. 로엔이 양손으로 쥔 검을 올려쳐 이스카의 검을 튕겨내자, 순간 이스카는 균형을 잃으며 크게 휘청거렸다. 로엔은 재빨리 반격하려 했으나

"크윽, 손이 저려서 이런 기회를⋯⋯!"

로엔이 오른팔을 주무르며 재빨리 뒤로 물러나자, 바로 균형을 되찾은 이스카는 코웃음 치며 다시 로엔을 공격했다.

"흥, 네 정도 실력으로 날 이기기엔 백 년도 이르다!"

다시 날아오는 이스카의 강맹한 공격에 순간적으로 위험하다 판단한 로엔의 상체가 급히 왼쪽으로 틀어졌다. 그 순간 이어진 로엔이 검격을 이스카는 재빨리 한 걸음 옆으로 물러나며 피해냈다.

"그걸 피하다니 제법인데?"

"당신이야말로. 아버지에게 패배한 주제에 날 이기려 들다니, 아직은 일러."

"애송이 자식이 감히!"

로엔의 도발에 넘어간 이스카의 검이 로엔에게 날아왔다. 잔상조차 남기지 않는 극한의 쾌검에 로엔은 황급히 막아내며 한 걸음 한 걸음 뒤로 물러났다. 머리로 날아오는 것을 막아내는가 싶으면 어느새 왼쪽 어깨를 후리고, 그걸 막으면 명치를 지르는 이스카의 쾌검은 같은 쾌검을 장기로 하는 로엔이라 해도 쉽게 받아낼 수 있는 것이 아니었다.

"하지만……!"

로엔은 무릎을 조금 굽히며, 전력을 다해 이스카의 내려 베기를 쳐 올렸다. 이스카의 팔이 들어 올려지며 상체에 허점이 드러나는 순간, 로엔의 무릎이 튕기며 은빛 섬광이 이스카의 인중으로 쏘아졌다. 예전 프란에게 사용했던 로엔 비장의 기술, 돌진 찌르기였다.

"끝이다, 이스카!"

"큭ㅡ!"

카앙ㅡ!

다시금 금속성이 대기를 울렸다. 믿을 수 없는 이스카의 방어에 로 엔이 눈을 크게 떴다. 놀랍게도 이스카는 쳐올려진 팔을 무리하게 끌 어 내려 로엔의 찌르기를 살짝 빗겨낸 것이었다. 하지만 이스카 역시 심한 무리를 했는지, 몇 걸음 물러나 간격을 잡으며 로엔에게 말했다.

"확실히 방심할 만한 실력은 아니군. 이제부터 전력을 다해 상대해 주겠다."

"허풍도 적당히 치시지! 전력으로 쾌검을 구사했으면서도 허세를 부 리다니 그 몸으로 그 정도 쾌검을 구사한 것만으로도 칭찬해 주고 싶 다구."

로엔은 피와 범벅이 되어 흘러내리는 이마의 땀을 닦으며 이스카를 비웃었다. 이스카는 말이 필요없다는 듯 강력한 일검으로 로엔을 내려 쳤다.

카앙ㅡ!

"큭!"

이스카의 일격을 받은 로엔은 손아귀가 찢어질 듯한 고통에 하마터 면 검을 놓칠 뻔했다. 방금 전의 공격과는 차원이 다른 육중한 무게가 실린 공격에, 로엔은 당황해 한 걸음 뒤로 물러나며 이스카의 검을 받았다.

카앙―!

공기를 찢을 듯한 금속성이 울리며, 로엔의 검은 로엔의 손을 떠났다. 믿을 수 없다는 듯 뒤로 튕겨난 자신의 검을 바라본 로엔은 경멸 가득한 얼굴로 자신을 내려다보는 이스카를 바라보았다.

"흥, 빌어먹을 리스나르트… 20년을 이어온 악몽에 종지부를 찍어 주마."

이스카는 이죽거리며 로엔에게 결정타를 날리려는 듯 검을 들어 올렸다. 그 모습에 로엔의 얼굴이 천천히 일그러졌다. 이대로 패배할 수는 없다. 하지만 로엔에게 이스카를 이길 실력은 없었다. 아득한 절망이 로엔을 차츰 잠식해 갔다.

로엔이 이스카를 올려다보며 한 걸음 뒤로 물러났다. 그때 로엔 품 안의 무언가가 로엔의 가슴을 압박했다. 그 느낌에 로엔은 무의식적으로 품에 손을 집어넣었다.

이스카의 전력을 담은 일격이 로엔에게 떨어졌다. 그것은 더 설명할 필요도 없는 최강의 일격, 로엔이 그것을 받아낼 수 있는 확률은 아무리 계산해도 제로였다. 섬광이라고밖에 표현할 수 없는 이스카의 일격이 로엔의 목에 떨어지는 순간,

타아앙―!

굉음이 울리며 로엔이 꺼낸 핸드건이 불을 뿜었다. 미처 피할 겨를도 없이 이스카는 오른쪽 어깨를 젖히며 그대로 공중에서 몇 바퀴 날아 워프 게이트에 충돌했다.

털썩.

바닥에 쓰러진 이스카는 일어나지 못했다. 핸드건의 탄환은 어디까지나 물리적인 충격, '불변'의 신체를 지닌 이스카를 관통할 수 없었다. 대신 그 탄환이 가진 관통력은 모두 충격량으로 바뀌어 이스카의 의식을 날려 버렸다. 그 파괴력은 아무리 정신력이 강한 인간이라 해도 버틸 수 있을 충격이 아니었다.

"대공 전하!"

다른 이들을 상대하던 팰러딘 중 여유있던 기사 하나가 급히 이스카를 향해 달려왔다. 로엔은 뒤에 떨어진 자신의 검을 집어 든 후, 곧바로 가장 몰리는 상황이던 제이를 도와주기 위해 달려갔다.

"크헉!"

"사야!"

제이를 상대하던 두 팰러딘이 로엔에게 관심을 돌리는 사이, 제이의 검이 한 기사의 복부를 관통했다. 입에서 쿨럭 피를 토해내며 기사가 바닥에 쓰러지자, 나머지 한 명의 기사가 쓰러진 기사의 이름을 외치더니 분노한 얼굴로 제이를 노려보았다. 그것을 느긋하게 바라보면서 로엔이 검을 어깨에 걸쳤다.

"오래간만인가요, 테이시온."

"악연이라고 해야 할지 나로선 판단하기 힘들군. 그렇지 않은가, 로엔 리스나르트?"

분노를 억제하지 못해 악귀처럼 일그러진 얼굴로 테이시온이 로엔을 노려보았다. 잠시의 틈이라도 보이면 터질 듯한 일촉즉발의 상황. 그 사이로 당연하다는 듯 제이 헌터가 한 발을 내디디며 말했다.

"이 녀석은 제 겁니다. 리스나르트 군은 다른 사람들을 도와주시죠."

"뭐, 둘 모두 덤빈다 해도 사양하지 않지. 시작은 어느 쪽이지?"

테이시온이 충만한 살기를 담아 내뱉었다. 다른 사람들의 상황을 돌아본 로엔은 대충 정리가 되는 듯하자 제이의 어깨를 툭 치며 말했다.

"수고해요. 전 워프 게이트를 부수도록 하죠."

"아아, 맡겨만 주시길."

제이는 히죽 웃으며 테이시온을 노려보았다. 그들을 뒤로하고 로엔은 이스카가 쓰러진 쪽, 워프 게이트를 향해 걸음을 옮겼다.

"오, 오지 마! 죽여 버릴 테다!"

이스카를 살피던 팰러딘이 위협하듯 외쳤지만, 그 검 끝은 떨리고 있었다. 최강의 이름이 무너진 충격이 큰 것일까. 쓸데없는 생각을 하던 로엔은 피식 웃으며 검을 그 팰러딘에게 들이대며 말했다.

"그 떨리는 손으로 날 죽여? 그러고도 오딘을 수호한다는 팰러딘인가. 목숨은 살려줄 테니 꺼져라."

"으아아—악!"

로엔의 말에 그 팰러딘은 검을 집어 던진 채 이스카를 버려두고 도망가기 시작했다. 하지만 그것도 헛되이 가이에가 던진 단검이 그의 목덜미를 꿰뚫었다. 로엔이 가이에를 돌아보자 가이에는 품에서 단검을 다시 하나 꺼내 들며 무거운 입을 열었다.

"추격병."

"네네네."

앞뒤를 다 잘라먹은 가이에의 말에 로엔은 한숨을 쉬며 워프 게이트로 시선을 돌렸다. 거대한 받침대 위에 고리가 하나 세워진 듯한 형태의 워프 게이트는 그 고리 안에 암흑의 빛이 혀를 날름거리며 어서 들어오라며 로엔을 유혹하고 있었다.

"그나저나… 이걸 어떻게 부순다."

막막한 얼굴로 워프 게이트를 바라보던 로엔은 문득 떠오르는 생각에 바닥으로 시선을 옮겼다. 로엔의 예상대로 워프 게이트 주변으로 십여 개의 마법진이 워프 게이트를 둘러싼 채 끊임없이 마력을 유동시키고 있었다.

"흠, 이건가?"

자신이 밟고 있는 마법진을 내려다보던 로엔은 밑져야 본전이라는 생각에 검을 거꾸로 잡았다. 끊임없는 마력의 흐름과 변환, 그것을 읽어가던 로엔은 마력의 흐름이 뭉치는 곳에 전력을 다해 검을 내려꽂았다.

파지직!

"크아아아아아아아아아아아―!"

로엔의 검이 마법진을 찌르는 순간, 마법진에서 일어난 거대한 스파크가 로엔을 휘감았다. 온몸을 갉아먹는 고통에 로엔은 비명을 지르며 쓰러질 것 같은 몸을 억지로 버티는 데 전력을 다했다. 검을 잡고 있는 손에 고통이 집중되었다. 스파크와 본능은 더 이상 버티지 말고 검을 놓으라 로엔에게 명령하고 있었다. 그것을 이성으로 누르며 로엔은 검을 놓치지 않기 위해 검을 쥔 손에 더욱 힘을 넣었다.

"크아아악―!"

로엔을 휘감은 스파크는 더욱 그 강도를 높여갔다. 날아갈 듯한 이성을 억지로 붙잡으며 로엔은 이를 악물었다.

"겨우… 이, 이런 데서……."

악다문 로엔의 잇새로 신음 같은 목소리가 흘러나왔다.

"이런… 데서……."

로엔은 꿇었던 무릎을 다시 일으켜 세웠다. 몸이 고통에 익숙해졌는지, 로엔을 엄습하는 스파크는 아까보다 견디기 편하게 느껴졌다. 다시 무릎을 살짝 굽힌 로엔은 전력을 다해 검을 쥔 팔을 들어 올렸다.

"무너져 버릴까 보냐!"

로엔의 절규와 함께 마법진에 꽂힌 검이 힘차게 뽑혀 나왔다. 순간 로엔을 감싸고 있던 스파크가 거짓말처럼 사라졌다.

털썩.

로엔이 힘없이 바닥에 주저앉아 거친 숨을 몰아쉬었다. 누적된 고통에 온몸의 근육이 아우성을 지르고 있었다. 로엔은 바닥에 대자로 뻗은 채, 워프 게이트로 시선을 옮겼다. 그곳에는 불길한 암흑의 빛이 사라진 한때 워프 게이트였던 조형물만이 남아 있었다.

"해낸 건가……."

멍한 표정으로 중얼거리던 로엔은 곧 검에 의지해 비틀거리며 자리에서 일어났다. 로엔의 시선이 앉아서 체력을 보충하던 다른 사람들과 마주쳤다. 그 순간,

"해냈다―!"

모두가 두 팔을 들어 올리며 환호성을 질렀다. 이제 탈출하는 것은 그들에게 있어 아무래도 좋았다. 애초에 목숨을 걸고 한 일이었다. 한 명도 죽지 않고 여기까지 온 것만 해도 그들에겐 기적이나 다름없었다.

로엔은 문득 생각났는지 제이 쪽을 돌아보았다. 그는 깊은 상처를 입은 듯 인상을 찌푸리며 옆구리를 지혈하고 있었다.

"테이시온은… 죽었나요?"

로엔의 물음에 제이는 씩 웃더니 엄지손가락으로 자신의 뒤를 가리켰다.

"적이니 뭐니 해도 멋진 놈이라, 일단은 방해하지 못하도록 만들어 뒀죠."

"비… 빌어먹을 녀석, 죽이지 못한 주제에 잘도 떠드는군."

테이시온은 오른쪽 어깨와 다리에 깊은 상처를 입은 채 쓰러져 비아냥거렸다. 그 말에 제이는 어깨를 으쓱하더니, 테이시온의 다리를 툭툭 건드리며 말했다.

"뭐, 나중에 전장에서 만나자구. 다시 한 번 밟아줄 테니 기대해도 좋아."

"하아, 너희들이 여기서 살아나갈 수 있을 것 같으냐?"

"이런, 이런. 상당히 미움받아 버린 것 같은걸?"

테이시온의 으름장에 제이는 다시 어깨를 으쓱했다. 그 모습에 희미하게 웃던 로엔은 몸에서 어느 정도 고통이 가시자 검을 쥐며 말했다.

"이제 돌아가는 일만 남았네요."

"그거 워프 게이트를 부수는 일보다 더 힘든 거 알고 있나? 솔직히 이 상태로는……."

거의 탈진 수준까지 지친 듯 크레시가 힘겹게 웃자, 로엔은 씁쓸하게 웃으며 대답했다.

"일단은 해봐야죠. 살아 있는 게 좋으니까요. 뭐, 제가 이거 하나만은 약속하죠. 만약 모두 살아서 티아매트에 돌아간다면 제가 제 전 재산을 털어서라도 술을 사겠습니다."

"하하핫! 그거 좋은 제안인데? 난 1430년산 브랜디로 부탁하지. 각오해야 할 거야."

로빈이 호탕하게 웃으며 자리에서 일어났다. 그것을 필두로 나머지 사람들도 입가에 미소를 띠며 하나둘 일어나기 시작했다.

"그럼……."

로엔이 운을 떼자 제이가 이어 말했다.

"반드시 살아 돌아가는 겁니다."

"1430년산 브랜디를 위하여!"

로빈이 그 뒤를 잇자 마지막으로 크레시가 멋지게 마무리했다.

"역시 결말이라면 해피 엔딩! 화려하다면 더욱 좋지!"

불가능한 임무를 가능하게 만든 다섯의 전사는 수많은 세이레인 병사들이 기다리고 있을 문으로 걸어가며 마음을 모아 외쳤다.

"자, 가자! 화려한 결말을 위해!"

Blood Knights

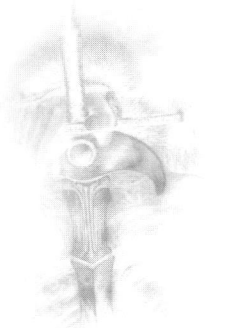

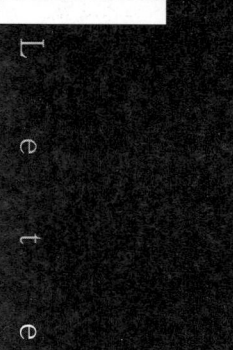

Letenia Saga

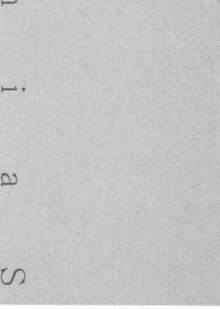

The Third Impact

Blood Knights

커다란 맥주 잔이 놓이고, 세이레인력 1430년산 브랜디가 콸콸 부어졌다. 기대를 가득 담은 반짝거리는 시선이 맥주 잔에 집중되었다.

"흐읍!"

보는 것만으로도 사람을 질려 버리게 만들 거대한 잔을 바라보며 심호흡을 하던 로엔은 마침내 그 잔의 손잡이를 잡았고, 망설임없이 입 속으로 흘려 넣었다.

꿀꺽. 꿀꺽. 꿀꺽.

장내는 조용했다. 주위 사람들의 마른 침 넘기는 소리와 로엔의 목으로 브랜디가 넘어가는 소리만이 장내를 지배하는 소리의 전부였다.

꿀꺽.

마침내 마지막 한 모금이 로엔의 목으로 넘어갔다. 그 순간,

"푸하아—! 화끈하게 원샷! 으라차!"

"오오오오~ 좋았어!"

"잘한다! 로엔, 화끈하게 잘도 마시는군!"

"오늘 술값, 제가 다 냅니다! 마음껏 마시세요!"

"좋았어! 그거 마음에 드는걸? 오늘 삐뚤어지게 마셔보자구!"

로엔이 거친 숨을 내쉬며 호쾌하게 외치자, 주변에서 긴장하며 바라보던 주당들은 박수를 치고 환호성을 지르며 떠들썩하게 웃고 자지러졌다. 전쟁의 여파를 찾아볼 수 없는 활기 찬 모습을 즐겁게 바라보던 로엔은 화끈하게 올라오는 술기운에 긴 트림을 했다.

"이야! 그렇게 잘 마시는 줄 몰랐는데요?"

제이가 로엔에게 엄지손가락을 치켜들었다. 하지만 로엔은 어림없다는 듯, 작은 잔으로 바꿔 브랜디를 따르며 말했다.

"제이에 비하면 양반이죠. 아까 두 잔이나 비웠으면서 대체 몇 잔째 마시는 거예요?"

"아하핫! 이거 말이지? 이제 큰 잔은 두 잔, 작은 잔은 일곱 잔째데? 왜?"

"…관두죠."

로엔은 할 말이 없는 듯 테이블의 땅콩을 몇 개 집어 입 안에 털어넣었다. 그 모습을 바라보던 로빈이 자신의 잔을 다 비우고는 로엔에게 다가와 말했다.

"리스나르트 군, 전 재산 다 털어먹으려면 아직 멀었지? 아, 아가씨, 마침 잘되었군요. 여기 안주, 최고급으로 두 개 더 부탁해요."

"알겠습니다."

로빈의 주문에 로엔의 안색이 팍 찌그러졌다. 그 비싸다는 1430년산 브랜디가 100병 단위로 소모되고 있었다. 그것만으로 큰 타격을 입을 판에 로빈은 로엔을 완전히 털어먹으려는 듯 인정사정없이 부어라 마셔라를 거듭하고 있었다. 로엔이 비어버릴 지갑을 생각하며 한숨을 쉬는데 옆에서 조용한, 하지만 듣는 사람을 전혀 생각하지 않는 언어가 나왔다.

"잠시 정지."

그 이상한 말투에 주문을 받은 아가씨는 의아한 듯 가이에를 돌아보았고, 가이에는 글라스에 와인을 따르며 조용한 목소리 그대로 말했다.

"적포도주, 남부 세톤 1417년산, 다섯 병 추가."

"하하하! 가이에도 역시 술 좀 마실 줄 아는구만!"

"……."

그 말에 크레시가 박장대소했다. 로엔이 황당한 얼굴로 가이에를 바라보는데, 그녀는 로엔을 힐끔 바라보더니 묵묵히 와인을 한 모금 넘기고는 말했다.

"약속."

그것이 치명타였다. 로엔은 할 말을 잃은 채 한숨만 푹푹 내쉬며 의자에 주저앉았다.

지금 이곳에서 하고 있는 것은 워프 게이트 파괴 성공과 로엔 일행의 기적적인 생존, 귀환을 축하하는 파티였다. 약속대로 돈은 로엔이 다 내는 것으로, 로엔은 신나게 마셔대는 기사들을 보며 이러다 파산하지 않을까 진심으로 걱정하기 시작했다.

워프 게이트 파괴 당시의 처절한 전투에서 모두는 기적적으로 살아오는 데 성공했다. 말을 타고 거침없이 외성 문을 돌파할 때의 길리언의 일그러진 얼굴을 생각하면 지금도 로엔은 웃음이 나와 견딜 수 없을 정도였다. 살아난 자의 여유, 그것을 한껏 만끽하며 로엔은 단숨에 잔을 비웠다.

"이렇게 즐거운 날에 무슨 생각을 하고 있는 건가? 혹시 연인 생각?"

크레시가 로엔의 잔에 브랜디를 따르며 물었다. 로엔은 미소 짓고는 술잔을 들며 크레시의 물음에 답했다.

"아뇨, 그때 생각을 좀 하고 있었습니다."

"하하, 지금 이렇게 살아 있으니까 하는 이야기지만, 그때 정말로 대단했지. 그대로 죽는 줄 알았다구."

"기적이라니까요."

로엔은 그렇게 대꾸한 후, 크레시와 건배하며 생각에 잠겼다.

"빌어먹을! 도대체가 끝이 없잖아, 이거!"

로빈의 외침 그대로였다. 워프 게이트가 있는 방을 빠져나간 지 5분도 못 되어서 로엔 일행은 한 떼거리의 세이레인 병사들과 마주쳤다. 죽을 둥 살 둥 그들을 돌파하고 나니, 엎친 데 덮친 격으로 이번에는 다시 20여 명의 기사들과 마주치고 말았다.

"저기다! 목숨 걸고 침입자들을 죽여라!"

게다가 뒤에서는 아까 돌파한 세이레인 병사들의 고함이 울렸다.

"이거, 앞에는 기사단에 뒤에는 병사들… 어떻게 하지?"

곤란한 듯 크레시가 중얼거렸고, 로엔은 잠시 고민에 빠졌다. 이대로라면 돌파할 방법이 없다. 그때 로엔은 자신의 왼손에 들린 것에 생각이 미쳤다.

"큰 소리가 나도 놀라지 말고, 기사들이 동요하면 재빨리 뛰어요! 그럼 갑니다!"

"뭘 하려는 겐가!"

"설명해 줄 시간 없어요! 제 말대로 큰 소리가 나면 죽도록 달리기나
하세요!"

로엔은 버럭 고함을 지르며 그대로 앞에 있는 기사단을 향해 핸드건
을 발포했다.

타앙―!

거대한 폭음이 복도를 울렸다. 그와 동시에 로엔과 대치 중이던 기
사 하나가 가슴에서 피를 뿜으며 뒤에 있던 기사 둘과 함께 나동그라
졌다.

"뭐, 뭐야!"

"마법은 아니고, 요술인가!"

가공할 핸드건의 위력에 기사단이 동요하기 시작하자, 로엔은 재빨
리 핸드건을 품에 넣고 돌진하며 외쳤다.

"지금입니다! 돌파해요!"

"좋아! 반드시 살아 나가는 거다!"

크레시의 외침과 함께 모두는 동요하는 빛이 역력한 기사들을 향해
돌진했다. 로엔의 검이 맨 앞에 있는 기사를 검과 동시에 양단했다. 기
사가 쓰러지며 피가 로엔의 전신에 튀었지만, 로엔은 신경 쓰지 않았
다. 이미 피로 목욕하다시피 한 몸이었다. 거기에 몇 방울의 피가 더해
진다 해서 달라질 것은 없었다.

"간다! 파이어 · 플레임 애로우!"

"으아악!"

체력을 생각한다면 마법을 쓰는 것 자체가 잘못된 것이겠지만, 지금
상황은 체력 따윈 무시하고 나가야 할 정도로 급박했다. 로엔의 플레

임 애로우는 앞을 가로막는 두 명의 기사에게 작렬했고, 그 사이를 뚫고 로엔은 기사들을 돌파하는 데 성공했다.

"허억, 헉! 파이어 · 윈드 · 파이어 월!"

로엔은 체력 저하가 느껴지는 것을 무시한 채, 억지로 마력을 끌어올려 지나온 길에 불의 장벽을 깔았다. 시간을 벌기 위한 수단이었다. 로엔은 갈수록 거칠어지는 호흡을 억지로 가다듬으며 잠시의 휴식을 만끽하는 일행을 돌아보았다.

"하아, 이러고 있을 때가 아닙니다. 어서 이 망할 왕성을 빠져나가야 해요!"

"알고 있어! 허억, 허억, 그럼 가자!"

로빈이 거친 숨을 몰아쉬며 그렇게 말했고, 그들은 다시 출구를 찾아 뛰었다.

"로엔"

옆에서 부르는 소리에, 로엔은 상념에서 깨어났다.

"아, 아버지군요. 축하라도 해주러 오신 겁니까?"

"녀석, 비꼬는 건 여전하구나."

제딘은 로엔의 옆에 앉아 어느새 옆 테이블로 옮겨 팔씨름을 하는 로빈과 크레시를 바라보았다.

"좋아! 로빈, 서부 기사단의 명예가 걸려 있다! 그대로 눌러 버려!"

"크레시! 지면 우리 중앙 기사단의 망신이다! 만약에 지면 죽을 줄 알아!"

이 술집의 주당들은 대부분이 나이트 길드의 소속이었다. 당연히 저 둘을 아는 사람은 존재하기 마련이었고, 그들은 열심히 각각 자기가 아는 쪽을 응원하며 불타오르고 있었다. 보아하니 근육이 좀 더 나온 크레시의 우세로군. 그렇게 나름대로 우세를 점치는 로엔을 바라보며 피식 웃음을 터뜨린 제딘은 로엔의 잔을 들어 한 모금 마시며 입을 열었다.

"이스카와 한 판 붙었다고 들었다."

"……."

"어떠냐, '듀크 오브 소드 마스터'와 붙어본 소감은?"

제딘의 물음에 로엔은 긴 한숨을 쉬며 대답했다.

"비록 쓰러뜨리기는 했지만 검으로 이기지 못했으니 제 완벽한 패배죠 뭐. 하지만 제가 지금보다 힘만 조금 더 있었다면 결코 지지 않았을 겁니다."

꽉 움켜쥔 로엔의 주먹은 떨리고 있었다. 분한 마음을 주체할 수 없었는지, 로엔은 고개를 숙이며 억울한 듯 내뱉었다.

"힘만 조금 더 있었다면… 그 이후로 전혀 근력이 늘지 않는다구요. 제기랄!"

"……."

테이블을 주먹으로 내려치는 로엔을 제딘은 묵묵히 내려다보았다.

"…분한가 보구나, 이기지 못한 것이."

"……."

로엔은 양손으로 얼굴을 감싼 채 다시 긴 한숨을 쉬었다.

"근력이 붙어주지 않으니 스피드 역시 늘지 않더군요. 전… 과연 이게 한계일까요?"

"……."

자조적인 물음에 제딘은 대답하지 않았다. 다시 브랜디를 따라 한

묵금 마신 제딘은 의자의 등받이에 몸을 기대며 천천히 입을 열었다.

"내가 이스카와 처음 싸웠을 때, 나 역시 절망했었다."

"……!"

로엔이 놀란 얼굴로 고개를 들자, 제딘은 피식 웃으며 말을 이었다.

"뭘 그리 놀란 얼굴로 쳐다보는 거냐. 결국은 내가 이겼고, 난 여기에 있으니 그걸로 되지 않았느냐?"

로엔은 다시 말없이 고개를 떨궜다. 제딘은 브랜디 잔을 내려놓더니 로엔의 머리를 쓰다듬으며 다시 말했다.

"내 평생 이스카와 여섯 번 싸워 여섯 번을 모두 이겼다. 하지만 모두 음지에서 싸워 이긴 것이라 그 사실을 아는 사람은 거의 없지. 솔직히 너와 마찬가지로 나 역시 이스카에게는 힘과 속도, 이 두 가지 모두에서 한 수 아래다."

"……?"

로엔은 고개를 들어 제딘을 바라보았다.

"하지만 난 이스카에게 단 한 가지 면에서 압도적인 우위를 점하고 있다. 네 생각에는 과연 그게 무엇일 것 같으냐?"

"아버지가… 이스카에게 우위인 것?"

로엔은 고개를 갸웃하며 제딘의 말을 되뇌었다. 그 모습에 제딘은 미소를 지었다.

"검의 기교. 이 한 가지만큼은 내가 이스카보다 압도적인 우위에 서고 있다."

"검의… 기교?"

로엔은 제딘의 말을 곱씹어보았다. 분명 어디선가 들어본 적이 있는 단어였다. 제딘은 로엔의 머리에 손을 올려놓은 채로 말을 이었다.

"그래, 검의 기교. 힘의 조절과 상대의 강력한 공격을 아무렇지도 않게 흘려버리거나 때로는 그것을 역이용해 공격하는 검의 기교 말이다. 난 이 검의 기교 하나만으로 이스카를 무리없이 제압할 수 있었다."

제딘의 말에 로엔은 그것을 어디서 들었는지 기억해 냈다. 그것은 한 권의 마법서로, 검에 관련한 이야기가 마법서에 기록되어 있다는 것에 흥미가 동해 읽었던 기억이 남아 있었다. 그리고 그 책의 저자는,

"…아스나트 이프론."

"그게 누구냐?"

"아, 아무것도 아니에요. 갑자기 그 이름이 생각나서……."

신음처럼 흘러나온 로엔의 말에 제딘이 의아한 듯 물었다. 그 물음에 로엔은 아무것도 아니라는 듯 얼버무리며 제딘의 말을 받아넘겼다.

로엔은 예전에 두 차례 만났던 그 마법사의 모습을 떠올렸다. 도저히 대단한 사람으로는 보이지 않는 그 얼빠진 행동들. 그런데 그 사람이 자신의 아버지와 동 레벨의 성취를 이룬 하이 레벨의 검사라는 것이 로엔은 도저히 믿겨지지 않았다.

제딘은 로엔의 얼버무림을 무심하게 넘기는 것처럼 보였다. 가볍게 두 주먹을 쥐었다 폈다 하던 로엔은 마음의 결정을 내렸는지 주먹을 움켜쥐며 제딘을 불렀다.

"아버지."

"왜 부르느냐?"

잠시 주저하던 로엔은 곧 굳은 얼굴로 제딘을 올려다보며 말했다.

"그 검의 기교라는 거, 가르쳐 주세요."

잠시 묵묵히 로엔을 바라보던 제딘은 이내 피식 웃으며 다시 로엔의 머리를 쓰다듬었다.

"말 안 해도 가르쳐 줄 생각이었다. 알고 있겠지만 내 수련은 혹독하다."

"그 정도는 각오하고 있다구요."

로엔 역시 웃으며 화답했고, 제딘은 다시 집어 든 잔의 브랜디를 단숨에 마신 뒤 자리에서 일어났다.

"난 이제 가봐야겠다. 서류 더미에 치어서 비명을 지르는 추태는 부리고 싶지 않으니까."

물론 프란을 의미하는 말이었다. 로엔은 프란이 서류 더미에 치어 비명을 지르는 장면을 상상하고는, 터져 나오려는 웃음을 애써 누르며 제딘에게 말했다.

"프라이슨 형에게 안부 전해주세요. 제발 추태는 그만둬 달라고."

"오냐."

제딘은 로엔에게 오른손을 가볍게 들어준 후 주점 밖으로 나갔다. 그 뒷모습을 계속 바라보던 로엔은 문득 뒤에서 들려온 목소리에 정신을 차렸다.

"아들은 아버지의 뒷모습을 보며 자란다라… 캬, 명언이로군요."

"어떻게……?"

깜짝 놀란 로엔이 돌아보자 제이는 씩 웃으며 대답했다.

"남자를 30년 정도 하다 보면 그 정도는 싫어도 다 알게 됩니다."

"그런가요?"

"그럼요, 나도 내 아버지의 뒷모습을 보며 자랐는데요. 자, 자, 술이나 마시자구요."

제이는 비어 있는 로엔의 잔에 브랜디를 따르며 웃었다. 그 잔을 집어 든 로엔은 마주 웃으며 잔을 들어 올렸다.

"음, 구호는 뭐가 좋을까요?"

"세이레인의 파멸을 위해. 어때?"

단순한 구호에 로엔은 고개를 저었다.

"그런 흔해 빠진 거 말고… 좀 시적이면서도 비참하고, 또 파멸적인 단어들로 이루어진 그런 거 없나요?"

"있지. 이름하여 '대공의 추락'이라고 말이지."

제이와 로엔의 시선이 동시에 오른쪽으로 향했다. 거기에는 크레시가 웃는 얼굴로 잔을 흔들며 서 있었다.

"대공의 추락이라……."

잠시 고개를 갸웃하던 로엔은 다시 고개를 가로저었다.

"역시 안 되겠어요."

"어째서어~!"

"너무 조악하니까."

로엔의 한마디에 크레시는 입을 다물었다. 스스로도 조악하다는 것을 인정하고 있는 모양이었다. 괜찮은 구호가 나오지 않자 셋은 머리를 맞댄 채 고민하기 시작했다.

"그럼 뭐가 좋지? 마땅한 게 없는데……."

"왜 그렇게 고민하는 거야?"

제이가 심각한 표정으로 고민하자 옆에서 로빈이 의아한 얼굴로 물었다.

"세이레인의 비참하고도 파멸적인 종말을 노래해 줄 그런 시적인 단어 혹시 없나 해서 찾아보던 중인데요?"

"흠, 그거 어렵군."

로엔의 대답에 잠시 고민하던 로빈은 셋과 마찬가지로 임시직 벙어리가 되었다. 그렇게 네 명의 주역이 전혀 고민할 필요가 없는 고민에 빠져 있는데, 로엔의 왼쪽에서 툭, 건조한 한마디가 들려왔다.

"세이레인의 핏빛 황혼을 위하여."

"바로 그거야!"

"아, 그런 게 있었군."

"마음에 드는걸? 그런데 누가 말한 거지?"

그 말에 모두는 박수를 치며 목소리가 들려온 쪽으로 고개를 돌렸다. 그 목소리의 주인공을 확인한 모두는 경악한 얼굴로 고함을 질렀다.

"오, 마이 갓! 오딘이시여, 제가 환청을 들은 것입니까!"

제이가 무릎을 꿇으며 기도를 올리자 믿을 수 없다는 표정으로 크레시가 물었다.

"가, 가이에 군? 방금 그거 자네가 한 말인가?"

"······."

가이에는 조용히 입을 다물었다. 하지만 듣지 않았으면 모르되, 이미 들어버린 모두의 추궁은 끝이 없었다.

"가이에, 길게 말할 수 있었어?!"

"그러고 보니······."

로엔의 외침에 로빈이 손바닥을 두드리며 중얼거렸다. 그 옆에 제이는 이미 끝없는 기도의 바다를 헤매고 있을 따름이었다. 자신에게 시선이 집중되자 가이에는 쑥스러운 듯 고개를 돌렸다.

"그만."

그때 다시 절규에 가까운 제이의 외침이 터져 나왔다.

"환청입니까! 제가 정녕 환청을 들은 것이란 말입니까!"

"그게 환청이었나? 나도 똑똑히 들은 것을 보면 분명 환청 같지는 않았는데……."

로빈이 멍하게 중어거리는 옆에서 크레시는 아예 가이에의 어깨를 붙잡고 흔들고 있었다.

"가이에 군, 제발, 제발 다시 한 번 말해 보게!"

"그만! 제, 제발 그만!"

그 와중에서도 끝까지 짧게 말하는 불굴의 가이에를 로엔은 존경스런 눈으로 바라보았다. 밤이 깊어가고 있었다.

다음날 아침. 로엔은 어렴풋이 잠에서 깨어났다. 숙취로 머리가 멍한 상태에서 로엔은 자신의 팔에 무언가 부드러운, 그리고 조금은 무거운 것이 있다는 것을 깨달았다. 폭신하고 부드러운 천의 느낌에 베개라고 판단했는지 로엔은 그것을 끌어당겼다. 베개라고 생각하기에는 지나치게 무거웠지만, 로엔은 아무 생각 없이 그것을 끌어안고 다시 잠들어 버렸다.

몇 시간 후.

"으, 으아악!!"

축제 뒷날의 늦은 아침은 주점 겸 여관을 울리는 로엔의 거대한 비명 소리로 시작되었다.

"로엔, 무슨 일입니까?"

여러 가십에 관심이 많은 사람답게 제이가 가장 먼저 방문을 박차고 들어왔다. 꼴사나운 포즈로 침대에서 떨어져 있던 로엔은 놀란 가슴을 진정시키며 침대를 가리켰다. 아니, 정확히 말해 방금 로엔의 비명에 술이 덜 깬 모습으로 일어나, 전혀 상황 파악을 하지 못하고 있는 가이에를 가리켰다.

"가, 가이에가 어째서 나와 함께 자고 있었던 거죠?!"

로엔의 물음에 제이는 로엔과 가이에를 번갈아 바라보더니 알았다는 듯 손가락을 딱 튕겼다.

"아하, 잠결에 보인 가이에를 여자로 착각해 덮치려다 남자인 걸 알고는 기겁해 침대에서 떨어진 거군요!"

"어떻게 해석하면 그런 결론이 나오는 겁니까!"

전혀 근거없는 제이의 추측에 로엔은 황당한 얼굴로 고함을 질렀다.

"에? 아니었어요?"

김샜다는 듯 따분한 표정을 하는 제이를 보며 로엔은 길게 한숨을 쉬었다.

"그거랑은 전혀 관계없는 이야기니까 쓸데없는 추측 하지 말아요. 그러나저러나 가이에가 어째서 나와 같은 방에서 자고 있었던 거예요?"

"그건⋯⋯."

"그건?"

제이가 뜸을 들이자 로엔은 자리에서 일어나며 제이의 다음 말을 기다렸다.

"저도 몰라요. 저도 뻗었거든요."

"제가 바보였습니다."

로엔은 잠시나마 제대로 된 대답이 나올 거라 생각한 자신을 탓하며 한숨을 쉬었다.

"하는 수 없죠. 좀 이따 크레시나 로빈에게 물어보는 수밖에."

대충 세면을 마친 로엔이 가이에와 함께 아래로 내려가 보니, 대부분의 사람들이 숙취에 괴로워하는 모습으로 아침 식사를 하고 있었다. 그런데 그 와중에서도 해장이라며 술을 마시는 군상이 있어 로엔을 아연케 했다.

"저기 말입니다."

옆에서 들려온 목소리가 로엔의 정신을 깨웠다. 로엔이 고개를 돌려보니 여관의 마스터가 난처한 얼굴로 로엔을 바라보고 있었다.

"무슨 일이시죠?"

"그러니까 이거……."

마스터는 로엔에게 종이를 한 장 내밀었고, 그것을 받아 든 로엔은 순식간에 굳어버렸다.

"하느님, 맙소사."

로엔은 이마를 덮으며 고개를 들었다. 그것은 어젯밤 동안 나이트 길드의 주당들이 먹고 마신, 상상을 초월하는 금액이 찍힌 요금 계산서였다. 그 액수를 믿기지 않는다는 듯 바라보던 로엔은 여기저기서 숙취로 머리를 싸쥐고 있는 기사들을 바라보며 한숨을 흘렸다.

"아, 리스나르트 군, 내려온 건가?"

마침 계단에서 내려오던 로빈이 반색을 하며 로엔에게 다가왔다. 로엔이 축 늘어진 것이 의아했는지 로빈은 이내 고개를 갸웃하며 로엔에게 물었다.

"리스나르트 군, 표정이 왜 그 모양인지?"

로엔은 대답없이 한숨만 길게 내쉬었다. 그 모습에 로빈이 더 의아한 표정을 짓는데, 로엔 옆의 가이에게 한마디를 툭 던졌다.

"계산서."

"계산서? 대체 얼마가 나왔기에……."

로엔의 손에서 계산서를 낚아채 훑어보던 로빈의 얼굴이 경악으로 물들었다. 잠시 뚫어져라 계산서를 바라보던 로빈은,

"허허, 이것참. 잘 먹었네, 로엔 군."

겸연쩍은 표정을 지으며 로엔에게 계산서를 넘겨준 뒤 슬그머니 테이블로 꽁무니를 뺐다. 마치 갈아죽일 듯한 얼굴로 그를 노려보던 로엔은 뒤에서 가이에가 한숨을 푹 내쉬는 소리에 고개를 돌렸다.

"……."

하지만 그곳에도 로엔의 편은 없었다. 묵묵히 로엔을 지나친 가이에는 빈 테이블로 걸어가 그 특유의 말투로 이것저것 먹거리를 주문하기 시작했다. 물론 로엔에게는 시선 한 번 주지 않았다.

"……."

믿을 사람 하나도 없다더니. 로엔은 허망한 얼굴로 주점 안을 바라보다 문득 카렌을 떠올렸다. 바보 같고 멍하지만 결코 자신을 버리지 않을 것 같은 웃는 표정을 떠올리며, 로엔은 다음부터 카렌을 갈구지 않겠노라 굳게 결심했다.

"때는 지금입니다! 워프 게이트가 파괴되어 보급선이 길어져 물자 부족을 겪고 있는 세이레인 주둔군을 칠 기회는 바로 지금뿐입니다! 마스터, 결단을!"

로엔은 한심한 표정으로 옆에서 열변을 토하는 기사를 바라보았다. 제딘은 침묵했고, 대신 그 오른쪽으로 세 번째 자리에 앉은 사람이 일어나 그 기사의 말에 반박했다.

"전 그렇게 생각하지 않습니다. 확실히 세이레인 주둔군이 제대로 된 보급선을 구축하지 못한 상태라 보급에 어려움을 겪는 건 사실이지

만, 현재 우리의 병력은 기사와 실 전투 병력을 포함해서 겨우 5만. 총 13만에 이르는 세이레인의 대병력을 치기에는 너무나도 부족한 병력입니다. 그렇기 때문에 전 워프 게이트의 파괴로 벌어놓은 시간 동안 모병이나 용병 고용 등을 통해 전체적인 병력의 재편성을 해야 한다고 생각합니다."

"흐응……."

로엔은 그럴듯한 논리에 고개를 끄덕였다. 발언을 끝낸 남자가 자리에 앉자 좌중은 다시 조용해졌다. 제딘은 눈앞의 서류만 보고 있을 뿐, 아무런 말도 하지 않았다.

이곳, 토라 재건군 임시 사령부의 회의장에서는 강경 주전파들의 요청에 따른 참모 회의가 열리고 있었다. 강경 주전파들의 진격론은 하나같이 워프 게이트의 파괴에 따른 세이레인의 보급력 저하에 그 기반을 두고 있었는데, 로엔이 보기에는 한마디로 개소리였다. 아무리 보급에 어려움을 겪고 있다 해도, 세이레인은 1만의 기사단을 포함, 총병력 13만의 대군세를 보유하고 있었다. 비록 2만으로 기사단의 수가 우위에 있다 하나, 총병력 5만도 채 되지 않는 토라 재건군이 선공을 가하기에는 전력이 턱없이 부족했다. 이 부족한 전력으로 적이 들어앉은 요새를 공략한다는 것은 완벽한 바보 짓이라 해도 과언이 아니었다.

로엔의 옆에 앉아 있던 기사가 다시 일어나 말했다.

"하지만 시류라는 것이 있습니다! 우리가 병력을 재편하기도 전에 세이레인에서 워프 게이트를 복구하거나 안정된 보급선을 구축한다면 그때야말로 이쪽이 괴멸하는 날일 것입니다. 그전에 적에 타격을 입혀 끝장을 내야 합니다."

한심할 뿐만 아니라 저능하기까지 한 생각에 로엔은 길게 한숨을 쉬었다. 열변을 토하는 저 기사는, 워프 게이트를 구축하는 데 어째서 수십억이라는 천문학적 액수가 소모되는지 모르는 모양이었다.

그 기사의 말을 반박하던 남자가 다시 일어나 그의 말을 받았다.

"지금 그렇게 말씀하고 있지만 실제로 그렇게 될 가능성은 극히 희박합니다. 워프 게이트의 구축을 위해서는 수십억 아데나에 상당하는 거금이 들어가는데 이는 부서진 워프 게이트를 수리하는 데도 최소 5억 아데나 이상의 거금을 투입해야 한다는 것을 의미합니다. 이런 전시에 그런 쓸데없는 일에까지 국력을 쏟아 부울 정도로 세이레인의 철혈황제 길리언 네오토라가 그렇게까지 바보라고는 생각하지 않습니다만."

"그, 그것은……."

논리 정연한 남자의 지적에 기사는 더 말을 잇지 못하고 입을 다물었다. 거의 경멸에 가까운 모습으로 그것을 바라보던 로엔은, 다시 한숨을 쉬며 자리에서 일어났다.

"제가 한말씀 드리겠습니다. 확실히 워프 게이트의 복구는 가능성이 희박한 일이니, 아마도 세이레인은 이제 안정적인 보급을 할 수 있는 병참선을 구축하려 최대한 노력을 기울일 것입니다. 그렇기 때문에 우리는 앞에서 세이안님이 말씀하신 것과 같이 모병이나 용병 고용 등을 통한 병력 증강에 최대한의 노력을 기울일 때입니다. 하지만 용병 고용이나 모병 같은 경우, 이쪽에 승산이 있다 판단되지 않는 한은 쉽게 우리 군에 들어오려 하지 않을 것입니다."

"그래서 말하고 싶은 게 뭔가, 리스나르트 군?"

로엔은 목소리가 들려온 쪽으로 시선을 돌렸다. 마법의 탑의 마스터, 스아딘이 느긋하게 그를 바라보고 있었다. 그쪽을 향해 살짝 미소를 지어준 로엔은 흥미있는 듯 자신을 바라보는 제딘에게로 말했다.

"하지만 한 달 안으로 획기적인 전술상의 승리를 거둔다면 이 상황은 크게 달라지리라 생각됩니다. 그렇기 때문에……."

여기까지 말한 로엔은 숨을 크게 들이키며 좌중을 둘러보았다.

"기사단을 동원해 주둔군의 수송 부대를 공격, 세이레인의 보급을 차단하는 작전을 제안합니다."

"각하한다."

로엔의 말이 끝나기가 무섭게 제딘의 나직한 목소리가 회의장을 울렸다. 제딘의 얼굴은 아까와는 달리 평소의 권태 섞인 얼굴로 돌아가 있었다. 로엔이 멍한 얼굴로 제딘을 바라보자 제딘은 당연한 듯 각하의 이유를 설명했다.

"성공 가능성이 희박할뿐더러 성공한다 해도 이쪽의 피해가 클 것을 감수해야 하는 작전이다. 왜 성공 가능성이 희박한지는 직접 생각해 보도록."

"좋은 생각이긴 한데, 그렇게 마음대로 되어줄지가 문제지."

로엔의 말을 들은 프란이 간단하게 논평했다. 프란은 눈으로 서류를 보면서 손으로 식기를 잡고 입으로 끊임없이 음식을 씹으며 로엔에게 말하는 진기를 선보였는데, 저것이 바로 그 '서류 더미에 치어 비명을 지르는 추태'가 아닌가 로엔은 생각했다.

어쨌든 논평을 끝낸 프란은 서류의 검토를 계속했고, 로엔은 이해하지 못한 듯 프란에게 불평했다.

"하지만 성공한다면 이 이상 좋은 작전은 없잖아요."

"그것도 '성공한다면'이라는 이야기가 붙을 때의 문제지. 하지만 길리언도 바보는 아니니까, 그런 생각쯤은 당연히 하고 있을 테고 또 대비를 하고 있지 않을까?"

로엔은 대답하지 않았다. 프란의 말이 옳았던 탓이다. 로엔이 입을 다물자, 프란은 우물거리던 야채를 삼키고는 다시 자신의 생각을 덧붙였다.

"아마도 길리언이라면 후속 부대를 몇 개로 나누어 보급품과 함께 보낼 거다. 그 병력은 부대당 2만 정도로 예측할 수 있지. 정확한 정보도 없이 소수의 기사단으로 그들을 공격한다는 건 아마도 자살 행위와 마찬가지의 일이 될 거다."

방으로 돌아온 로엔은 자신이 제안한 작전에 관해 세부적인 재검토를 시작했다. 프란의 말대로라면 로엔이 구상한 작전이 성공할 확률은 희박했고, 그것을 제딘이 각하한 것은 당연한 일이었다. 무언가 획기적인 전술상의 변화를 주지 않는 이상, 세이레인의 뒤통수를 치기란 대단히 힘든 일이었다.

장시간 고심을 거듭하던 로엔은 마침내 계획이 섰는지, 내일 제딘에게 제출할 보고서를 작성하기 위해 테이블에 앉아 펜을 들었다.

"이게 뭐냐."

제딘은 산처럼 쌓인 서류를 검토하다 말고 로엔이 내민 보고서에 눈살을 찌푸렸다. 제딘의 시선에 로엔은 어깨를 으쓱하며 말했다.

"어제 제가 제안했던 작전의 세부적인 전술에 관한 보고서입니다. 한번 읽어보고 평가해 주세요."

로엔은 숙제 검사를 받는 학생 같은 기분으로 보고서를 훑어보는 제딘을 바라보았다. 한 번 더 그 보고서를 읽어본 제딘은 보고서를 책상에 내려놓으며 로엔을 바라보았다.

"확실히 저쪽이 예상 못할 방법이긴 하다만, 이쪽의 피해도 상당히 생기지 않겠느냐?"

"거기에 대해서도 대책이 있습니다. 일단 맡겨만 주세요."

로엔이 가슴을 펴며 대꾸하자 제딘은 가벼운 한숨을 쉬었다. 검토하다 만 서류를 다시 집어 들며, 제딘이 로엔을 바라보았다.

"알고 있겠지만, 난 자신이 책임지지 못할 말을 하는 것을 가장 싫어한다."

"그건 알고 있어요."

로엔이 어깨를 으쓱하자, 제딘은 다시 서류로 시선을 옮기며 말했다.

"믿어보기로 하지. 요청한 대로 사흘 안에 정보를 입수해 주겠다. 그리고 중앙 기사단과 아사신 길드, 그리고 마법사단에서 1천의 정예를 선발하는 것도 허가하도록 하지. 귀관의 건투를 빌겠다."

"믿고 맡겨주시니, 최선을 다하겠습니다."

경례를 붙인 로엔이 밖으로 걸음을 옮겼다. 그 손이 막 문고리를 잡으려던 찰나, 제딘의 목소리가 로엔을 붙잡았다.

"로엔."

"네?"

로엔이 의아한 얼굴로 돌아보자, 제딘은 씁쓸한 얼굴로 로엔에게 당부했다.

"너무 무리하지는 말거라. 위험하다 싶으면 반드시 후퇴하도록 하고."

"걱정 마세요. 제 몸 정도 간수할 능력은 있으니까요."

제딘의 걱정에 로엔은 씨익 웃으며 대답했다. 고개를 끄덕인 제딘은 다시 서류로 시선을 돌렸고, 로엔은 집무실을 나와 해야 할 일을 위해 힘차게 걸음을 옮겼다.

"카렌, 왔구나!"
"응, 잘 지냈어?"
카렌과 로엔은 와락 껴안으며 서로의 우정을 재확인했다. 잠시 서로의 안부를 물은 다음, 로엔은 카렌에게서 한 걸음 물러나며 물었다.
"빌렌슈타인에서 힘들지 않았어? 체시아가 괴롭히거나 하지 않았어?"
체시아를 싫어하는 로엔으로선 당연한 질문이었다. 그러나 카렌은 고개를 저으며 밝게 웃었다.
"응. 나 로엔이 떠난 이후로 전투에 한 번밖에 안 나갔어. 한 번 나갔더니 체시아가 나 나가지 말라더라? 나야 편하고 하니 당연히 그 요청을 받아들였지만, 왜 그런지 모르겠어."
카렌이 고개를 갸웃거리며 고민하는 것을 보며, 로엔은 깊게 한숨을 쉬었다. 강력한 전력을 전열에서 제외하는 체시아의 심정에 깊이 동감한 탓이었다. 아무튼 로엔은 카렌의 팔을 잡아끌며 안으로 걸음을 옮겼다.
"들어가자. 안에서 기다리고 있는 사람들이 있으니까."

넓은 강당. 이 강당 안에 나이트 길드가 점령에 성공한 여섯 군데 요새에서 모여든 최정예의 병력이 모였다. 그 수는 대략 1천여를 헤아렸다.
로엔이 앞에 마련된 연단으로 올라가자 자연스럽게 그에게로 시선이 집중되었다.

"자, 다들 주목하십시오. 여기 있는 제가 바로 이번 작전의 지휘를 맡게 될 로엔 리스나르트입니다. 잘 부탁드리겠습니다."

로엔의 말이 끝나기가 무섭게 여기저기에서 불평이 터져 나왔다. 그것은 '저런 애송이 녀석이 이번 작전의 지휘자야?' 혹은 '죽지 않게 기도나 해둬야겠군' 따위의 불평으로, 로엔의 경력이 일천한 것을 트집 잡는 발언이 많았다. 로엔은 테이블을 탕탕 두드려 불평을 잠재운 다음, 하려던 말을 계속 이어갔다.

"여기 모이신 여러분은 우리 토라 재건군에서도 최고의 실력을 가지고 있다 알려진 최정예 기사, 아사신, 그리고 마법사 분들이십니다. 여러분들은 명실공히 이 레트니아 대륙 최강이라 불릴 자격이 있는 분들이란 이야기입니다. 하지만 이런 최강의 병사들로 편성이 된 군대라도 지휘 계통이 엉망이 되면 오히려 오합지졸보다도 못하다는 사실을 여러분은 잘 알고 계실 거라 믿습니다!"

"그거야 당연한 이야기 아냐?"

"보아하니 새까만 애송이 주제에 뭘 말하려고 저러는 거야?"

다시금 불평이 터져 나왔다. 하지만 모두 다 로엔이 예상하는 범위 내였기에 로엔은 빙긋 웃으며 연설을 계속했다.

"그렇기 때문에 전 여러분이 다소 마땅치 않다 생각되실지 몰라도 제 명령에 확실하게 따라주시리라 믿고 있습니다. 그럼 앞으로 동료가 되실 분들과 이야기라도 나누시면서 얼굴을 익혀두고, 이번 작전에서 자문을 구할 참모진의 명단을 발표하겠습니다. 호명되신 분께서는 2층에 있는 회의실로 와주시기 바랍니다."

잠시 후, 2층의 회의실에서 금발을 짧게 깎은 기사가 탁자를 두드리며 외쳤다.

"도대체가 말이 되지 않는 작전입니다. 이건 용병학의 상식에 완전히 어긋나 있는 작전 아닙니까!"

"맞습니다! 차라리 매복하고 있다가 습격하는 것이……!"

거기에 맞장구치는 다른 기사를 한심한 얼굴로 바라보던 로엔은 머리가 지끈거리는 것을 애써 억누르며 그들에게 반론했다.

"대체 용병학상의 상식이란 것이 무엇입니까? 꼭 매복해서 습격을 하고, 정공법에 맞추어서 공격을 해야만 용병학상의 상식에 맞는 것입니까? 할 말이 있으면 한번 해보시죠."

로엔의 말에 원탁을 둘러싸고 앉아 있던 네 명의 사람 중 타오를 듯한 붉은 머리를 가진 중년의 기사가 일어났다. 로엔이 기억하기로 그린이라는, 외모와 완벽한 미스매치를 보여주는 이름을 가진 기사였다.

"수송대가 지나갈 것이라 예측되는 이 케이오스 협곡은 매우 좁습니다. 오른쪽에는 숲이, 반대 편에는 절벽이 있는 이 협곡은 매복하기에는 최적의 장소입니다. 거기다 협곡 자체가 좁아서 세이레인 군이 대군이라 해도 길게 늘어져서 행군을 하는 수밖에 없습니다. 차라리 오른쪽 숲에 매복해 있다가 수송 부대가 지나갈 때 기습을 가해서 보급품만을 불태워 버리고 퇴각하는 것이 좋다고 생각합니다만."

좋은 작전이었다. 하지만 그것을 제시했다 제딘에게 퇴짜를 맞은 경험이 있는 로엔은 고개를 가로저으며 그린에게 반론했다.

"저도 그 생각을 안 해본 것은 아닙니다. 하지만 이 케이오스 협곡은 방금 그린님이 말씀하신 대로 매복에는 최적의 장소이기 때문에 다른 곳은 몰라도 이곳만은 세이레인 군도 철저하게 방비를 하면서 지나갈 것입니다. 거기다 현재 아군에게 필요한 것은 보급품의 탈취, 혹은 소각이 아니라, 현재 계획하고 있는 병력의 재편에서 용병의 고용이나 모병 시에 많은 수의 군사가 아군 측에 가담하게 만들 그런 파급 효과가 큰 전술상의 승리입니다. 그냥 보급 부대를 박살 내는 것 가지고는 절대 방금 언급한 그런 효과를 얻을 수 없습니다."

그린은 옳다고 느꼈는지 로엔의 말에 입을 다물었다. 로엔은 더 이상 의견을 제시하지 않는 네 명의 참모를 돌아보며 분명한 목소리로 못을 박았다.

"더 이상 다른 의견이 없으시다면 이 작전으로 실행하도록 하겠습니다. 그럼 시간이 얼마 없기 때문에 내일 아침에 케이오스 협곡으로 출발하도록 하겠습니다. 여러분의 건투를 빕니다."

Keious Battle

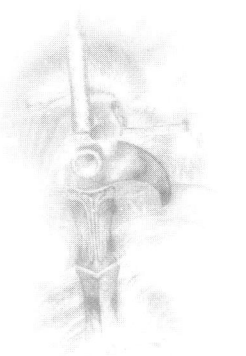

The Fourth Impact
Keious Battle

케이오스 협곡. 케네스 산맥 중앙부에 위치한 대협곡이자 세이레인과 토라를 이어주는 몇 안 되는 관문이라는 점에서 전략, 전술상으로 중요한 요충지인 이 케이오스 협곡은 세이레인의 토라 점령 작전 때 워프 게이트의 등장으로 사실상 유명무실한 요충지가 되었었다. 하지만 워프 게이트가 부서져 제 기능을 수행하지 못하는 지금 케이오스 협곡은 세이레인의 토라 주둔군에 있어서는 목줄을 쥐고 있는 중요한 관문 중 하나가 되어 있었다.

"나와 마법사단은 산맥을 우회해서 절벽 위로 올라갑니다. 가이에와 크레시님이 이끄는 기사단은 멀리 떨어진 곳에서 매복해 주세요. 절대 협곡 가까이에 붙어서 정찰병에게 들키거나 하면 안 됩니다. 만약 들켜 버린다면 이번 작전은 완벽한 실패로 돌아가는 겁니다. 그리고 협곡 가까이 붙는다면 매복한 아군이 기습하기 전 한 발 앞서 개시할 공격에 휘말리게 될 우려가 있습니다. 아시겠습니까?"

로엔의 말에 가이에와 크레시는 고개를 끄덕였다. 로엔은 그것을 보고는 지도에 그려진 케이오스 협곡을 손가락으로 가리키며 좌중에게 말했다.

"이번 전투는 지금까지의 고정 관념을 완전히 뒤엎어 버리는 전투가 될 것입니다!"

"후우, 도대체 로엔 군이 무슨 생각을 하고 있는지 모르겠군. 겨우 1천명밖에 안 되는 병력 중에 그나마 마법사단이 300을 차지하고 있다니. 대체 저 쓸모없는 마법사단을 어디다가 써먹는다는 거야?"

"……."

크레시의 투덜거림에 가이에는 아무 말도 하지 않은 채 어깨를 으쓱했고, 크레시는 그런 가이에의 반응에 더욱 답답한지 가슴을 두드리며 말했다.

"게다가 전투란 모름지기 평원에서 해야 제대로 된 전술을 펼칠 수 있을 텐데 병력을 운신하기 어려운 이런 협곡에서 전투를 하려 하다니. 참모들도 예전의 작전 회의 이후에는 꿀 먹은 벙어리처럼 아무런 말도 하려들지 않고. 나원참, 답답해서 이거야. 작전 회의에 참석을 하지 않았으니 알 길이 있나."

"……."

"아아악! 가이에 군, 조용히 있지 말고 농담이라도 좋으니 좀 해보도록 하게!"

가이에는 머리를 쥐어뜯는 크레시의 우스꽝스러운 모습을 보고는 결국 웃어버렸다.

로엔은 카렌과 함께 협곡 위의 절벽에서 아래를 바라보고 있었다. 이 절벽의 높이는 약 40m 정도 되었는데, 로엔은 이 정도의 높이임에도 불구하고 안심이 되지 않았는지 마법사단의 포진을 절벽에서 10m 정도 뒤로 물러서 하도록 지시했다.

"이길 자신은 있는 거야? 거의 10:1의 전투라고, 이번 전투."

카렌의 물음에 로엔은 바람에 흩날리는 머리를 뒤로 쓸어 넘기며 말했다.

"글쎄, 하지만 우리에게는 저쪽이 전혀 예상 못할 작전이 있잖아. 거기다가 천 명뿐이라지만 최강의 기사들과 마법사들만 모아뒀고, 체시아가 빠지기는 했지만 왠지 체시아가 실제로 오려고 한다면 이쪽에서 사양하고 싶군."

카렌은 로엔의 대답에 킥킥 웃었다. 언제나 서로에 대한 냉소로 시작해서 결국은 욕설로 끝나는 둘의 말다툼이 생각났기 때문이리라. 킥킥 웃는 카렌을 로엔은 못마땅한 표정으로 바라보면서 카렌에게 물었다.

"어이어이, 내가 체시아와 앙숙인 게 그렇게 재미있는 거냐?"

"아아, 미안. 하지만 실제로 재미있잖아. 너와 체시아 둘이 싸우는 거 보면서 웃지 않는 사람, 거의 없을걸?"

"망할 녀석."

로엔은 한숨을 내쉬고는 입을 다물어 버렸고, 카렌은 다시 킥킥 웃었다.

"하아, 왠지 조용한데? 뭔가가 빠진 것처럼 허전한 느낌이 들어."

"그렇군."

의미 불명의 말과 의미 불명의 대답이었다. 로엔은 피식 웃고는 다시 바람에 흩날리는 머리를 쓸어 넘기고는 말했다.

"내 미래를 위해서라도 이번 승리는 반드시 가져가야겠어."

승리를 거둘 것을 결의하고 있는 것은 지난번의 예상치 못한 수도 습격 사건으로 보급에 절대적인 도움을 주던 워프 게이트가 박살나 코가 대자나 빠진 세이레인 보급 부대 측도 마찬가지였다.

이쪽 역시 착한 어린이들은 모두 잠들어 있을 시간임에도 불구하고 케이오스 협곡을 지날 때 있을 게 확실시되는 토라 주둔군의 매복이나 기습 등에 대비한 작전 회의를 열고 있었다.

"떠나기 전에 길리언 전하께서 말씀해 주신 대로 놈들은 이 케이오스 협곡에 진을 치고 있을 가능성이 굉장히 높다. 숲을 철저히 수색해서 놈들을 찾아내는 것이 중요할 것이다."

말을 마친 이는 그동안 세이레인 최강으로 여겨지던 일곱 팰러딘이 겨우 다섯 명의 침입자에게 처참한 패배를 당한 후 여섯이 죽어버린 공백을 메우기 위해 빠져나간 자리에 새로 임명된 익제큐터 그라인이었다. 그는 토라 주둔군에도 그 무훈으로 잘 알려져 있는 자로, 용병술에는 능하나 창의적인 전술을 펼치는 데에는 미숙하다는 평가를 받는 노련한 신관 전사였다.

그가 말을 마친 뒤 디바이너의 마크를 어깨에 달고 있는 자가 일어났다. 익제큐터 그라인은 희미한 미소를 띠며 일어난 젊은 디바이너에게 말했다.

"디바이너 데니로군. 무슨 좋은 생각이라도 떠오른 건가?"

디바이너 데니는 그라인의 미소에 역시 미소로 답하며 말했다.

"일부러 허점을 보이는 것은 어떻습니까?"

"일부러 허점을?"

그라인은 무슨 말을 하려는지 알겠다는 듯 턱을 쓰다듬으며 반문했고, 데니는 알고 있으면서도 자세한 설명을 요구하는 그라인을 보고는 약간 난감한 표정을 지으며 말했다.

"네. 말 그대로 허점을 보여 매복한 망국의 잔당들을 끌어들이는 겁니다. 그리고 앞뒤에서 포위 섬멸하는 거죠. 이쪽이 1만이나 되는 대병력이라 운신하기 어렵다는 단점이 있기는 하지만, 저쪽 역시 그걸 알고 있는 이상 역시 많은 병력을 매복해 두지는 않았을 것입니다. 그걸 이용하자는 거죠."

"그런 것이었군. 어떤가?"

좋은 생각이라 여기며 그라인은 앉아 있는 참모진을 돌아보았다. 하지만 곧 한 참모의 입에서 반론이 나오자 그는 약간의 좌절감을 느껴야 했다.

"저쪽이 만약 이쪽을 격파한다는 목적으로 나온 것이 아닌, 치고 빠질 작정으로 나온다면 어찌시겠습니까? 허점을 보이더라도 수송하고 있는 군량 쪽에는 치밀한 방비가 필요하다고 봅니다만."

확실히 옳은 말이었다. 이 수송 부대의 목적은 지원 병력의 의미도 가지고 있었지만, 궁극적인 목적은 바로 이 부대가 수송하고 있는 대량의 군량에 있었다. 군량이 없으면 아무리 정예들로만 구성된 부대라도 전쟁을 수행할 수 없는 것이다.

그라인은 그 참모의 말에 고개를 끄덕였고, 곧 결론을 내렸다.

"디바이너 데니의 작전을 채용한다. 단, 군량에 대해서는 철통같이 방비해야 할 것이야. 데니, 자네에게 군량을 맡기겠네. 최선을 다해주게나."

당연히 자신이 선봉이 될 것이라 믿었던 데니의 얼굴이 약간은 찡그려지는 것을 보면서 익제큐터 그라인은 꽤 즐거운 기분이 될 수 있었다.

양쪽 군대에서 상대방의 작전을 어떤 방식으로 예측하고 어떻게 대비를 하든지 간에 밤은 가고 아침은 찾아온다. 케이오스 협곡 어귀에 진을 치고 야영을 한 세이레인 군이 케이오스 협곡 안으로 진입하는 것을 시작으로 전투의 서막이 열렸다.

저 절벽 앞에서 언젠가 책에서 본 적이 있는 가자미마냥 납작하게 엎드려 세이레인 군의 동태를 살피던 카렌이 부리나케 자신에게 달려오는 것을 본 로엔은 카렌이 달려오다 돌부리에 걸려 넘어져 버리자 그야말로 한심한 표정을 지으며 넘어져 있는 카렌의 옆구리를 찌르면서 말했다.

"야, 살아 있냐?"

그 모습을 말없이 지켜보던 마법사들은 그들의 지휘를 맡고 있는 로엔에게 더욱 더 한심하다는 표정을 지어주었고, 머쓱해진 로엔은 그들을 외면하고는 카렌을 잡아 일으켜 세우며 자신이 알고 싶은 것에 대해 물었다.

"어때? 움직이기 시작한 거냐?"

"응. 대단하던데? 1만 명이 주욱 늘어서 들어오는 거라 병력이 더 많아 보여."

아픈 곳들을 어루만지며 말하는 카렌에게 로엔은 고개를 끄덕이고는 절벽 쪽을 한번 힐끔 바라본 다음 뒤에 있는 마법사들에게 말했다.

"여기 오면서 가져온 술통 비슷하게 생긴 통 있죠? 그것들 다 가져 오세요."

"쳇, 우리가 이런 육체 노동을 해야 한다니 뭔가 바뀐 게 아냐?"

로엔의 말에 그들은 대체적으로 위의 말에 해당하는 불평들을 늘어 놓으며—하지만 움직이지 않는 사람은 없었다—수백 개에 달하는 통들을 절벽 앞으로 가져왔고, 카렌은 그 통들을 보고는 의아한 얼굴로 로엔에 게 물었다.

"이게 다 뭐야?"

로엔은 그 술통 비슷하게 생긴 것들을 바라보다가 고개를 돌리며 씨 익 웃었다.

"소도구."

"소도구? 대체 저 안에 뭐가 들어 있길래?"

"보면 알아."

로엔은 그렇게 카렌의 말을 일축한 다음 그 통들을 적당한 간격으로 절벽 끄트머리에 배열하기 시작했다. 그 일은 꽤나 시간이 걸리는 일 이었고, 세이레인 군에 들키지 않도록 조심하면서 그 일을 끝냈을 때는 거의 대부분의 세이레인 군이 계곡 안에 들어와 있었다.

"좋아, 이 정도면 되겠군."

로엔은 히죽 웃으며 그렇게 중얼거리고는 뒤에서 자신의 명령을 기 다리고 있는 마법사들에게 말했다.

"이제부터 시작입니다. 지금까지 저 통에 무엇이 들어 있나 궁금해 하셨을 텐데 이젠 말씀드리죠. 저 안에는 기름과 여러분이 쓰시는 시 약 등, 인화성 물질들이 대량으로 들어 있습니다. 제 작전은 저 기름들 을 모두 절벽 아래로 떨어뜨린 다음 여러분들의 마법을 이용해 불을 붙인다는 겁니다. 아시겠습니까?"

그제야 마법사들의 눈에 이채가 스쳐 갔다. 로엔이 무슨 일을 벌이려고 하는지 거의 눈치 챘기 때문이다.

"하하, 눈이 아직 다 녹지 않았다고는 하지만 건조한 나무들이니 잘 타오르겠죠. 그럼 시작해 볼까요? 화려한 불꽃의 축제를……."

아름답게 지저귀던 새소리 대신 사람들의 목소리와 얼마 안 되는 말발굽 소리가 케이오스 협곡을 점령한 지 약 30여 분이 지났다. 익제큐터 그라인은 그의 참모 중 하나인 디바이너 에리온과 함께 주위를 둘러보며 말했다.

"아무래도 길리언 전하의 걱정은 기우였던 모양이네. 선두부대는 이제 거의 이 좁고도 짧은 협곡을 벗어나지 않았는가."

"하지만 방심해서는 안 됩니다. 이것을 토라의 잔당들이 노리고 있을지도 모르니 말입니다. 더구나 상대는 나이트 길드, 절대 방심할 수 없는 상대들입니다."

익제큐터 그라인은 혈기 넘치는 나이에 비해 신중한 참모를 믿음직스러운 눈으로 바라보고는 말했다.

"그렇군. 방금 전의 말은 실언이었네. 확실히 나이트 길드는 방심할 수 없지."

"그렇습니다. 언제 어떻게 공격해 올지 모르는… 어엇?!"

디바이너 에리온의 행동이 이상하다는 것을 느낀 그라인은 곧바로 에리온이 바라보고 있는 곳을 바라보았고, 그 역시 표정을 굳히며 신음 섞인 표정으로 말했다.

"설마 절벽 위에서? 하지만 공격할 수단이 없는데 어떻게!"

완전히 당황해 버린 그라인의 물음에 대답해 주기라도 하듯, 로엔은 자신의 앞에 놓여 있는 기름통들을 차서 아래로 떨어뜨리며 크게 외쳤다.

"모두 자신의 앞에 있는 기름통을 떨어뜨리고 강력한 화염계 마법을 준비하세요! 폭발하는 마법은 안 됩니다! 떨어뜨린 기름에 불을 붙여야 해요!"

그러고는 로엔도 자신이 아는 가장 강력한 마법을 준비했다.

"파이어 · 헬 · 인페르노!"

거대한 보라색의 불길이 위로 치켜든 로엔의 오른손에서 넘실거렸고, 로엔은 그 거대한 불길을 아래로 던지며 외쳤다.

"가라! 가서 모조리 태워 버렷!"

절벽 위에서 아래로 수없이 떨어지는 화염이 세이레인 군을 곳곳에서 태워 없앴다.

"절벽 위에 적이다!"

"으아악! 뜨거워! 모, 몸에 불이!"

이미 절벽 아래의 상황은 아비규환이었다. 몸에 기름을 뒤집어쓴 데다가 화염 마법에 맞아 온몸이 불타고 있는 병사들, 그리고 그 병사들의 불을 꺼주려다 자신의 몸에까지 불이 옮겨 붙어 비명을 지르는 병사들부터 시작해서 혼란한 와중에 서로의 발에 밟혀 죽는 병사까지 생기는 등 케이오스 협곡에는 다시 없을 만큼 처참한 전투가 벌어지고 있었다. 아니, 이미 이것은 전투가 아니었다. 토라 재건군은 전혀 피해를 입지 않고 있었고, 단지 절벽 위에서 마법만을 아래로 퍼부어댈 뿐이었다. 이것은 학살이었다. 세이레인 군들은 일방적으로 화공에 학살당하고 있었다.

"이, 이럴 수가! 개자식들! 이런 잔인한 방법을 사용하다니! 그러고도 네놈들이 인간이라 할 수 있느냐!"

다행히 몸에 가벼운 화상을 입은 것으로 끝난 그라인은 이를 뿌드득 갈면서 위를 향해 고함쳤다. 그런 그라인을 말리면서 팔에 꽤 심각한 화상을 입은 에리온이 몸을 추스르며 그라인에게 간곡히 말했다.

"지금은 그런 문제를 따지실 때가 아닙니다! 어서 후퇴 명령을 내려서 전군이 궤멸에 빠지는 것만은 막아야 합니다!"

나이답지 않은 신중함을 가진 참모 덕택에 그라인은 정신을 차릴 수 있었다. 그는 현명했고, 따라서 그라인은 참모를 칭찬하는 대신 피를 토하는 심정으로 외쳤다.

"퇴각! 전군 퇴각하라!"

하지만 이것은 명백한 실수였다. 그리온의 명령이 떨어지자 세이레인 군은 앞다투어 도망치기 시작했고, 그 덕분에 안 그래도 대군이 운신하기 힘든 이 케이오스 협곡 안에서 세이레인 군은 더욱더 혼란한 상태로 치달아갔다.

케이오스 협곡에서 상당히 떨어진 곳에서 600의 기사단을 이끌고 초조하게 전투의 때가 오기만을 기다리던 크레시와 가이에가 자욱한 연기가 케이오스 협곡 쪽에서 올라오는 것을 발견한 것은 로엔이 대대적인 화공을 세이레인 군에 가하기 시작한 지 약 10여 분이 지난 뒤였다.

"전투 시작."

가이에의 짧은 말에 크레시는 짧게 고개를 끄덕이고는 말했다.

"분명 세이레인으로의 퇴로 쪽을 기습해서 도망가는 세이레인 군에게 최대한 피해를 주라고 그랬었지. 좋아, 전군! 진격한다!"

그 말과 동시에 때가 오기만을 기다리고 있던 피에 굶주린 야수 600명은 이미 혼란의 극에 치달아 만신창이가 된 세이레인 군의 숨통을 물어뜯기 위해 폭풍과도 같이 진격해 나가기 시작했다.

"이 바보 자식들아! 진형을 정돈해서 천천히 빠져나가란 말이다!"

익제큐터 그라인은 목이 터져라 외치면서 병사들을 질타했지만 이미 혼란의 극에 빠져 버린 병사들에게 그 말이 들릴 리 또한 없었다. 그리고 그 위로 토라의 마법사단이 송별식 삼아 화끈한 선물을—짓궂게도 누군가는 얼어붙을 정도로 시원한 선물을 쏟아붓기도 했다—퍼부어서 혼란을 더욱 가중시키고 있었다.

이때 타이밍 좋게도 토라의 매복한 기사단이 질풍과도 같이 나타났다. 잠시 어이가 없는 표정으로 처참한 전장을 바라보던 크레시는 검을 뽑고 제일 먼저 돌격함으로서 기사들에게 자신들의 할 일을 알려주는 매우 현명한 행동을 했다.

"돌격! 세이레인의 얼간이들에게 우리의 공포를 보여주자!"

"세이레인 놈들을 없애라!"

절벽 위에서 이 상황을 모두 지켜보던 로엔은 손을 들어서 마법사단이 더 이상 마법을 쏘지 못하도록 멈추게 만든 다음, 그 들어 올린 손을 꽉 쥐어서 확실하게 승리했다는 표시를 마법사단 전체에게 알려 사기를 드높였다.

"이겼구나."

별로 기쁘지 않은 표정으로 카렌이 로엔에게 말했고, 로엔 역시 그리 좋아 보이지는 않는 표정으로 카렌의 말을 받았다.

"솔직히 이겼기는 해도 기분이 별로 좋지는 않군. 일 다 저질러놓고 이런 말을 한다는 건 위선이겠지만."

"이건 학살이야, 전투가 아닌……."

넌 빌렌슈타인에서 아군을 죽여놓고도 좋아서 실실 웃었었잖아. 로엔은 뚱한 얼굴로 카렌을 바라보며 그렇게 생각했다. 어쨌거나 전투라 부를 수 있든 없든 이 전투는 이긴 것이다.

"그럼 이쯤에서 적당히 내빼는 게 좋겠지. 카렌, 신호탄 이리 줘."

"알았어."

카렌이 손에 들고 있던 신호탄을 넘겨주자 로엔은 그것을 하늘로 쏘았다. 푸른 불빛이 바람 가르는 소리를 내며 위로 치솟아올랐고, 열네 번째 세이레인 병사를 찔러 죽이던 크레시는 그것을 보고는 목청껏 외쳤다.

"전군 퇴각! 흩어져서 개인적으로 케네스 산맥 입구에서 재집결한다!"

그런데 크레시의 이 외침은 상당히 의외의 결과를 낳았다. 이 목소리를 자신들의 지휘관의 외침으로 착각하고 흩어져 버리는 병사가 상당수 나왔기 때문이다.

이 상황은 세이레인 군에 있어서는 꽤나 환영받을 결과였다. 흩어진 병사들 때문에 협곡을 빠져나가기가 수월해진 데다가 결과적으로 이 흩어진 병사들은 케네스 산맥 입구—물론 크레시가 의도한 입구의 반대쪽 입구—에 다시 모일 것이 확실하기 때문이었다.

어쨌거나 마음껏 세이레인 군을 학살한 토라 재건군의 최정예 600명의 기사단은 나타날 때와 마찬가지로 바람같이 사라져 버렸고, 그제야 그라인을 위시한 세이레인의 지휘관들은 안도의 한숨을 내쉬며 아직도 혼란스러운 병사들을 추스르기 시작할 수 있었다.

"전투 중에 피해는 없었습니까?"

로엔의 물음에 크레시는 약간 얼굴을 흐리며 답했다.

"기사 13명, 아사신 4명이 행방불명이고 32명이 중상, 11명이 경상을 입었습니다. 행방불명인 17명은 아마도 전투 도중 사망한 걸로 생각됩니다만."

일단은 지휘관에게 보고를 하는 자리인만큼 크레시는 로엔에게 경어를 사용했다. 로엔은 크레시의 보고를 듣고는 고개를 끄덕이며 말했다.

"그 정도 선에서 피해가 끝났다는 건 그래도 다행이군요. 그럼 여기서 가장 가까운 시뤼나갈 요새로 귀환하기로 하겠습니다."

케이오스 회전에서의 세이레인 군의 대패 소식은 전 대륙으로 퍼져나갔다. 이렇게 된 데에는 토라 재건군의 공작이 좀 들어가기는 했지만, 아무튼 토라 재건군은 케이오스 회전을 통해 얻으려 했던 대부분의 목적을 달성할 수 있었다.

"뭐, 대세를 결정할 정도의 전투는 아니지만 어쨌든 대승은 대승이니까."

이렇게 말한 것은 이번 전투로 일약 스타덤에 올라선 로엔이었다. 그 옆에서 카렌이,

"아무래도 좋지만 너무 인기가 좋다고 생각하지 않아? 한번 만나보고 싶다는 사람들이 줄지어 찾아오니 말야."

라고 비꼬자, 로엔은 한숨을 푸욱 내쉬며 이렇게 말했다.

"사실은 나도 그게 걱정이야. 예쁜 여자들이라면 환영이지만."

[아니, 우리를 놔두고 한눈을 팔려 하다니, 이럴 수가 있는 거예욧!]

[맞아, 맞아! 가뜩이나 오래간만에 로엔님을 만나는 것도 서러운데 이제 바람까지 피우려 하시다니!]

이렇게 의미 불명의 말들을 해대며 로엔에게 달라붙는 건 에바와 유스. 물론 로엔은 귀찮다는 표정으로 둘을 떼어내려 애쓰며 말했다.

"아무래도 좋지만, 좀 떨어지란 말야! 난 쉬고 싶다구!"

[히이잉, 주인니임~]

[사랑이 식었어잉~]

"제발 날 좀 내버려 둬~!!"

로엔의 비명은 두 천사의 응석에 파묻혀 버리고 말았다.

『레트니아 사가』 3권에 계속…

　*마법에 관하여:마법은 다섯 개의 자연속성과 네 개의 대속성으로 나뉘어지는데, 다섯 개의 자연속성은 흔히 알려진 지, 수, 화, 풍, 전의 다섯 가지 계열이며 네 개의 대속성은 빛, 암흑, 정신, 무속성의 네 가지 속성이다. 레트니아의 마법은 위력은 그다지 강하지 않고 공격용의 마법이 적은 대신에 익히기가 쉬워서 한 계열의 마법을 모두 익혔다는 증거인 마스터의 칭호를 받은 사람만 해도 전 대륙에 걸쳐 3만 명에 육박한다. 하지만 한 계열의 마법은 상극의 마법에는 절대적인 열세를 보이는 특성 때문에 보통 여러 계열의 마법을 골고루 익히는 게 일반화되어 있다. 마법이 익히기 쉽기는 하지만 여러 계열의 마법을 동시에 익힌다는 게 쉬운 일은 아니므로, 전 계열의 마법을 모두 마스터했을 때 주어지는 칭호인 대마도사의 칭호를 받은 사람은 전 대륙에 2천 명이 채 되지 않는다.

*마법의 상극에 대하여:한 계열의 마법은 어떤 한 계열의 마법에 대해 절대적인 우세를 보이고, 또 다른 한 계열의 마법에 대해 절대적인 열세를 보이는 경향이 있는데, 이를 상극이라 하며 이를 잘 이용한다면 중급 마법까지밖에 익히지 못한 사람도 상급 마법을 익힌 사람과 마법 대결을 펼쳐 이길 수도 있다. 마법의 상극 관계를 살펴보면,

지→수 →화→풍→전→지:다섯 개의 자연속성의 상극 관계.

빛→암흑→정신→무속성→빛:네 개의 대속성의 상극 관계.

강함→약함

*마법의 시동어 앞에 붙이는 계열명에 대하여:마법이 사용하기 쉽게 발전한 데에는 마법의 명칭 앞에 붙이는 계열명의 발명이 지대한 공헌을 했다. 마법을 사용하기 위해서는 일정량 이상 그 계열에 속하는 마법력이 필요한데, 마법의 명칭 앞에 계열명을 붙임으로 해서 그 마법에 필요한 마법력을 일정량 미리 확보할 수 있게 되었기 때문이다.

물론 이 계열명을 사용하는 데에도 일정한 식에 따른 연산이 필요한데, 그 연산식은 그리 까다롭지 않았기 때문에 이 방법이 선호되었고, 시간이 흐르면서 자연스럽게 마법의 정석으로 굳어져 갔다.

*각 계열 앞에 붙이는 계열명

지:가이아(Gaia) 수:아쿠아(Aqua) 화:파이어(Fire) 풍:윈드(Wind)

전:선더(Thunder) 빛:아스트랄(Astral) 암흑:헬(Hell)

정신:스피릿츄얼(Spiritual) 무속성:매지컬 (Magical)

*마법의 위력:이 레트니아의 마법은 전쟁에서조차 쓰이지 않을 정도로 형

편없이 약하다. 그 위력에 대한 예를 들자면 아홉 개 속성계의 최강 마법 중 보통 대마법사가 사용했을 때 단방에 인명을 살상할 수 있을 정도로 위력을 가진 마법은 정신계의 파워 워드 계열 마법, 화염계의 플라즈마·헬 게이트, 대지계의 가이아·드라이버, 암흑계의 블러드 스타, 무속성계의 아마겟돈 등 다섯 가지의 마법뿐이다. 심지어는 뇌전계의 레인 오브 라이트닝의 타격에 죽는다고 해도 그건 단방의 충격으로 죽은 것이 아닌, 연속된 뇌전의 타격이 축적되어 그 축적된 타격을 감당하지 못하고 죽은 것일 정도다. 때문에 마법은 전투, 살상용으로는 사용되지 않으며, 진압용, 전투 보조용, 생활 보조용으로 사용되는 경우가 대부분이다.

 *신·마계 마법에 대하여: 이 마법들은 성천계의 천사와 악마계의 악마들이 사용하는 마법으로, 광계의 최강 마법 디바인·디스트럭션은 이 마법의 최하급판에 불과하다. 천사, 악마들이 사용하는 만큼 그 마법은 엄청난 위력들을 지니고 있으며, 그 마법들의 최강 마법들은 도시 하나를 가볍게 날려 버릴 만한 위력을 지니고 있다고 한다.

 *차원계 마법에 대하여: 이 마법은 분명 레트니아 대륙에 존재하는 마법임에도 불구하고 마법 아카데미나 마법의 탑에서는 가르치지 않는 마법인데, 그 이유는 배우기가 엄청나게 까다로운 데다가 마법 시전에 필요한 마력이 엄청나 보통 마법사들은 도저히 시전이 불가능하기 때문이다. 이것은 워프 게이트를 만드는 것을 어렵게 만드는 요인 중의 하나이기도 하다.

 *세계관에 대하여: 이 세계는 두 개의 인간계와 네 개의 신계, 즉 여섯 개의 차원계로 이루어져 있다. 두 개의 인간계 중 이 글의 배경이 되는 레트니아

는 환상계로 분류되는 차원계에 속해 있고, 이 글의 작자가 생활하는 대한민국은 작자의 설정상 물질계로 분류되는 차원에 속해 있다. 나머지 네 개의 차원계는 신계인 선신계, 악신계, 주신계, 계혜나인데, 여기에서는 나오지 않으므로 설명은 생략.

*나이트 길드의 편제:나이트 길드는 위에서 설명한 대로 기본적으로 다섯 개의 기사단으로 구성되어 있다.

1. 중앙 기사단:나이트 길드의 최정예들만을 모아놓은 기사단으로, 마스터의 직할 기사단이다. 이 중앙 기사단은 평소에는 아무런 일도 하지 않고, 나이트 길드가 위기에 처하는 등의 중요한 일에만 나서게 된다.

2. 남부 기사단:세이레인 쪽에서 의뢰를 받아 가끔 출몰하는 몬스터들을 퇴치한다든지 하는, 좋게 말해 해결사 역할을 하는 기사단이다. 하지만 이는 부임무로서 주임무는 중앙에서 내려오는 세이레인 방면의 임무를 도맡아 해결하는 기사단이다.

3. 서부 기사단:기본적으로 하는 일은 남부 기사단과 동일하다. 다만 관할지역이 세이레인 북서부와 토라 남서부, 라비니어스 방면을 맡아 한다는 게 다를 뿐이다.

4. 북부 기사단:토라 중부, 북부 방면을 관할하는 기사단이다.

5. 동부 기사단:토라 동남부, 세이레인 동북부 방면을 관할하는 기사단이다.

각 기사단들은 각기 자신들만의 임무들만을 수행하다가 간부회의 등에서 결정된 중요한 사항들이 있을 때 중앙 기사단으로 모여 간부진의 명령을 따르게 된다. 각 명령 계통은 확실하게 통제되고 있어서 밖으로 정보가 유출된다든지 하는 일은 절대 없다고 해도 과언이 아니다.

*신관 전사의 계급에 대하여

1. 일단 제일 아래 계급인 몽크(Monk)는 신관 전사 계급에는 들어가지 않지만 신관 전사 바로 전의 수련생 정도의 계급으로 보면 된다.

2. 그 다음 계급은 클레릭(Cleric)으로 여기부터 정식 서품을 받은 신관 전사이며 회복의 권능을 사용할 수 있다. 여기서 디바이너와 세이지로 나뉘게 된다.

3. 그 위는 세이지(Sage)로 오랜 생활 동안 클레릭이나 디바이너 이상 급의 신관 전사로 성직에 종사한 사람들이 받는 서품이다. 이 서품은 비록 계급은 그다지 높지는 않은 계급이지만, 최상위 크루세이더라도 이들에게 함부로 대할 수는 없다. 주로 신전의 주교나 신전장, 신전의 관리사와 신부 등이 이 직위의 사람들이며, 이 직위를 받기 전의 권능 외에 신성 마법을 사용할 수 있다. 명예직의 경향이 강하며 세이지는 신관 전사의 계급에 넣지 않는 것이 일반적이다.

4. 네 번째는 디바이너(Diviner)로 보통 여기부터 일반적인 의미의 신관 전사로 보면 된다. 회복의 권능과 오러 블레이드, 엑소시즘의 권능을 가진다.

5. 익제큐터(Executer)로 신관 전사의 절대 다수를 차지하는 디바이너, 클레릭 등을 통솔하는 지위다. 이 직위에서는 회복의 권능, 오러 블레이드, 엑소시즘의 권능, 턴 언데드의 권능을 가진다. 세이레인 내에만 약 500여 명 정도 존재한다.

6. 팰러딘(Paladin)은 이 레트니아 대륙 전체에서도 20명이 채 되지 않는 직위로, 익제큐터보다 한 단계 위의 직위이다. 검술과 신성력은 물론 전략·전술 등에서도 뛰어난 재능을 보여야 올라갈 수 있는 직위로, 회복, 오러 블레이드, 그리고 엑소시즘 외에도 턴 언데드보다 한 단계 위인 터닝 에빌즈, 리콜의 권능을 사용할 수 있다.

7. 마지막으로 신관 전사로서 올라갈 수 있는 직위 중 가장 명예로우며 가장 높은 직위인 크루세이더(Crusader)는 현재 레트니아 대륙 전체에 단 두 명만이 있다. 크루세이더의 직위는 명예직인 경향이 짙으며, 보통의 팰러딘의 능력으로는 올라갈 수 없다는 것이 일반적 견해이며 특별히 추가되는 권능도 없다.

*신관 전사의 계급은 수련을 통해 그에 해당하는 권능을 얻었을 때 한해서 서품의 상승이 이루어지며, 마지막 크루세이더의 직위는 전 대륙의 팰러딘이 모여 충분한 토의를 거친 후, 대상자가 크루세이더의 자격이 있다고 여겨질 때 전체 팰러딘의 3/4 이상이 동의하고 최고 신관장인 오딘 대신전장(세이지)이 승인하면 서품된다.

*성천계의 디바인 나이트에 대해서: 디바인 나이트는 최고의 천사인 치천사장 메타트론 직할의 투천사단으로, 천사의 계급에 관계없이 강하기만 하다면 누구든 들어갈 수 있는 최강의 투천사단이다. 종종 악신계의 블러드 나이트와 비교되어지곤 하는 투천사단인데, 블러드 나이트가 강한 악마들에게 주어지는, 실제 전투에는 그다지 참가하지 않는 이름뿐인 기사단인 반면에 디바인 나이트는 항상 최전선에서 앞장서 싸우는 실제 전투 집단으로, 블러드 나이트와 디바인 나이트의 숫자의 차이는 2:1로 블러드 나이트가 우세이나 실제 전투력은 3:1 정도로 디바인 나이트의 우세로 평가될 정도로 디바인 나이트의 능력은 뛰어나다고 알려져 있다.

*레트니아의 편제: 레트니아의 편제는 대략적으로 기사단과 보병대로 나뉜다. 이 레트니아는 철의 생산량도 적고 말 역시 귀하기 때문에 기병대라는

것은 존재하지 않고 보병대도 대부분 창병들로 구성되어 있다. 철의 생산량이 적기 때문에 기사단도 대부분 하드 리더 아머를 입으며, 판금 갑옷을 입었다 해도 대부분 흉갑 이외에는 착용하지 않는다. 따라서 이는 파괴력 위주가 아닌, '피하고 찌르는' 속도 위주의 검술의 기형적인 발달을 가져왔고, 그에 따라 갑옷의 무게도 더욱 가벼워져서 결국 갑옷을 입지 않는 기사들도 더러 생겨나게 되었다.

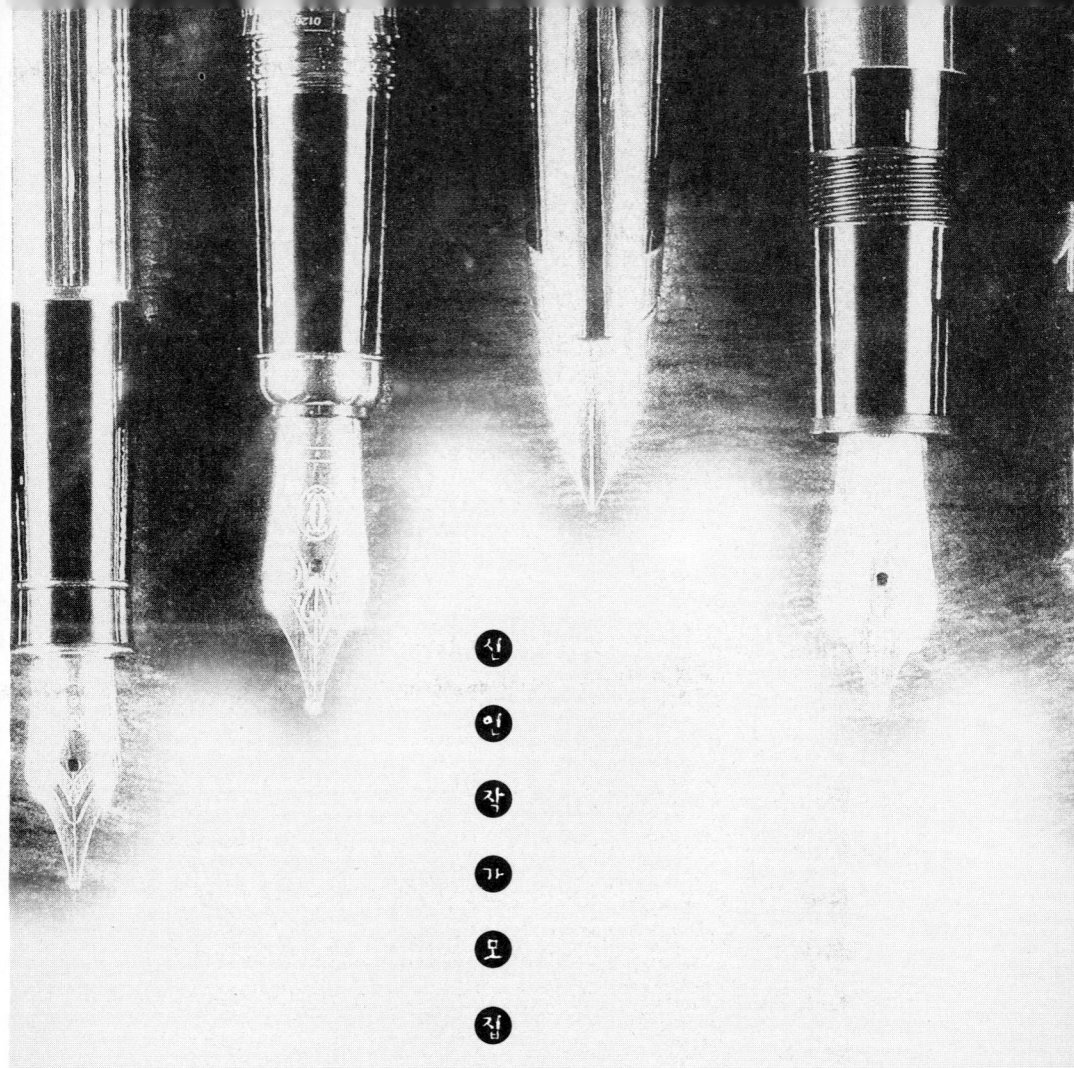

신 인 작 가 모 집

시작이 반이라고 했습니다.
작가의 길에 대한 보이지 않는 벽을 과감히 깨뜨리십시오!
청어람은 작가 지망생 여러분들의
멋진 방향타가 되어드리겠습니다.

저희 도서출판 청어람에서는
소설 신인 작가분들을 모집합니다.
판타지와 무협을 사랑하시는 분들의 많은 참여를 바랍니다.
소정의 원고(A4용지 150매)를 메일이나 우편으로 보내주시면
검토 후 출판 여부를 알려드리겠습니다.

주소:경기도 부천시 원미구 심곡1동 350-1 남성B/D 3F 우편번호420-011
TEL:032-656-4452 · **FAX**:032-656-4453
http://www.chungeoram.com
e-mail:chungeoram@chungeoram.com